# आत्मदीप बनें
## Be Your Own Light

# आत्मदीप बनें

## Be Your Own Light

मनोज श्रीवास्तव

प्रभात
पेपरबैक्स
www.prabhatbooks.com

*प्रकाशक*
**प्रभात पेपरबैक्स**
4/19 आसफ अली रोड, नई दिल्ली–110002
फोन : 23289555 • 23289666 • 23289777 ❖ फैक्स : 23253233
इ–मेल : prabhatbooks@gmail.com ❖ वेब ठिकाना : www.prabhatbooks.com

*संस्करण*
प्रथम, 2017



*मूल्य*
एक सौ पचहत्तर रुपए

अ.मा.पु.स. 978-93-5266-110-7

*मुद्रक*
आर–टेक ऑफसेट प्रिंटर्स, दिल्ली

---

**ATMADEEP BANEN**
*by* Manoj Srivastava

Published by **PRABHAT PAPERBACKS**
4/19 Asaf Ali Road, New Delhi-110002

ISBN 978-93-5266-110-7

₹175.00

***प्रजापिता ब्रह्माकुमारी ईश्वरीय***
***विश्वविद्यालय को समर्पित***

*हम सकारात्मक विचार चुनने के लिए स्वतंत्र हैं।*
*स्वतंत्रतापूर्वक सकारात्मक विचारों का चयन कर*
*आनंद के लक्ष्य तक पहुँचें।*

"WHERE ATTENTION GOES...
ENERGY FLOWS,
WHERE ENERGY FLOWS...
THINGS GROWS,"

# मनोज जी की लेखनी धन्य हो !

मेरे परम प्रिय और समर्पित शब्द-साधक श्री मनोज श्रीवास्तव की लेखन-प्रतिभा का एक उपहार कुछ समय पूर्व प्रकाशित उनकी मूल्यवान पुस्तक 'मेडिटेशन के नवीन आयाम' के रूप में हमें मिला था, जिसे मैंने ही नहीं, हिंदी-जगत् के अनेक विश्रुत एवं विद्वान् लोगों ने 'ध्यान-योग' पर रची गई श्रेष्ठ कृति स्वीकार किया है, उसका भावपूर्ण अभिनंदन हुआ है।

और अब उनकी एक अन्य मूल्यवान कृति 'आत्मदीप बनें' (Be Your Own Light) मेरे सामने है। मैं प्रिय भाई श्री मनोज श्रीवास्तव की इस पुस्तक को जितना पढ़ता गया, उतना ही मैं उनके प्रति सम्मान और कृतज्ञता के भाव से भरता गया हूँ।

उत्तराखंड राज्य की सूचना सेवा में सहायक निदेशक के रूप में कार्यरत और हरिद्वार जैसे प्रमुख जनपद में जिला सूचना अधिकारी का अत्यंत महत्त्वपूर्ण दायित्व सफलतापूर्वक निभानेवाले व्यक्ति के रूप में निरंतर व्यस्त रहनेवाले श्री मनोज की लेखनी से ऐसे गंभीर और युवा पीढ़ी के लिए अत्यंत प्रेरक ग्रंथ की रचना किया जाना निस्संदेह अभिनंदनीय ही है।

वस्तुत: लेखक ने अपनी पहली पुस्तक 'मेडिटेशन के नवीन आयाम' में जिस प्रकार प्रजापिता ब्रह्माकुमारी ईश्वरीय विश्वविद्यालय के चिंतन, विशेषत: 'राजयोग' को आधार बनाया है, वैसे ही इस मूल्यवान ग्रंथ का मूलाधार भी ब्रह्माकुमारी विश्वविद्यालय की व्यापक चिंतनधारा को ही बनाया गया है। स्वयं लेखक श्री मनोज श्रीवास्तव इस अध्यात्म एवं जीवन-मूल्यों की शिक्षा से जुड़ी संस्था से मनोयोगपूर्वक जुड़े हुए हैं और ब्रह्माकुमारी ईश्वरीय विश्वविद्यालय के उस वैश्विक चिंतन के प्रबल पक्षधर एवं पोषक हैं, जो वस्तुत: भारतीय संस्कृति के 'वसुधैव कुटुम्बकम्' को लेकर ही चला है।

इस पुस्तक के लेखक ने भूमिका में अपनी पुस्तक का उद्देश्य बताते हुए लिखा है, ''अपना दीपक स्वयं बनें अर्थात् अपना प्रकाश स्वयं बनें। दूसरे शब्दों में, अपना प्रकाश

स्वयं बनकर स्वयं प्रकाशित हों और दूसरों को भी प्रकाशित करें। सत्य या ज्ञान को भी स्वत: प्रकाश्य माना गया है। सत्य या ज्ञान स्वयं प्रकाशित होता है और अपने विषय को भी प्रकाशित करता है। ब्रह्माकुमारी की विचारधारा में परमतत्त्व, आत्मा और परमात्मा को 'ज्योतिर्बिंदुस्वरूप' या 'प्रकाशबिंदु' के समान माना गया है।''

श्री मनोज श्रीवास्तव की इस पुस्तक 'आत्मदीप बनें' की अनेक विशेषताओं में से एक विशेषता मुझे यह भी लगी कि उन्होंने अपनी पुस्तक के प्रत्येक अध्याय का आरंभ किसी महापुरुष के ऐसे कथन से किया है, जो किसी भी मनुष्य के लिए प्रेरक है।

पुस्तक की भूमिका में लिखा गया है कि 'आत्मदीप बनें' जीवन का मूलाधार है। उपयुक्त शीर्षक से लेखक ने इस पुस्तक के मंतव्य को भली प्रकार स्पष्ट कर दिया है और उन्होंने इस पुस्तक की सार्वकालिक उपयोगिता को रेखांकित करते हुए अपनी भूमिका में स्पष्ट किया है कि आज के भौतिकवादी और उपभोगतावादी युग में हम आत्मिक रूप से कमजोर पड़ते जा रहे हैं। इससे हमारा मनोबल गिरता है। मनोबल की कमी के कारण आज हम वह उपलब्धि नहीं प्राप्त कर पा रहे हैं, जिसके हम वास्तविक हकदार हैं। आज का प्रत्येक व्यक्ति अपनी मानसिक कमजोरी को दूर करने के लिए जागरूक होकर प्रयास भी करता है, लेकिन उसको सफलता नहीं मिलती है। आजकल हर बच्चा कहता है कि सकारात्मक सोचें, बाजार में सबसे अधिक पुस्तकें स्वयं-सुधार (सेल्फ इंप्रूवमेंट) की ही बिक रही हैं। लोग तनाव प्रबंधन के लिए ट्रेनिंग कैंपों में भाग लेते हैं, प्रवचन और लेक्चर सुनते हैं, किंतु उन्हें वांछित लाभ नहीं मिल रहा है।

विद्वान् लेखक श्री मनोज श्रीवास्तव भारत की प्रसिद्ध संस्था श्री ब्रह्माकुमारी ईश्वरीय विश्वविद्यालय माउंट आबू से जब जुड़ गए तो उन्होंने इस संस्था के संस्थापक दादा लेखराज के दार्शनिक चिंतन को समझकर ज्ञान को 'ज्योतिबिंदु' के रूप में स्वीकार किया है और उसी 'ज्योतिबिंदु' स्वरूप परमतत्त्व को गूढ़तम से सरल और सहज बनाने का सद्प्रयास इस इस पुस्तक में किया है, जो अध्यात्म से दूर होकर भौतिकतावादी चकाचौंध में घिरती जा रही नई युवा पीढ़ी को जीने की सही और सच्ची राह दिखाने में पूर्णत: सक्षम है।

वस्तुत: यह पुस्तक प्रत्येक आयु-वर्ग और कार्य-क्षेत्र से जुड़े व्यक्ति के लिए वरदान साबित होगी, चूँकि लेखक ने अध्याय प्रथम से ही 'सकारात्मक चिंतन' के व्यावहारिक एवं सामाजिक महत्त्व को आधार बनाकर सरल और सुबोध भाषा-शैली में अपनी बात कही है। प्रथम अध्याय में दिए गए सकारात्मक चिंतन के उदाहरण मैं यहाँ देना चाहूँगा—

''हम अपने बच्चों के एक्जाम में यह अपेक्षा न रखें कि वह इतने नंबर लाएगा,

क्योंकि हमारे लिए यह महत्त्वपूर्ण है कि बच्चा अपनी पढ़ाई के साथ मानसिक रूप से भी स्थिर रहे। आजकल माता-पिता एंग्जाइटी (तनाव) में आकर बच्चों पर बहुत नकारात्मक प्रभाव डालते हैं। इन परिस्थितियों में बच्चा अच्छे नंबर कैसे लाएगा? माता-पिता की अच्छे नंबर की चाहत बच्चे को दबाव में डालती है और बच्चा डिप्रेशन में आकर सुसाइड भी कर लेता है।''

उपर्युक्त उदाहरण मैंने केवल इसलिए यहाँ दिया है कि लेखक के इस सर्वोपयोगी ग्रंथ की सहज, सरल और बोधगम्य भाषा-शैली के साथ ही आपको उनकी सकारात्मक चिंतन-दृष्टि का भी परिचय मिल सके।

चौथे अध्याय से लेखक ने मानव के सबसे बड़े और मूलभूत शत्रु 'क्रोध' के विषय में महात्मा बुद्ध की प्रेरक सूक्ति रखी है और क्रोध की स्थिति में स्वयं को बचाने हेतु बहुत कारगर उपाय बताते हुए लिखा है—

''जब भी गुस्सा आए तो एक मिनट रुककर अपने से पूछ लें कि किसको गुस्सा आ रहा है, गुस्सा कौन पैदा कर रहा है, गुस्से से कौन प्रभावित हो रहा है। इसके बाद भी यदि क्रोध कंट्रोल नहीं हो रहा है तो फिर अपने से पूछें कि क्या यह ठीक है?''

सकारात्मक और सामाजिक चिंतन से परिपूर्ण यह पुस्तक निश्चय ही पाठकों के लिए वरदान साबित होगी। इस पुस्तक को इस प्रकार सहज व सरल बनाकर प्रस्तुत किया गया है कि पाठकों को कई दिनों व महीनों तक प्रवचन सुनने की आवश्यकता ही नहीं है। मैं अंत में सकारात्मक चिंतन का एक और उदाहरण इसलिए देना चाहता हूँ कि आप इस ग्रंथ के महत्त्व को अच्छी तरह समझ सकें।

लेखक ने अध्याय छह में क्षमा के महत्त्व को बताते हुए लिखा है, ''केवल एक छोटी सी माफी ही जीवन को सँवारने के लिए काफी है। बच्चों को सजा देना समस्या का हल नहीं है। इससे बच्चे और हठी एवं जिद्दी हो जाते हैं। किसी भी प्रकार के रिश्तों में खटास को दूर करने के लिए किसी एक को तो पहल करनी होगी, क्योंकि रिश्ता ठीक करने की जिम्मेदारी दोनों पक्षों की है।''

इस पुस्तक के विद्वान् रचयिता श्री मनोज श्रीवास्तव ने अपनी पुस्तक को अत्यंत व्यावहारिक और उपयोगी बनाने के लिए स्थान-स्थान पर सैद्धांतिक कथनों को अनेक चित्रों के माध्यम से भली प्रकार संतुष्ट भी किया है, जिससे इस पुस्तक का महत्त्व तो बढ़ ही गया है, साथ ही लेखक की शैली का भी पाठक मुरीद हो जाता है। मुझे तो ऐसा लगता है कि ब्रह्माकुमारी ईश्वरीय विश्वविद्यालय के राजयोग और आध्यात्मिक चिंतन को इस पुस्तक के माध्यम से कोई भी जिज्ञासु अपने जीवन में आत्मसात् करके सूक्ष्म ज्योतिबिंदु को प्राप्त कर सकता है।

मेरा तो मानना है कि विद्वान् लेखक मनोज श्रीवास्तव की यह पुस्तक 'आत्मदीप बनें' (Be Your Own Light) समाज में बढ़ती मूल्यहीनता और घुटन को दूर करने के साथ ही सकारात्मक चिंतनधारा को गति प्रदान करने में पूर्णतः सफल सिद्ध होगी और पाठकगण इसका स्वागत करेंगे।

कृष्ण जन्माष्टमी पर्व
24 अगस्त, 2016

**—डॉ. योगेंद्र नाथ शर्मा 'अरुण'**
पूर्व प्राचार्य एवं विभागाध्यक्ष
पूर्व सदस्य, साहित्य अकादमी,
नई दिल्ली

# मेरी दृष्टि में 'आत्मदीप बनें'

परमात्मा जिसे हम एक ज्योतिबिंदु के रूप में स्वीकारते हैं और सर्व आत्माएँ भी ज्योतिबिंदु समान ही हैं, यानी चाहे आत्मा हो या परमात्मा, सबका रूप एक समान है। इसी कारण जब हम आत्मस्वरूप में स्थित होकर परमात्मा को याद करते हैं तो आत्मारूपी ज्योतिबिंदु का परमात्मारूपी ज्योतिबिंदु से ठीक इस प्रकार कनेक्शन जुड़ जाता है, जैसे एक मोबाइल को विद्युत् प्लग से संयोजित कर बैटरी रिचार्ज की जाती है। इसी विधा को राजयोग कहा गया है। राजयोग को लेकर सूचना एवं लोक संपर्क विभाग, उत्तराखंड के सहायक निदेशक श्री मनोज श्रीवास्तव ने दो पुस्तकें अत्यंत अल्पकाल में लिखी हैं। पहली बार प्रजापिता ब्रह्माकुमारी ईश्वरीय विश्वविद्यालय के मीडिया प्रभाग द्वारा माउंट आबू में आयोजित मीडिया महासम्मेलन में और दूसरी बार ब्रह्माकुमारी संस्था की मुख्य प्रशासिका दादी जानकी के एक सौवें जन्मोत्सव में गए और दादी जानकी से मिले। श्री मनोज श्रीवास्तव मात्र छह माह की अल्प अवधि में दो पुस्तकों के रचनाकार बन गए। उनकी पहली पुस्तक 'मेडिटेशन के नवीन आयाम' प्रभात प्रकाशन, नई दिल्ली से प्रकाशित हुई, जिसका भव्य विमोचन माउंट आबू में ब्रह्माकुमारी की मीडिया कॉन्फ्रेंस में किया गया, जबकि प्रस्तुत दूसरी पुस्तक 'आत्मदीपो भव:' उन्होंने ब्रह्माकुमारी संस्था को समर्पित की है। इसमें स्व-प्रबंधन, समय प्रबंधन, विचार प्रबंधन, प्राथमिकता प्रबंधन व परिवार प्रबंधन से लेकर जीवन को सार्थक बनाने के लिए मन-मस्तिष्क में सकारात्मक ऊर्जा का समावेश कैसे हो, इस पर विभिन्न उदाहरणों के माध्यम से विचार-मंथन किया गया है। अध्याय रूप में लिखी इस पुस्तक में राजयोग के रहस्य, राजयोग का जीवन पर प्रभाव, राजयोग से जीवन में बदलाव और अध्यात्म के रास्ते आंतरिक शक्ति के संचयन की विद्या बहुत ही सरल एवं रोचक शब्दों में प्रस्तुत की गई है। लेखक ने स्वयं की मनोदशा को बदलने, प्रतिकूल परिस्थिति से पार पाने, मनोवृत्ति में बदलाव लाने और आसपास के वातावरण को सुगम बनाने के उपाय भी रेखांकित किए हैं। पुस्तक के सार रूप में मेडिटेशन से होनेवाले लाभ, तनाव की समाप्ति, सुख का उद्भव, शांति की प्राप्ति

का जहाँ मार्ग सुझाया गया है, वहीं बड़ी ईमानदारी से कौन से तथ्य कहाँ से लिये गए हैं, को भी खुले मन से लेखक द्वारा स्वीकार किया गया है। इसी कारण यह कृति 'एक दिव्य कृति' दृष्टिगत होती है, जो पाठकों के जीवन में सकारात्मक परिवर्तन का निश्चित ही कारण बनेगी, ऐसा विश्वास है। लेखक की असीम लगन और उनके श्रम को प्रणाम।

ओम शांति!

**—डॉ. श्रीगोपाल नारसन एडवोकेट**

# भूमिका

'आत्मदीप बनें' जीवन का मूल आधार है। 'आत्मदीप बनें' अर्थात् अपना दीपक स्वयं बनें। दूसरे शब्दों में, अपना प्रकाश स्वयं बनकर स्वयं प्रकाशित हों तथा दूसरों को भी प्रकाशित करें। सत्य या ज्ञान को भी स्वत: प्रकाश्य माना गया है। सत्य या ज्ञान स्वयं प्रकाशित होता है और अपने विषय को भी प्रकाशित करता है।

एक गुरु कभी भी सच्ची शिक्षा तब तक नहीं दे सकता, जब तक कि वह स्वयं ज्ञान से प्रकाशित न हो। एक लैंप दूसरे लैंप को कभी भी प्रज्वलित नहीं कर सकता है, जब तक कि उसमें स्वयं प्रज्वलन न हो। ब्रह्माकुमारी विचारधारा में परम तत्त्व, आत्मा और परमात्मा को ज्योतिर्बिंदुस्वरूप या प्रकाशबिंदु के समान माना गया है। ब्रह्माकुमारी मान्यता का मूल आधार 'स्व कल्याण से विश्व कल्याण' करना है। अर्थात् हम दूसरे में सुधार की जगह अपने सुधार पर बल दें। ब्रह्माकुमारीज मान्यता में अपनी लाइट स्वयं बनने पर बल दिया जाता है और लाइट-हाउस बनकर दूसरों को प्रकाशित करने के लिए प्रेरित किया जाता है अर्थात् लाइट-हाउस बनकर लीडर की भूमिका निभाने पर बल दिया जाता है।

आज तथाकथित साधु-महात्मा से लेकर आम जन तक सभी शांति की तलाश में भटक रहे हैं। पत्नी सोचती है कि शॉपिंग, मार्केटिंग करने से उसे शांति मिलेगी। शॉपिंग, मार्केटिंग करने से पत्नी को शांति मिले या न मिले, परंतु पति को अशांति अवश्य मिल जाएगी।

आज के भौतिकवादी व उपभोगतावादी युग में हम आत्मिक रूप से कमजोर पड़ते जा रहे हैं। इससे हमारा मनोबल गिरता है। मनोबल की कमी के कारण आज हम वह उपलब्धि प्राप्त नहीं कर पा रहे हैं, जिसके हम वास्तविक हकदार हैं। **आज का प्रत्येक व्यक्ति अपनी मानसिक कमजोरी को दूर करने के लिए जागरूक होकर प्रयास भी करता है, लेकिन उसको सफलता नहीं मिलती। आजकल हर बच्चा कहता है कि सकारात्मक सोचें, बाजार में सबसे अधिक पुस्तकें स्वयं-सुधार ( सेल्फ**

**इंप्रूवमेंट ) की ही बिक रही हैं। लोग तनाव-प्रबंधन के लिए ट्रेनिंग कैंपों में भाग लेते हैं, प्रवचन और लेक्चर सुनते हैं, किंतु उन्हें वांछित लाभ नहीं मिल रहा है।**

एक जोक के अनुसार—एक प्रकाशक की पुस्तक लाखों की संख्या में बिक गई। बिक्री के पश्चात् प्रकाशक को ज्ञात हुआ कि पुस्तक के शीर्षक में एक त्रुटि रह गई है। त्रुटिरहित पुस्तक सैकड़ों की संख्या में भी नहीं बिकी। सही पुस्तक का नाम था—हाउ कैन चेंज योर लाइफ इन थर्टीज डेज। त्रुटिपूर्ण पुस्तक का नाम था—हाउ कैन चेंज योर वाइफ इन थर्टीज डेज अर्थात् शांति की तलाश में लोग आँख-मूँदकर कदम उठा रहे हैं, परिणामस्वरूप उन्हें अशांति ही मिल रही है। **11 सितंबर, 1893 को विवेकानंद ने शिकागो में शांति विषय पर विश्वप्रसिद्ध लेक्चर दिया। यदि इस लेक्चर का पालन किया गया होता तो 11 सितंबर, 2000 को वर्ल्ड ट्रेड सेंटर पर आतंकवादी घटना न होती।**

आज के दौर में जीवन में कभी भी असफल न होनेवाला व्यक्ति भी सुसाइड कर ले रहा है, क्योंकि उसने यह तो सीखा कि सफलता को कैसे हैंडल किया जाता है, परंतु यह नहीं सीखा कि असफलता को कैसे हैंडल किया जाता है। जीवन में कभी आप सफल होंगे तो कभी असफल।

वास्तव में मेडिटेशन व ध्यान ही वह कारगर विधि है, जिससे हम मानसिक कमजोरी से छुटकारा प्राप्त कर मनोबल में वृद्धि कर सकते है। इसके द्वारा जीवन के प्रत्येक क्षेत्र में सफलता हासिल कर सकते हैं। मेडिटेशन व ध्यान की कई विधियाँ प्रचलित हैं, लेकिन हमें वही विधि अपनानी चाहिए, जो सरल, सहज व कारगर हो। इस संदर्भ में देखें तो ब्रह्माकुमारी राजयोग एक ऐसी विधि के रूप में हमारे सामने आई है, जो आज की सभी समस्याओं से छुटकारा दिलाने में पूर्ण सक्षम है।

**कहना न होगा कि कभी भी किसी के सुझाव को तब तक नहीं स्वीकार करना चाहिए, जब तक कि आप स्वयं ही उसे जाँच-परख न लें। यदि आप इससे संतुष्ट हों, तभी इसे अपनाएँ, क्योंकि स्वयं अनुभव से बढ़कर जीवन में कोई प्रमाण नहीं होता।** मेरी पूर्व पुस्तक 'मेडिटेशन के नवीन आयाम' में मेडिटेशन और राजयोग के संदर्भ में विस्तार से चर्चा की गई है। इसमें बताया गया है कि राजयोग-मेडिटेशन के क्या लाभ हैं। पूर्व पुस्तक 'मेडिटेशन के नवीन आयाम' की व्यावहारिक व्याख्या पुस्तक 'आत्मदीप बनें' में की गई है।

पुस्तक में वर्णित अध्याय हमारे भीतर भाव एवं मनोविकार के मध्य चलनेवाले सकारात्मक विचारों पर केंद्रित हैं। प्रत्येक अध्याय एक-दूसरे से गुँथा है। प्रयास यह किया गया है कि एक लय में रहकर मूल विचार से जुड़ा रहा जाए। जिज्ञासु पाठकों हेतु यहाँ उल्लेखनीय है कि क्रमशः अध्याय—1. बौद्धिक संतुलन, 2. विचारों के आकर्षण

का सिद्धांत, 3. कार्मिक अकाउंट, 4. क्रोध, 5. स्वीकार भाव और जिम्मेदारी, 6. माफी, 7. बिलीफ सिस्टम, पूर्वग्रह, 8. पैरेंटिंग, बच्चों की परवरिश, 9. खुशी, शांति, 10. परिस्थिति, दृष्टिकोण, डिटैचमेंट, 11. सफलता, कंपीटिशन, 12. तनाव, 13. वैल्यू, मूल्य, 14. इनर ब्यूटी, आंतरिक सुंदरता, 15. अध्यात्म का महत्त्व—के रूप में भी विभिन्न अध्यायों को समझा जा सकता है।

**यह अकारण नहीं है कि आज हमारे जीवन में सेल्फ मैनेजमेंट, टाइम मैनेजमेंट, थॉट मैनेजमेंट, प्रायोरिटी मैनेजमेंट और फैमिली मैनेजमेंट जैसे शब्द महत्त्वपूर्ण हो गए हैं, परंतु इन सभी शब्दों का लगभग एक ही अर्थ है और इनका सीधा संबंध मेडिटेशन से है। मेडिटेशन का उद्‌देश्य है—सकारात्मक विचार पैदा करना। मेडिटेशन विचारों का प्रबंधन करता है और विचार द्वारा विचारों की निगरानी करता है।**

स्वीकार भाव, माफ करना या माफी माँगना, स्वमान पैदा करना, क्रोध पर नियंत्रण, शांति व खुशी इत्यादि वे अवधारणाएँ हैं, जिनके सहारे हम नकारात्मक जीवन से दूर हो जाते हैं। साथ ही सकारात्मक जीवन अपनाकर सफलता अर्जित करते हैं। मेडिटेशन से स्व: की स्थिति मजबूत व स्थिर हो जाती है और स्व: की स्थिति पर बाहरी परिस्थिति का प्रभाव नहीं पड़ता है। यदि परिस्थिति हमारे स्व: की स्थिति पर हावी हो जाती है तो हमारा जीवन अनिश्चित हो जाता है, परंतु जब स्व की स्थिति मजबूत व स्थिर होती है तो हमारा लक्ष्य स्पष्ट होता है और हम जीवन में जो चाहते हैं, वही पाते हैं।

जीवन में सही कदम कैसे बढ़ाए जाएँ, **इसी संदर्भ में यह पुस्तक मानव जीवन में आनेवाली परस्पर विरोधी प्रवृत्तियों में 'विरुद्धों का सामंजस्य' स्थापित करने में योगदान देगी**। अपने विनम्र प्रयास के साथ प्रस्तुत की गई यह पुस्तक मानव जीवन को सहज, सुखमय बनाने के लिए निमित्तमात्र है। पाठकों का जीवन और अधिक सहज एवं सुखमय बनाने हेतु पुस्तक में संशोधन सादर आमंत्रित है। आपके सुझाव आगामी पाठकों के लिए बहुमूल्य साबित होंगे।

**—मनोज श्रीवास्तव**

लेन नं. 4, एकता विहार,
सहस्रधारा रोड, देहरादून
दूरभाष : 9412074595
इ-मेल : dio.hdr2010@gmail.com

# आभार

इस पुस्तक में ब्रह्माकुमारी ईश्वरीय विश्वविद्यालय से जुड़े चिंतकों के विचारों को मूल आधार बनाया गया है। 'अवैकनिंग विद द ब्रह्माकुमारीज' टेलीविजन कार्यक्रम के अंतर्गत कनुप्रिया द्वारा सिस्टर शिवानी और डॉ. गिरीश पटेल के साथ लिये गए विभिन्न विषयों पर साक्षात्कार और सुरेश ओबरॉय द्वारा सिस्टर शिवानी के साथ विभिन्न विषयों पर लिये गए साक्षात्कार को प्रमुख आधार बनाया गया है। प्रजापिता ब्रह्माकुमारी ईश्वरीय विश्वविद्यालय के साहित्य विभाग द्वारा प्रकाशित ब्रह्माकुमारी उषा बहन की पुस्तक 'अध्यात्म की ओर' के कुछ अंशों को समाहित किया गया है। प्रसिद्ध मनोचिकित्सक एवं अंतरराष्ट्रीय ट्रेनर डॉ. गिरीश की पुस्तक 'तनाव मुक्त जीवन के 18 सुनहरे सिद्धांत' का भी सहारा लिया गया है। पुस्तक के आवरण पृष्ठ के लिए सुनील मान सिंह का सहयोग लिया गया है। पुस्तक रचना के दौरान उत्तराखंड सरकार में जिला कार्यक्रम अधिकारी पद पर कार्यरत श्री मोहित चौधरी का निरंतर मार्गदर्शन भी मिला। पुस्तक रचना में अमूल्य सहयोग देनेवाली मेरी धर्मपत्नी श्रीमती रश्मि श्रीवास्तव के योगदान को नकारा नहीं जा सकता। पुस्तक रचना में मनोज सती व अरुण ने भी सहयोग दिया। परंतु श्री राजकुमार राणा जी एवं श्री गोपाल नारसन, के योगदान को नकारा नहीं जा सकता है। सभी का हार्दिक आभार।

इन सभी का हार्दिक आभार।

# अनुक्रम

# बौद्धिक संतुलन के आयाम

*जिस प्रकार नेत्रहीन व्यक्ति को दर्पण कुछ नहीं देता है, उसी प्रकार प्रज्ञाहीन व्यक्ति को शास्त्र कुछ नहीं देता है।*

***—भारतीय दार्शनिक शंकराचार्य***

अनुकूलन का सिद्धांत हमें यह बताता है कि जीवन में कैसे परिस्थितियों का सामना करके समस्याओं से उबरा जाए और जीवन को सफल बनाया जाए। भाग-दौड़ के जीवन में हमें नई-नई चुनौतियाँ और अनिश्चितताओं का सामना करना पड़ रहा है। आज परिस्थितियों का इतना अधिक दबाव है कि जीवन में हम जो गोल या लक्ष्य लेकर चलते हैं, वह परिस्थितियों के दबाव से छोटा होता जाता है। **अंततः हम परिस्थितियों से समझौता कर लेते हैं। डर, चिंता, अवसाद इत्यादि नकारात्मक ऊर्जा तथा विचार के कारण बड़े लक्ष्य की तुलना में छोटा लक्ष्य प्राप्त करके असंतोषपरक जीवन जीने के लिए बाध्य हैं। वादे अधूरे रहते हैं, कोशिशें कामयाब होती हैं। कोशिश अंतिम दम तक करनी चाहिए। कोशिश करने से या तो आपको अनुभव मिलेगा या मंजिल।**

महत्त्वपूर्ण बात यह है कि हम कोई भी जीवन जिएँ, संतुष्ट होकर जीवन जिएँ। यदि हम संतुष्ट रहकर जीवन व्यतीत करते हैं तो हमें जो खुशी मिलनी चाहिए, वह मिल जाएगी, क्योंकि हम अपने सभी कार्य अंततः खुशी पाने के लिए ही कर रहे हैं। जीवन की गलाकाट प्रतियोगिता भरी दौड़ में अपने मूल्यों से समझौता करके, यदि हम बड़ा लक्ष्य प्राप्त कर भी लें तो भी हमें अंततः असंतुष्टि का भाव ही प्राप्त होगा **अर्थात् जीवन में हर प्रकार की भौतिक सफलता के बाद भी हमारे भीतर एक खालीपन, असंतुष्टि का भाव रहेगा, जो कि हमें खुशी से बहुत दूर कर देगा अर्थात् हम बाह्य रूप से सफल होकर भी आंतरिक रूप से असफल जीवन व्यतीत करेंगे।**

आज का जीवन बहुआयामी हो चुका है। हमें प्रोफेशनल लाइफ, सोशल लाइफ और पर्सनल लाइफ अर्थात् व्यावसायिक जीवन, सामाजिक जीवन और व्यक्तिगत जीवन के विविध क्षेत्रों में अनेक प्रकार की समस्याओं का सामना करना पड़ता है। परंपरा के अनुसार किसी भी प्रकार की चुनौती का सामना करने के लिए बौद्धिक क्षमता अर्थात् आई-क्यू को प्रमुख कारक के रूप में माना गया है। कहा जाता है यदि किसी व्यक्ति में आई-क्यू अधिक है तो उसकी सफलता की संभावना ज्यादा है, **लेकिन जीवन में आई-क्यू का प्रयोग करने के बाद भी बढ़ती हुई अनिश्चितता, दबाव, तनाव, अवसाद, असफलता यह सिद्ध करती है कि हम अपनी भावनाओं की उपेक्षा कर रहे हैं, जो हमें जीवन में असफल बनाकर असंतुष्टि प्रदान कर रही हैं।**

इसी संदर्भ में आज बौद्धिक क्षमता, आई.क्यू. (इंटलीजेंट कांसेंट) के साथ भावनात्मक बुद्धि, ई.क्यू. (इमोशनल कांसेंट) की अवधारणा विकसित हुई है। **आई.क्यू. यदि आपको परीक्षा में अच्छे अंक दिलाता है तो हमारा ई-क्यू जीवन की परीक्षा में सफलता दिलाता है। जीवन को कैसे जिया जाए, यह हमारी बौद्धिक क्षमता से पता चलता है, लेकिन जीवन को सुंदर तरीके से कैसे जिया जाए, यह हमें भावनात्मक बुद्धि ई-क्यू से पता चलता है।** भावनात्मक बुद्धि का उपयोग करके हम बदलती परिस्थितियों में अपने को अनुकूलित कर सकते हैं और किसी भी अनिश्चितता या परिस्थिति का सामना कर सकते हैं। भावनात्मक बुद्धि का प्रयोग करके हम मन को स्थिर रखते हैं और आनेवाली परिस्थितियों से विचलित नहीं होते हैं। कठिन परिस्थितियों से निकलने के बाद हम पुन: सफलता के मार्ग पर बढ़ जाते हैं। **जीवन में अच्छी-बुरी परिस्थितियाँ तो आएँगी ही। मन या स्व की स्थिति मजबूत रखते हुए हम परिस्थितियों पर पूरी तरह से नियंत्रण पा लेते हैं।**

भावनात्मक बुद्धि का सहारा लेकर हमारे सोचने-समझने का ढंग बहु-आयामी हो जाता है। विश्व का हर व्यक्ति अपने आपमें विशिष्ट है। एक समान गुणोंवाले व्यक्ति इस संसार में नहीं हैं। इसलिए हम लोगों के मध्य वैयक्तिक अंतर रखते हैं, सबके साथ अलग-अलग व्यवहार करते हैं। आज के वातावरण में सफलता के लिए यह आवश्यक है कि हमारे अंदर अच्छी कम्यूनिकेशन और ऑर्गेनाइजेशनल स्किल हो, ताकि हम सही समय पर सही निर्णय लेकर दूसरों के साथ बेहतर ढंग से डील कर सकें।

**हमें अपनी भावनाओं के साथ दूसरों की भावनाओं का भी प्रबंधन करना चाहिए। बौद्धिक क्षमता तार्किक प्रक्रियाओं का प्रबंधन करती है तो भावनात्मक**

**बुद्धि हमारी भावनाओं का प्रबंधन करती है।** जीवन के विकास के साथ हमारी सुख-सुविधाओं में भी वृद्धि हुई है, लेकिन उसी अनुपात में हमारी अशांति में भी वृद्धि हुई है। इसका प्रमुख कारण है विकास की दौड़ में हम अपने मूल्यों के साथ और अंतरात्मा के साथ समझौता करते रहे हैं। आध्यात्मिक और नैतिक मूल्यों की उपेक्षा के कारण आज परिस्थितियाँ हम पर हावी हो चुकी हैं। परिस्थितियों ने हमें पूरी तरह से जकड़कर रख दिया है। परिस्थितियों के दबाव में हमने अपने लक्ष्य अथवा गोल से भी समझौता कर लिया है। अतः हम निरीह और दुःख भरे जीवन के लिए अभिशप्त हो चुके हैं। **निरीह, दुःख भरे व अशांति भरे जीवन के लिए आध्यात्मिक व नैतिक मूल्यों की उपेक्षा को प्रमुख कारक माना गया है।**

आजकल प्रोफेशनल, एज्युकेशनल और पर्सनल लाइफ में रेशनल इंटेलीजेंस के साथ इमोशनल इंटेलीजेंस पर बल दिया जा रहा है। आज हम भौतिक रूप से तो एक-दूसरे के नजदीक आए हैं, लेकिन हम अपने से और अपनों से बहुत दूर चले गए हैं। **रेशनल इंटेलीजेंस से हम बाहरी दुनिया की जानकारी पाते हैं, लेकिन इमोशनल इंटेलीजेंस से हम अंदर की दुनिया की जानकारी पाते हैं।** मुझे पता है कि मेरे विचार और इमोशन कैसे चल रहे हैं, लेकिन जब मुझे इसकी जानकारी नहीं हो पाती तो मैं बाहर की तरफ जाने लगता हूँ अर्थात् अंदर की दुनिया से दूर बाहर की ओर जाने लगता हूँ। रेशनल इंटेलीजेंस से हमें जो बाहर से उत्तर मिलता है, वह प्रमाण और प्रयोग पर आधारित होता है, लेकिन अपने भीतर इमोशनल इंटेलीजेंस से जो उत्तर मिलता है, वह अनुभव पर आधारित होता है।

अनुभव से प्राप्त उत्तर अधिक प्रामाणिक व विश्वसनीय होता है, लेकिन अंदर की दुनिया का अनुभव करने के लिए अर्थात् अपने को जानने के लिए हमें कुछ देर का समय अपने लिए निकालना होगा। अपने बारे में जानकारी प्राप्त करने के लिए हमें मेडिटेशन करना होगा। कुछ लोग कहते हैं कि पहले भौतिक जीवन व्यतीत कर लें, फिर आध्यात्मिक जीवन पर काम करेंगे, लेकिन हमें खुशी रिटायरमेंट के बाद नहीं चाहिए, बल्कि वर्तमान में ही चाहिए। **जब हम रेशनल इंटेलीजेंस के साथ इमोशनल इंटेलीजेंस पर बल देंगे, तभी हमें सफलता और शांति दोनों मिलेगी।** मानव का व्यक्तित्व कई तत्त्वों से मिलकर बना होता है—फिजिकल, मेंटल, स्पिरिचुअल, इमोशनल, रेशनल। जब हम सभी पक्षों की तरफ ध्यान देते हैं, तभी हमारी प्रोफेशनल और पर्सनल लाइफ संतुलित होगी और हमारा व्यक्तित्व संपूर्ण क्षमता के साथ कार्य करेगा।

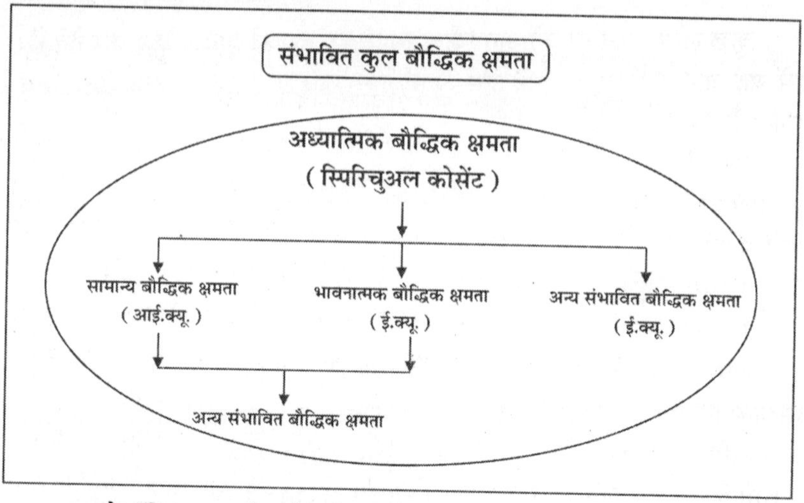


साइकोलॉजिस्ट हावर्ड गार्डनर ने सात विभिन्न बौद्धिक योग्यताओं की पहचान की। इनमें से प्रत्येक योग्यता मस्तिष्क के विशिष्ट भाग से संबंध रखती है—

1. भाषा को समझनेवाली बौद्धिक क्षमता,
2. तर्क तथा गणित को समझनेवाली बौद्धिक क्षमता,
3. संगीत को समझनेवाली बौद्धिक क्षमता,
4. अवधारणाओं को समझनेवाली बौद्धिक क्षमता,
5. नृत्य कलाओं को समझनेवाली बौद्धिक क्षमता,
6. स्वयं की भावनाओं को समझनेवाली बौद्धिक क्षमता,
7. दूसरे लोगों की भावनाओं को समझनेवाली बौद्धिक क्षमता।

कोई बिरला व्यक्ति ही इन सभी क्षेत्रों में बुद्धिमान हो सकता है, परंतु अधिकांश लोग एक या दो क्षेत्रों में बौद्धिक-मानसिक क्षमता रखते हैं, अन्य क्षेत्रों में कमजोर होते हैं। वर्तमान युग में बौद्धिक और मानसिक क्षमताओं को जाँचने के लिए, जो परीक्षाएँ होती हैं, वे भाषा की मानसिक व बौद्धिक क्षमता तथा तर्क एवं गणित की बौद्धिक क्षमता पर निर्भर होती हैं, जबकि किसी व्यक्ति की बौद्धिक, मानसिक क्षमता का आकलन करना हो तो ऊपर के समस्त सातों क्षेत्रों के आधार पर किया जाता है। इसके अतिरिक्त आठवीं विशेषतावाली बौद्धिक क्षमता की भी चर्चा की जा सकती है, जिसे हम भौतिक दुनिया से भिन्न '**आध्यात्मिक दुनिया को समझनेवाली बौद्धिक क्षमता**' के रूप में जानते हैं। स्वयं का मूल्यांकन भी इन्ही आठों आधारों पर किया जाना चाहिए। आध्यात्मिक बौद्धिक क्षमता; स्पिरिचुअल कन्सेंट अन्य सभी बौद्धिक क्षमताओं को प्रभावित करती है। ई.क्यू. एवं आई.क्यू. शेष बौद्धिक क्षमता को प्रभावित करती हैं।

**कुछ लोग अध्यात्म को अतार्किक कहते हुए इसकी पूर्ण उपेक्षा कर देते हैं। हमें यह जानना होगा कि अध्यात्म अतार्किक भाव न होकर अतितार्किक भाव रखता है अर्थात् अध्यात्म तार्किक-अतार्किक भाव से ऊपर भाव है। इस भाव को अतितार्किक भाव कहते हैं। अध्यात्म को समझने के लिए बौद्धिक क्षमता के साथ ही विवेक और आस्था भी महत्त्वपूर्ण होती है। विद्वानों ने विज्ञान को दो क्षेत्रों में बाँटा है—**

1. **पराविज्ञान,**
2. **अपराविज्ञान।**

**अपराविज्ञान का संबंध भौतिक विज्ञान से है तथा पराविज्ञान का संबंध अध्यात्म विज्ञान से है। अपराविज्ञान को फिजिक्स कहा जाता है तथा पराविज्ञान को मेटाफिजिक्स कहा जाता है। जिस बिंदु पर फिजिक्स की सीमा का अंत होता है, उसी बिंदु से मेटाफिजिक्स का प्रारंभ होता है अर्थात् जहाँ फिजिक्स की सोचने की क्षमता समाप्त हो जाती है, ठीक इसके बाद मेटाफिजिक्स का सहारा लेकर समस्याओं का अध्ययन किया जाता है।**

फिजिक्स में पहले चीजों को प्रूव किया जाता है, फिर फेथ किया जाता है, तब इसका अनुभव होता है। मेटाफिजिक्स में पहले फेथ किया जाता है, फिर इसे प्रूव किया जाता है, फिर इसका अनुभव होता है। मेटाफिजिक्स के समान मैथमेटिक्स में भी पहले चीजों को फेथ किया जाता है, फिर प्रूव किया जाता है, तब इसका अनुभव होता है। वास्तव में विज्ञान का सही रूप तर्कशास्त्र व गणित ही है। इसीलिए अरस्तु तर्कशास्त्र को विज्ञानों का विज्ञान कहता है। तर्कशास्त्र व गणित के आधार पर ही भौतिक विज्ञान सहित अन्य विज्ञान आधारित हैं। अरस्तु के समय स्कूलों में प्रमुख रूप से तर्कशास्त्र का ही अध्ययन-अध्यापन होता था। अध्यात्म न तो तर्क के विरुद्ध है और न ही तर्क से इसे सिद्ध किया जा सकता है, लेकिन इसे समझने के लिए गणित व विज्ञान की तरह प्राकल्पना का सहारा लेना पड़ता है। इस पर फेथ करके पूर्णत: संतुष्ट हो जाते हैं। अब हमें किसी तर्क या प्रमाण की आवश्यकता नहीं पड़ती है, क्योंकि स्वयं अनुभव से बढ़कर कोई प्रमाण नहीं होता है।

यहाँ उल्लेखनीय तथ्य यह है कि जो विद्वान् अध्यात्म को असिद्ध बताकर खंडन करते हैं, वही गणित या विज्ञान की प्राकल्पना विधि को स्वीकार भी करते हैं। अध्यात्म का विषय अनुभूतिपरक है। इसे भौतिक विज्ञान व तर्क के माध्यम से नहीं जान सकते हैं। यदि इसे जानना है तो पहले इस पर विश्वास करना होगा, तभी इसकी अनुभूति होगी।

प्रत्येक पहलू का बौद्धिक विश्लेषण नहीं किया जा सकता है। भावना का बौद्धिक विश्लेषण करने के लिए भावना को बौद्धिक बनाना कहाँ तक उपयुक्त है? हमें अपनी

बौद्धिकता की सीमा को पहचानना होगा। जो कोई भी अपनी बौद्धिकता की सीमा को पहचान लेता है, वह आस्था के प्रश्नों पर मौन हो जाता है। मौन की स्थिति में अनुभव से परे जाकर वस्तु अनुभूति का विषय बन जाती है। समकालीन भाषायी दार्शनिक विटगेंस्टाइन ने अपनी पुस्तक 'ट्रैक्ट्रेटस' में लिखा है कि जहाँ हम कुछ नहीं बोल सकते हैं, वहाँ हमें मौन रहना चाहिए; क्योंकि हमारी भाषा की सीमा हमारे जगत् की सीमा है।

यदि ऐसी जनजाति की कल्पना की जाए, जहाँ सभी व्यक्ति जन्मांध हों, यदि कोई आँखवाला व्यक्ति इसमें पैदा हो जाए और वह प्रकृति के मनोरम दृश्यों का वर्णन करे, तो समूह के अन्य व्यक्ति इस पर विश्वास नहीं करेंगे, लेकिन दूसरे समूह के आँखवाले व्यक्ति इसको सत्य मानेंगे अर्थात् यदि किसी व्यक्ति को किसी विषय के बारे में जानकारी नहीं है तो उस व्यक्ति को उस विषय के बारे में आलोचना करने का अधिकार नहीं होना चाहिए। हमारी समस्या यह है कि हम पहले परिणाम की प्रत्याशा करने लगते हैं, लेकिन परिणाम तो सदैव अंत में ही आता है। किसी सिद्धांत, मत पर विचार करने के लिए सभी प्रकार के पूर्वग्रहों को छोड़ना पड़ेगा और खुले मन से विचार करना होगा, तभी हम किसी सिद्धांत को अच्छी तरह समझ पाएँगे।

कुछ विद्वान् 'ऊर्जा की अविनाशता के सिद्धांत' की तुलना 'मूल्यों की अविनाशता के सिद्धांत' से करते हैं। कोई भी मूल्य, सार्वकालिक, सार्वभौमिक, वस्तुनिष्ठ और मार्गदर्शक गुणों से संपन्न होकर सीधे सामाजिक हितों से जुड़ा होता है। इन मूल्यों को प्राप्त करने के लिए हमें अध्यात्म विज्ञान का सहारा लेना पड़ता है। **अध्यात्म विज्ञान सकारात्मक वैचारिक ऊर्जा पैदा कर मनुष्य को मूल्यपरक बनाता है।**

□

# विचारों के आकर्षण का सिद्धांत

*मनुष्य अपने विचारों से निर्मित प्राणी है। वह जैसा सोचता है, वैसा ही बन जाता है।*

***—महात्मा गांधी***

एक सर्वोच्च एवं नियंत्रणकारी शक्ति इस संसार के लिए कार्य कर रही है और हम इससे प्रभावित होते रहते हैं। शांति व प्रेम ही वह शक्ति है, जिसकी वजह से आप सकारात्मक होते हैं और आपको सभी आवश्यक चीजें सहज मिल जाती हैं। इसे हम आकर्षण का नियम या प्रेम और शांति का नियम कह सकते हैं। यदि हम इसका पालन कर लें तो हमें मनचाही चीज प्राप्त हो सकती है। इसका आधार **आइजक न्यूटन का नियम है कि हर क्रिया की समान और विपरीत दिशा में प्रतिक्रिया होती है। अर्थात् यदि आप सकारात्मकता देते हैं तो बदले में आपको सकारात्मक चीजें ही मिलती हैं। यदि आप किसी को नकारात्मकता देते हैं तो बदले में आपको नकारात्मकता ही मिलती है।**

व्यक्ति के जीवन में जिस प्रकार की परिस्थितियाँ और व्यक्ति आते हैं, वह व्यक्ति के विचारों का परिणाम है। वह सब आपके विचारों द्वारा आकर्षित होकर आपके सामने आते हैं। आप जो देते हैं, वही पाते हैं। आप किसी दोस्त की मदद करेंगे तो निश्चित रूप से आप भी बदले में मदद पाएँगे। यदि किसी परिचित व्यक्ति पर क्रोधित होंगे तो वह क्रोध लौटकर आपके जीवन को प्रभावित करेगा। अधिकांश लोग अपनी प्रिय चीजों के बारे में जितना सोचते हैं, उससे अधिक अप्रिय चीजों के बारे में भी सोच लेते हैं। परिणामस्वरूप असफलता हाथ लगती है। यह सत्य जब आप जानेंगे तो सत्य आपको मुक्त कर देगा। हमारे विचार परिस्थितियों को आकर्षित करते हैं। सुख-दुःख के भाव का आधार हमारे विचार हैं। **एक ही विचार हमें सुख या दुःख देता है। जिस तरह से नदी जब बहती है तो यह अपना रास्ता खोजती है, इसी प्रकार हमारे विचार**

**भी अपने अनुरूप ब्रह्मांड में रास्ता खोजते हैं और रास्ता बन जाने पर उसी प्रकार की ऊर्जा का प्रवाह होने लगता है। फलस्वरूप उस विचार का प्रभाव वास्तविक जीवन में भी दिखाई देने लगता है।**

**आकर्षण के सिद्धांत के अनुसार हमारे विचार ईंधन का कार्य करते हैं।** यदि आप सोचते हैं, मैं बॉस के साथ नहीं रह सकता तो आप नकारात्मक विचार उत्पन्न कर रहे हैं। इसके फलस्वरूप आपके साथ बॉस का संबंध खराब होगा। दूसरी तरफ यदि आप सोचते हैं कि बॉस को हैंडिल करना एक मिनट का कार्य है तो बॉस से आपका संबंध सकारात्मक होगा। **दोष देना, आलोचना करना, गलती खोजना और शिकायत करना—ये सभी नकारात्मक विचार हैं। अपनी शब्दावली से भयंकर, भयानक, बेकार और वाहियात जैसे शब्द बाहर निकाल दें,** क्योंकि आकर्षण के नियम के अनुसार जैसा हम विचार देते हैं, वैसा ही विचार ग्रहण करते हैं। यदि हम सकारात्मक विचार देंगे तो सकारात्मक विचार और यदि नकारात्मक विचार देंगे तो नकारात्मक विचार प्राप्त करेंगे। यदि हम सकारात्मकता पर बल देते हैं तो नकारात्मकता हमसे दूर होती जाएगी और हम सकारात्मकता की ओर आकर्षित होंगे।

प्रत्येक व्यक्ति के चारों ओर आभामंडल या ऑरा होता है। यह एक विद्युत्-चुंबकीय क्षेत्र है। इस चुंबकीय क्षेत्र के आधार पर हम जीवन में हर विचार, व्यक्ति या वस्तु को आकर्षित करते हैं। इसी आधार पर हम सकारात्मकता एवं नकारात्मकता को ग्रहण करते हैं। अपने प्रयासों द्वारा हम ऐसे बिंदु पर पहुँच सकते हैं, जहाँ पर यह चुंबकीय शक्ति इतनी सकारात्मक और शक्तिशाली हो जाती है कि हम जिस चीज की कल्पना करते हैं, वह हमें प्राप्त हो जाती है।

**विलियम शेक्सपियर ने कहा है—हमारी शंकाएँ ही हमारी दुश्मन है। शंकाओं की वजह से हम हर उस युद्ध में हार जाते हैं, जिसमें जीत निश्चित होती है।** अपने अनुभव व बुद्धि के आधार पर अभी तक हमने बहुत अल्प ज्ञान अर्जित किया है। **हम जितना जानते हैं, उससे कई गुना नहीं जानते हैं। अल्प ज्ञान के कारण हम भ्रम में रहते हैं। जैसे यदि किसी वस्तु का जो भी रंग दिखाई देता है, वह उसका वास्तविक रंग नहीं होता है।** हर वस्तु में रंग तथा गुण ग्रहण करने की क्षमता होती है और क्षमता के बाद वस्तु उसे अस्वीकार कर देती है। इसी प्रकार वस्तु द्वारा रंगों को ग्रहण करने के पश्चात् अस्वीकार के रूप में दिखाई देनेवाले रंग हमारे सामने आते हैं और उन्हीं रंगों को हम देख पाते हैं। जिन रंगों को वस्तु ने ग्रहण कर लिया, वह रंग तो हम जान ही नहीं पाते हैं।

इसी प्रकार मनुष्य में सुनने और देखने की क्षमता सीमित होती है। एक सीमा के बाद हम इन्हें न सुन सकते हैं, न देख सकते हैं। जैसे—अल्ट्रा वायलट या इन्फ्रारेड लाइट

को हम देख नहीं सकते हैं। इसी प्रकार हमारे सुनने की क्षमता 20 से लेकर 20000 हर्ट्ज है। हम इस सीमा से न तो कम और न ही अधिक सुनने की क्षमता रखते हैं। संभव है कि हमारी बगल में कोई सूक्ष्म व्यक्ति या सत्ता बैठी हो और यह हमसे कुछ कह रही हो, लेकिन हमारी सीमित क्षमता के कारण यह हमें न तो दिखाई दे रही है और न सुनाई दे रही है। **भौतिक दुनिया वास्तविक नहीं है, बल्कि हमारी आध्यात्मिक दुनिया, विचार व दृष्टिकोण ही वास्तविक है।** आकर्षण के सिद्धांत के अनुसार जैसा हम विचार करते हैं, वैसा ही हो जाते हैं।

कुछ लोगों की मान्यता है कि हमारे विचार स्वप्न एवं कल्पनाएँ हैं। इनका वास्तविक संसार से कोई संबंध नहीं है, लेकिन कोई वैज्ञानिक एक परिकल्पना को लेकर ही आगे चलता है। बाद में इसे मूर्त रूप दिया जाता है। आरंभ में वस्तुएँ अमूर्त रूप में ही आती हैं। इसके बाद मूर्त रूप में आती हैं। इससे हमारी कल्पना, विचारों की शक्ति का पता चलता है। **अल्बर्ट आइंसटीन कहते हैं—तर्क आपको ए से बी तक ही ले जाएगा और कल्पना आपको अनंत तक ले जाने की क्षमता रखती है।**

**कृतज्ञता वह शक्ति है, जो हमारी सफलता का रास्ता खोलती है। हमें अतीत के प्रति कृतज्ञ रहना चाहिए अर्थात् जीवन में आपको जो भी पूर्व में मिला है, हर उस चीज के लिए कृतज्ञ रहें।** हमें वर्तमान के प्रति कृतज्ञ रहना चाहिए अर्थात् जीवन में जो मिल रहा है, उसके प्रति कृतज्ञ रहें। हमें भविष्य के प्रति कृतज्ञ रहना होगा अर्थात् जो आप चाहते हैं, ऐसा एहसास करें कि वह हमें प्राप्त हो चुका है। जॉन हेनरी जोवेट ने लिखा है कि कृतज्ञता एक वैक्सीन है, विषनाशक है और एंटीसेप्टिक है।

**आकर्षण के नियम के अनुसार, हम जिस प्रकार का विचार बाहर भेजते हैं, वह पुनः हमारे पास वापस आ जाता है, लेकिन हमें मानना होगा कि जीवन में जो भी घटनाएँ अच्छी या बुरी घटित होती हैं, वे अपने आपमें पूर्ण और कल्याणकारी हैं।** हम अपने सीमित दृष्टिकोण और ज्ञान के कारण घटित होनेवाली घटना को अकल्याणकारी मान लेते हैं, जबकि हर घटना अपने आपमें कल्याणकारी होती है, क्योंकि इन घटनाओं के पीछे कोई-न-कोई कारण होता है। **अप्रिय घटना भी हमें कुछ-न-कुछ सिखाने आती है।** यह घटना भी हमें कंफर्ट जोन से बाहर निकालकर नई दिशा देने का कार्य करती है। किसी भी कठिन परिस्थिति में यदि हम अपनी सकारात्मकता के कारण समस्या से बाहर निकल जाते हैं तो हमें यह और भी मजबूत बनाती है। इसलिए मानना होगा कि जो भी हो रहा है, वह सब हमारे लिए कल्याणकारी है। **यदि हमें कुछ भी अकल्याणकारी लग रहा है तो भी इसमें कुछ-न-कुछ कल्याण छिपा रहता है, क्योंकि यह घटना पाठ की सीख देकर हमें मजबूत करती है। दुःख हमें माँजता है।**

हमारे बारे में जो कुछ भी लोग सोच रहे हैं या बोल रहे हैं, वह सभी कुछ हमारे

कार्यों का परिणाम है। जब हम कोई विचार करते हैं तो यह वायुमंडल में जाकर पुनः हमारे पास वापस आ जाता है। इतना ही नहीं, विचार पैदा होते ही इसके परिणाम हमें मिलने लगते हैं। **हमारा हर कर्म अपने आपमें कारण भी है और परिणाम भी। हमारा हर विचार अपने आपमें कारण भी है और परिणाम भी।** अभी तक हमने जो कुछ किया है, उसका परिणाम हमें मिल रहा है। हम आज जो कर रहे हैं, उसका परिणाम आगे मिलेगा।

यदि दो व्यक्तियों में केवल एक व्यक्ति ही चाहे तो उनके बीच में झगड़ा नहीं हो सकता है, क्योंकि प्रत्येक व्यक्ति के विचार दूसरे व्यक्ति तक अनिवार्य रूप से पहुँचते हैं। यदि दोनों में से कोई एक व्यक्ति भी दूसरे व्यक्ति के लिए सकारात्मक विचार भेजे तो दूसरा व्यक्ति इसे कैच करता है। यदि कुछ परिस्थितियों में दूसरा व्यक्ति नकारात्मक ऊर्जा ही दे रहा है तो पहले व्यक्ति को अधिक मेहनत कर अधिक सकारात्मक ऊर्जा देने की आवश्यकता पड़ेगी। जिन्हें आप नहीं जानते, परंतु वे आपको जानते हैं, ऐसे अनजान व्यक्तियों के विचार भी आप तक पहुँचते हैं। सार्वजनिक व्यक्ति, लीडर, बॉस को इस संबंध में अधिक सावधान रहना चाहिए।

डॉ. गिरीश पटेल के अनुसार—एक मिनट में हमारे मन के भीतर 25 से 30 विचार पैदा होते हैं। चिंता के दौरान यह 40 से 50 तक पहुँच जाते हैं और आगे विचारों की संख्या बढ़ने पर दिमाग फट भी सकता है। सोने के दौरान भी मन में पाँच से सात विचार चलते हैं। इनमें से अधिकांश विचार अनुपयोगी हैं। बहुत कम विचार हमारे उपयोग में आ पाते हैं। **सजगता से हम विचारों पर निगरानी करके नकारात्मक एवं अनावश्यक विचारों पर नियंत्रण पा सकते हैं, क्योंकि हम अपने विचारों के मालिक हैं। हम अपना जीवन पूरे इंजॉय के साथ जिएँ। जीवन में समस्याएँ आएँगी, हमें विचारों पर अटेंशन रखना है और बिना टेंशन के जीवन जीना है।** अतीत की परेशानी और भविष्य की चिंता में सकारात्मक विचार नहीं आ सकते हैं। प्रसन्न रहना है तो वर्तमान में ही रहें। **वृद्ध अतीत में रहकर परेशान रहता है, युवा भविष्य को लेकर चिंतित रहता है; लेकिन बच्चा वर्तमान में ही रहकर प्रसन्न रहता है।**

वजन बढ़ने का प्रभाव धीरे-धीरे हमारे शरीर पर दिखने लगता है। सबसे पहले यह हमारी सुंदरता को प्रभावित करता है, फिर स्वास्थ्य को प्रभावित करता है और फिर हमारे कार्य को प्रभावित करता है। इसी तरह जब हमारे मन में विचारों का भारीपन आ जाता है या जब कोई विचार हमारे मन पर भारी पड़ने लगता है तो सबसे पहले इसका प्रभाव आंतरिक सुंदरता पर पड़ता है अर्थात् अब गुस्सेवाले स्वरूप में बदल जाता है। इसके बाद इसका प्रभाव हमारे चेहरे पर दिखेगा, इससे हमारा इमोशनल या भावनात्मक स्वास्थ्य खराब हो जाएगा। परिणामस्वरूप हमारी हर गतिविधि प्रभावित होने लगती है।

**विचारों का प्रभाव हमारे रिश्ते और कॅरियर पर पड़ता है। जैसे-जैसे हमारे इमोशनल या भावनात्मक स्वास्थ्य में गिरावट आती है, उसी क्रम में हमारे शरीर का वजन भी बढ़ने लगता है। अपने इमोशनल या भावनात्मक स्वास्थ्य को ठीक करने के लिए हमें बहुत सी उन बातों को छोड़ना होगा, जिनको बहुत दिनों से हमने पकड़कर रखा है।** हमें बात आई और बात गई के सिद्धांत को अपनाना होगा। **जिस प्रकार बंदर चने के लिए घड़े में हाथ डालता है और निकालते समय हाथ फँस जाता है, उसी प्रकार हमें शांति तब तक नहीं मिलेगी, जब तक हम पकड़ी गई बातों को नहीं छोड़ देते।** यदि हमने किसी के प्रति नफरत का भाव पकड़ के रखा है तो हमें शांति मंदिर, मसजिद, गुरुद्वारे जाकर नहीं मिलेगी। यदि हम नफरत को छोड़ दें तो हमें शांति के लिए मंदिर, मसजिद, गुरुद्वारे जाने की आवश्यकता ही नहीं पड़ेगी।

यदि हम विचारों पर निगरानी रखने लगेंगे तो नफरत के विचार धीरे-धीरे समाप्त होने लगेंगे। **हम जिस बिंदु पर अपना ध्यान केंद्रित करते हैं, ऊर्जा का प्रवाह उसी दिशा में होता है और जहाँ ऊर्जा का प्रवाह होगा, वहीं पर चीजें पैदा होने लगती हैं। यदि हम किसी बिंदु पर अपना ध्यान केंद्रित करना बंद कर दें तो उस चीज को ऊर्जा मिलनी बंद हो जाएगी और वहाँ मौजूद चीज अपना अस्तित्व खो देगी।** हमें अपने अंदर नया संस्कार बनाना होगा। मूलतः 'शांत स्वरूप हूँ' का विचार पैदा करना होगा। **शब्दों का असर हमारे जीवन पर होता है, इसलिए नकारात्मक के स्थान पर सकारात्मक शब्दों का चयन करें, जैसे—ओह, वाहियात, गंदे, बुरे लोग इत्यादि शब्दों के स्थान पर जबदस्त, अद्‌भुत जैसे शब्दों का प्रयोग करें।**

हमारे विचारों का प्रभाव हमारे जीवन पर पड़ता है और हमारे विचार प्राप्त सूचनाओं पर आधारित होते हैं। सुबह-सुबह हम न्यूज पेपर, टी.वी. से हिंसा, बलात्कार, घृणा, धोखा, डर तथा चिंतावाली सूचनाएँ ग्रहण करते हैं और ग्रहण की गई ये सूचनाएँ हमारे विचारों को प्रभावित करती हैं। महत्त्वपूर्ण बात यह है कि सुबह-सुबह विचारों के ग्रहण करने की क्षमता सामान्य से कई गुना अधिक होती है। **इसलिए हम नकारात्मक के स्थान पर सकारात्मक विचार ग्रहण करें। भजन-कीर्तिन करें, मेडिटेशन करें, प्रवचन सुनें; लेकिन सुबह-सुबह नकारात्मक विचार पैदा करनेवाले न्यूज पेपर, टी.वी. से दूर रहें। सुबह हमारे दिमाग की ग्रहण क्षमता अधिक होती है, दिमाग ब्लॉटिंग पेपर की तरह होता है, जिसमें सुबह-सुबह जो भी विचार हम डालते हैं, वह सोख लेता है।** शाम तक ब्लॉटिंग पेपर भर जाता है। इसलिए हमें देर से न्यूज पेपर और टी.वी. की न्यूज देखनी चाहिए, ताकि हमारे मन पर नकारात्मक बातों का असर कम हो।

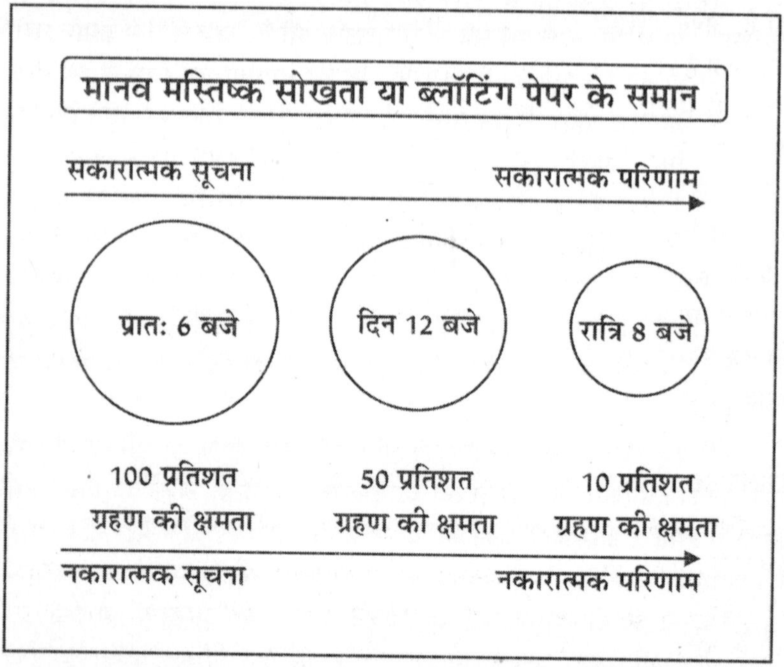


हमें यह देखना होगा कि हम जो भी काम कर रहे हैं, उसका कितना फायदा-नुकसान है। गुस्से का बुरा असर हमारे शरीर, मन, रिश्तों और प्रोफेशनल कॅरियर पर होता है। यह नकारात्मक ऊर्जा है, जिससे प्यार संबंधी सकारात्मक ऊर्जा ब्लॉक हो जाती है, क्योंकि हम एक समय में एक ही विचार कर सकते हैं, इसलिए एक समय में एक ही विचार के गुण प्राप्त कर सकते हैं। गुस्सा एक नकारात्मक विचार है, अतः इसके प्रभाव से हम नकारात्मक गुण ग्रहण करेंगे। गुस्सा आने पर इसका कम-से-कम दस मिनट तक असर होता है। गुस्सा बाहर भले ही दो मिनट का हो, परंतु अंदर इसका असर देर तक होता है। जितनी देर तक हम गुस्सा करते हैं, उतनी ही देर तक हम नकारात्मक ऊर्जा भी पैदा करते हैं; क्योंकि हमारा विचार ही हमारी ऊर्जा है।

**जो व्यक्ति हमें अच्छे लगते हैं, वे इसलिए अच्छे लगते हैं; क्योंकि हम उनके प्रति सकारात्मक ऊर्जा पैदा करते हैं, लेकिन जैसे ही हम उनके प्रति गुस्सा या नकारात्मक ऊर्जा पैदा करेंगे, वे लोग अच्छा लगना बंद हो जाएँगे।** नकारात्मक ऊर्जा की गति सकारात्मक ऊर्जा की गति की तुलना में अधिक होती है। इसीलिए सृजन की अपेक्षा विध्वंस करना आसान होता है। माता-पिता भी यदि अच्छी भावना से बच्चे पर गुस्सा करते हैं तो उतनी देर तक अपने बच्चे को नकारात्मक ऊर्जा ही देते हैं। लोग अपने गुस्से को जायज ठहराते हैं और कहते हैं कि हमारा बच्चा सुनता नहीं है, पढ़ता

नहीं है, अपनी ही चलाता है, इसको अपने दोस्तों की ही बात अच्छी और हमारी बात बुरी लगती है। इतनी देर तक हम बच्चे के बारे में बुरा ही सोचते रहते हैं **अर्थात् अच्छी भावना से किए गए गुस्से को भी सही नहीं ठहराया जा सकता है। हमें अपने विचारों में स्पष्टता लानी होगी कि हमारे कौन से विचार सकारात्मक और कौन से विचार नकारात्मक हैं।**

**यदि किसी व्यक्ति ने कोई गलत कार्य किया है तो हमें स्पष्ट भेद करना होगा कि वह काम गलत है या वह व्यक्ति गलत है। यदि कार्य को गलत ठहराने के स्थान पर व्यक्ति को ही गलत ठहराया जाता है तो आप यहाँ उस व्यक्ति के प्रति नकारात्मक ऊर्जा ही पैदा कर रहे हैं।** लोग काम के स्थान पर व्यक्ति को गलत ठहराते हुए कहते हैं कि आप तो हैं ही गलत, बार-बार कहने पर भी गलती करते रहते हैं। यहाँ पर देखनेवाली दिलचस्प बात यह है कि गलती को अलग रखकर व्यक्ति को ही गलत ठहरा दिया जाता है।

दूसरा व्यक्ति जो कुछ आपके बारे में चिंतन करता है, वह ऊर्जा भी आप तक पहुँचती है। इसलिए हमेशा अपनी सकारात्मक ऊर्जा का स्तर ऊँचा रखना चाहिए, जिससे दूसरों से प्राप्त होनेवाले नकारात्मक विचार के प्रभाव से बचा जा सके। यदि दूसरों के बारे में आप अच्छा सोचेंगे तो हमें लाखों लोगों से अच्छी ऊर्जा मिलेगी और इसके विपरीत बुरा सोचने पर हमें नकारात्मक ऊर्जा मिलेगी। हमेशा ध्यान रखना होगा कि हमें हमेशा अच्छी ऊर्जा मिलती रहे। हम मेडिटेशन से अपना इम्यून सिस्टम मजबूत कर सकते हैं। यदि हमारा इम्यून सिस्टम कमजोर रहता है तो बुरी ऊर्जा हमारे ऊपर आसानी से प्रभाव डालती है।

**कुछ लोग कहते हैं कि हमें किसी की नजर लग गई। यहाँ विशेष बात यह है कि हम दूसरों की बुरी नजर व सोच को नहीं बदल सकते हैं, हाँ अपने में सकारात्मकता रखकर इसके दुष्प्रभाव से जरूर बच सकते हैं।** इसलिए कोई व्यक्ति यदि आपके बारे में नकारात्मक सोच रहा है तो आप भी उसके बारे में नकारात्मक न सोचें। यदि आप नकारात्मक सोचते हैं तो आप अपना इम्यून सिस्टम कमजोर करके नकारात्मक ऊर्जा ग्रहण करने के लिए तैयार हो जाते हैं। आकर्षण का नियम है कि जो आप देंगे, वही आपको मिलेगा। यदि आप किसी को बुरी ऊर्जा देंगे तो आपको बुरी ऊर्जा मिलेगी। इसके बावजूद यदि कोई आपके घर में बुरी ऊर्जा भेज रहा है तो आप इसके दुष्प्रभाव से बचने के लिए सकारात्मक रहकर अपनी खिड़की-दरवाजे बंद कर लें।

**एनर्जी एनर्जी को काटती है। यदि कोई बुरा सोच रहा है तो उसके प्रति आप अच्छा सोचें। सबसे पहले ध्यान रखना होगा कि यदि हमारे बारे में कोई बुरा सोच रहा है तो हमारे अंदर डर की भावना नहीं आनी चाहिए।** फिर बुरा सोचनेवाले के

प्रति नफरत की भावना भी नहीं आनी चाहिए। डर की जगह आप अपने अंदर विश्वास रखें और दूसरों के प्रति दया का भाव रखें।

लोग नजर लगने से बचने के लिए काला टीका लगाते हैं, लेकिन काला टीका लगाने से काम नहीं चलेगा। सबसे पहले हमें अपना इम्यून सिस्टम मजबूत करना होगा। इससे बाहरी ऊर्जा का दुष्प्रभाव कम हो जाएगा। **यदि हम नकारात्मक ऊर्जा से बचने के लिए विश्वास रखकर कोई अँगूठी पहनते हैं, लेकिन इसके बावजूद हम नकारात्मक ही सोचते रहते हैं तो यह अँगूठी भी अपना काम नहीं करेगी।** यदि कुछ काम करेगा तो हमारी सोच और विचार ही काम करेगा। दूसरों के प्रति कोई विचार देने के पहले हम इसे अपने अंदर रखते हैं। यदि किसी के प्रति हम नफरत-गुस्सा करते हैं तो सबसे पहले अपने प्रति नफरत-गुस्सा करते हैं।

**कोई हमसे खुश है, यह महत्त्वपूर्ण नहीं है, हम अपने से खुश हैं, यह महत्त्वपूर्ण है। लोग हमारे बारे में क्या सोच रहे हैं, यह महत्त्वपूर्ण नहीं है, बल्कि हम अपने बारे में क्या सोच रहें है, यह महत्त्वपूर्ण है।** दूसरे की सफलता देखकर जब हमें दु:ख होगा तो हम अपनी स्वाभाविक ऊर्जा की खुशी को खो देते हैं। मन में यदि एक विचार आता है तो इसके बाद ठीक उलटा दूसरा विचार भी आता है। कहा जाता है कि हमारे अंदर दो पर्सनेलिटी होती हैं। ये दो पर्सनेलिटी नहीं, बल्कि मन में चलनेवाले दो तरह के विचार हैं। दोनों तरफ के विचार क्रमश: आते-जाते रहते हैं। इन्हीं विचारों में से सकारात्मक विचार पर ध्यान देना चाहिए।

चंदन की लकड़ी कैसे बिकेगी? लकड़हारे ने सोचा कि यदि राजा मर जाए तो जनता चंदन की लकड़ी खरीदकर इसका प्रयोग राजा के संस्कार में करेगी, लेकिन इसकी जगह लकड़हारा यह भी सोच सकता है कि राजा के घर खुशियाँ आएँगी तो लोग चंदन की लकड़ी खरीदेंगे और यज्ञ करेंगे। हमेशा समाधान, अच्छाइयों और विशेषताओं पर चर्चा करनी चाहिए, कमजोरी या कमी या समस्या पर चर्चा नहीं करनी चाहिए। मन में कोई-न-कोई विचार तो चलेगा ही। विचार से न्यूट्रल होना संभव नहीं है। **हमारे विचार दूसरों के लिए चलते हैं और दूसरों के विचार हमारे लिए चलते हैं। अच्छा या बुरा कोई-न-कोई विचार तो मन में चलेगा ही।**

लोग कहते हैं कि पता नहीं आज मैं किसका चेहरा देखकर उठा हूँ! आपने सुबह-सुबह किसी का चेहरा नहीं देखा है, बल्कि अपने मन में अच्छे विचारों की जगह नकारात्मक विचार पैदा किया है। सुबह-सुबह के नकारात्मक विचारों का प्रभाव दिनभर रहता है। यदि हमें कोई अच्छा नहीं लगता है और वह सुबह-सुबह सामने पड़ जाए तो हम कहते हैं कि आज का दिन खराब हो गया। **वास्तव में उन्हें देखने से हमारा दिन खराब नहीं हुआ, बल्कि उन्हें देखकर हमने जो विचार मन में पैदा किया है, उससे**

**हमारा दिन खराब होता है।**

इसीलिए सुबह-सुबह उठकर मेडिटेशन, पूजा-पाठ, सकारात्मक विचार, प्रवचन में दिमाग लगाना चाहिए। इससे आपके मन में सकारात्मक विचार आएँगे। **पूजा करें ही नहीं, पूजा से कुछ लें भी, पाठ करें ही नहीं, पाठ से कुछ लें भी। जब हम केवल पूजा-पाठ करते हैं और इससे कुछ लेते नहीं हैं तो इसका प्रभाव हमारे जीवन में नहीं आता है। जो पूजा-पाठ हमें कुछ दे सकता था, हमने कुछ लिया ही नहीं। हमारा धर्म, अध्यात्म दिखावा मात्र है।** पूजा-पाठ से केवल एक लाइन ही लें और उसका चिंतन-मनन करें। जीवन अपने आप अच्छा हो जाएगा। आप जो बोलते हैं और सोचते हैं, वही आपके पास वापस आएगा। कहा जाता है कि देवी-देवता श्राप या वरदान देते हैं। यदि आप अच्छा सोचेंगे तो वरदान तथा बुरा सोचेंगे तो श्राप मिलेगा ही।

विचार ही भाग्य बनाता और बिगाड़ता है। यदि दिन अच्छा निकालना है तो अच्छे विचार पैदा करने होंगे। आपका विचार आपका भाग्य बनाता है, मेरा विचार मेरा भाग्य बनाता है। अच्छी सोच को लेकर हम कुछ सोचेंगे तो हमारा दिन अच्छा बीतेगा। यदि आपके बारे में कोई गलत सोचता भी है तो उसके प्रति अच्छा व्यवहार रखें। उसके बुरे विचारों को ग्रहण न करें। जो आपके लिए बुरे विचार पैदा करेगा, वह उसके ही जीवन की सच्चाई बन जाएगी। **आप केवल मेरे पास विचार भेज सकते हैं, मेरी शक्ति पर निर्भर करता है कि मैं इसे ग्रहण करूँ या न करूँ। यदि किसी ने मेरे प्रति अच्छा सोचा और मेरे मन में नकारात्मक विचार है तो मैं वरदान को भी ग्रहण नहीं कर पाऊँगा। यदि कोई मेरे प्रति नकारात्मक भाव लाया और मेरा मन सकारात्मक है तो मैं नकारात्मक भाव को ग्रहण नहीं करूँगा। हमें सकारात्मक विचार के इन्टेंशन और अटेंशन पर बल देना होगा।** इसलिए कहा जाता है कि सोच-समझकर कार्य करें। सोच-समझकर बोलें, लेकिन हम पहले कार्य कर लेते हैं, फिर समझते हैं, फिर सोचते हैं, जबकि हमें किसी भी कार्य को करने के पूर्व सोचना है, फिर समझना है, फिर कार्य करना है।

यदि आप सुबह कुछ और शाम को कुछ और बोलते हैं तो यह न आपको अच्छा लगेगा और न दूसरों को। आंतरिक रूप से स्थिर व्यक्ति में स्पष्टता होती है, वे अच्छे श्रोता होते हैं, क्योंकि **आंतरिक रूप से स्थिर व्यक्ति जहाँ होगा, उसका मन भी वहीं होगा। वह उचित समय पर उचित प्रतिक्रिया देगा, क्योंकि ऐसे व्यक्ति पहले बात को सुनते हैं, समझते हैं, तब प्रतिक्रिया देते हैं।** इसके लिए हमें मेडिटेशन का अभ्यास करना होगा। मेडिटेशन हमें सिखाता है सकारात्मक विचार करना और अनावश्यक आनेवाले विचारों पर रोक लगाएँ। मेडिटेशन से विचार की मात्रा व गुणवत्ता दोनों ही अच्छी हो जाती हैं। इससे हम जान जाते हैं कि हमारे विचार में क्या चल रहा है। हमें कब सोचना

है, कितनी मात्रा में सोचना है और किसके बारे में सोचना है यह सब पता रहता है।

हमें तय करना होगा कि जैसे घर की बिजली फालतू जल रही है या नल खुला है, तो हम बचत के लिए इन्हें बंद कर देते हैं। उसी प्रकार हमें अपनी आंतरिक ऊर्जा की बचत के लिए फालतू विचारों को बंद करना होगा। फालतू विचार के कारण हम शाम तक घर पहुँचते-पहुँचते इतना थक जाते हैं कि अपने बच्चे और परिवार के लिए समय नहीं दे पाते हैं। फालतू विचारों से अपनी ऊर्जा नष्ट कर लेते हैं। आप सोचें कि जो हो रहा है, भले ही मेरे लिए अच्छा नहीं हो रहा है, परंतु समग्रता में अच्छा हो रहा है। **नकारात्मकता को जीवन में अवसर ही न दें। आप चीजों को, परिस्थितियों को और लोगों को स्वीकार करते जाएँ और सकारात्मक रूप से अपना काम करते जाएँ। कंडेम, क्रिटिसाइज और कंप्लेन से बचें।** जब तक आप लोगों को और चीजों को स्वीकार नहीं करते, तब तक आपके पास कुछ करने के लिए ऊर्जा शेष नहीं बचेगी। फोकस समस्या पर न रखकर समाधान पर रखें। चीन की कहावत के अनुसार, अभाव या कमी के दो अर्थ होते हैं—पहला धमकी, दूसरा अवसर। इसे धमकी न मानकर अवसर मान लें।

जब हमारे अंदर शक्तिहीनता की फीलिंग आती है तो हम गलत रिस्पॉन्स देते हैं और असफल होने पर दूसरों पर दोषारोपण करने लगते हैं। जब हम दूसरों पर अँगुली उठाते हैं तो हमारे कार्य की प्रक्रिया बाधित होती है। कार्य की प्रक्रिया बाधित होने से हमारे अंदर नकारात्मक विचार आते हैं। नकारात्मक विचार पहले अपने प्रति होते हैं, फिर दूसरों के प्रति और इसका प्रभाव हमारे प्रदर्शन पर पड़ता है। **हम अपने जॉब या बॉस को नहीं बदल सकते हैं, इसलिए बेहतर होगा अपने आपको बदल लें।**

**जब हमारी शक्ति से बड़ी परिस्थिति आती है तो हम उससे लड़ जाते हैं या उसमें बह जाते हैं, लेकिन कठिन परिस्थिति में हमें परिस्थिति से स्व की स्थिति को अलग कर लेना चाहिए। परिस्थिति को मैनेज करने के लिए पहले स्वयं को मैनेज करना होगा, लेकिन पहले हम परिस्थिति को मैनेज करने लगते हैं। कठिन परिस्थिति में हमें अपना ध्यान रखना होगा। यदि हम ठीक रहेंगे तो इसके लिए हमें सकारात्मक विचार पर बल देना होगा। परिस्थिति अपने आप मैनेज हो जाएगी।**

हमें सभी प्रकार की इन्फॉरमेशन फिल्टर करके ही लेनी चाहिए। बेकार की इन्फॉरमेशन डिलीट कर दें और आगे बेकार इन्फॉरमेशन भी ग्रहण न करें। **इसके लिए हमें नकारात्मक विचार ही नहीं, अनावश्यक विचार पर भी रोक लगानी होगी।** अनावश्यक विचार का यह अर्थ है कि हम एक ही इन्फॉरमेशन को बार-बार ग्रहण करने लगते हैं। जैसे कोई न्यूज चैनल पर देखने के बाद हर चैनल पर वही न्यूज देखने लगते हैं। वैसे भी न्यूज में नकारात्मकता ज्यादा होती है। **जिस क्वालिटी की**

**इन्फॉरमेशन हम अपने अंदर भरेंगे, उसी क्वालिटी के विचार पैदा होंगे। यदि अपने अंदर नकारात्मक या अनावश्यक इन्फॉरमेशन डालते हैं तो सकारात्मक सोच पैदा करना कठिन हो जाएगा।**

हम सुबह जब उठते हैं तो हमारा दिमाग एक फ्रेश ब्लॉटिंग पेपर की तरह साफ होता है, लेकिन जैसे-जैसे समय बीतता है, वैसे-वैसे हम अपने अंदर इन्फॉरमेशन ग्रहण करते हैं और इसी के अनुरूप विचार चलता है। प्रारंभ में ब्लॉटिंग पेपर या हमारा दिमाग बहुत अच्छी तरह कार्य करता है, लेकिन धीरे-धीरे यह सैचुरेट या संतृप्त होने लगता है। इससे इन्फॉरमेशन ग्रहण करने की क्षमता कम होने लगती है और जितनी इन्फॉरमेशन अंदर रहती है, इसी के अनुरूप विचार चलता रहता है। **यदि सुबह आपके दिल से कोई गाना या संगीत निकल जाता है तो वह दिनभर गुनगुनाया जाता है। इसी प्रकार घर में यदि सुबह-सुबह झगड़ा हो जाता है तो इसका प्रभाव दिनभर रहता है। कहा जाता है कि अपने दिन की शुरुआत मेडिटेशन या प्रवचन और सकारात्मक विचार से करें।**

सकारात्मक सोच का अर्थ है—हर परिस्थिति में सही दिशा में सोचना। सकारात्मक सोच का यह अर्थ नहीं है कि हम यह अपेक्षा रखें कि हमारे साथ हमेशा अच्छा ही होगा। बल्कि सकारात्मक विचार का यह अर्थ है कि अभी तक जो कुछ भी हुआ, वर्तमान में उसे स्वीकार भाव से लिया जाए, क्योंकि वर्तमान में यदि हम स्वीकार भाव से अगला कार्य करते हैं तो खुश रहकर कार्य करेंगे और इसका परिणाम भी अच्छा होगा।

**लोग सोचते हैं कि हर व्यक्ति, हर परिस्थिति हमारे अनुकूल होनी चाहिए, लेकिन अनुकूल होने का अर्थ यह नहीं है कि हर बात हमारी परिभाषा के अनुसार ही अनुकूल हो। जब हमारी परिस्थिति के अनुसार हर बात अनुकूल नहीं होती है तो हम परेशान होते हैं और कहते हैं कि यह हमारे लिए सकारात्मक नहीं था। इसलिए हमारे लिए यह आवश्यक है कि हम पहले पिछले परिणामों और परिस्थितियों को स्वीकार करें, क्योंकि इसके अलावा हमारे पास विकल्प ही क्या है!** जब हमारे अनुसार घटना नहीं भी घटती है, तब भी हमको सकारात्मक ही सोचना है। हमें हर परिस्थिति में खुश रहना है और सकारात्मक सोच रखनी है। सकारात्मक सोच का अर्थ है, जो हुआ, जो हो रहा है और जो होगा, वह एकदम परफेक्ट और कल्याणकारी है। हम प्रार्थना में ईश्वर से यही माँगते हैं कि हमारे लिए जो भी उचित हो, वही हमें मिले।

हम ईश्वर से यह कभी नहीं कहते कि मेरे लिए यह उचित है और आप यह काम करें। हम जीवन में घटना की कल्पना कर लेते हैं और अपेक्षा रखते हैं कि घटना मेरे अनुसार ही होगी। जैसे **आप किसी मीटिंग के लिए घर से निकलते हैं तो यह मान लेते हैं कि आप स्वयं तथा मीटिंग के अन्य सदस्य, मीटिंग में समय पर पहुँचेंगे,**

**मीटिंग विशेष टॉपिक पर ही होगी और हम अपनी बात विशेष ढंग से रखेंगे, लेकिन वास्तविकता इसके विपरीत हो सकती है। आप ट्रैफिक में फँस जाते हैं, दूसरे सदस्य लेट हो जाते हैं और मीटिंग का पूरा टॉपिक ही बदल जाता है। अब पूरी परिस्थिति ही बदल चुकी है।** अतः हम पहले से ही यह मानकर न चलें कि यह ही होगा। सकारात्मक विचार का अर्थ है कि अभी तक जो हुआ है, वह अच्छा हुआ है। सकारात्मक विचार का यह अर्थ नहीं है कि जैसा मैं सोचता हूँ, वैसा ही होगा।

हम कैसे सोचते हैं और कैसे बोलते हैं, यह हमारी वास्तविकता को दिखाता है। जब हम असहज रहनेवाली भावना को पैदा करते हैं तो हमारी वास्तविकता असहज हो जाती है। गुस्से से हमारी सोच और बोल में अंतर आ जाता है और यह हमारी शांति भंग करता है। हमें जो कुछ चाहिए, उसके विपरीत सोच और बोल रखते हैं अर्थात् हमें प्रेम और शांति चाहिए, लेकिन हम गुस्सा करते हैं। जब बच्चा परीक्षा देने जाता है, उसके प्रति अच्छी भावना रखकर सकारात्मक बातें करें। **यदि एक दिन में हम पाँच लोगों पर गुस्सा होते हैं और कहते हैं कि तुमसे कोई भी काम नहीं होता है, तो हम पाँच लोगों को नकारात्मक बातें कहकर नकारात्मक ऊर्जा देते हैं। आकर्षण के सिद्धांत के अनुसार, हम जो देते हैं, हमें वही मिलता है।**

**अनावश्यक व नकारात्मक विचार अनेक अनुत्तरित प्रश्नों को जन्म देता है। अनुत्तरित प्रश्न हमारी असंतुष्टि का कारण बनते हैं।**

हम पाँच अलग-अलग लोगों से अलग-अलग समय में अलग-अलग बात कहते हैं, लेकिन स्वयं से यही बात पाँच बार अपने लिए कहते हैं अर्थात् हमने पाँच बार नकारात्मक ऊर्जा ग्रहण की। दूसरों को तो हम एक वाक्य में बोलते हैं, लेकिन हम अपने मन में कई वाक्य में बोलते रहते हैं। दूसरे हमारे प्रभाव से निकल जाते हैं, लेकिन जब स्वयं से बोलने लगते हैं, तब हम अपनी नकारात्मक बातों से पूरी तरह बाहर नहीं निकल पाते हैं, क्योंकि हम ये बातें पूर्ण रूप से स्वीकार करके ही स्वयं से कहते हैं। दूसरा व्यक्ति आपकी बात को स्वीकार करे, यह जरूरी नहीं, लेकिन हम तो अपनी बात को मानते ही हैं। इसलिए अपनी बात का स्वयं पर अधिक प्रभाव पड़ता है।

**विचारों का प्रभाव हमारे ऊपर जिस रूप में पड़ता है, उसी के अनुरूप हम कार्य करते हैं। यही कार्य हमारे कार्मिक अकाउंट का निर्माण करता है।**

□

# कार्मिक अकाउंट

*प्रत्येक किए गए कर्म का फल अवश्य मिलता है और बिना किए गए कर्म का फल नहीं मिलता है।*

**—न्याय : वैशेषिक दर्शन**

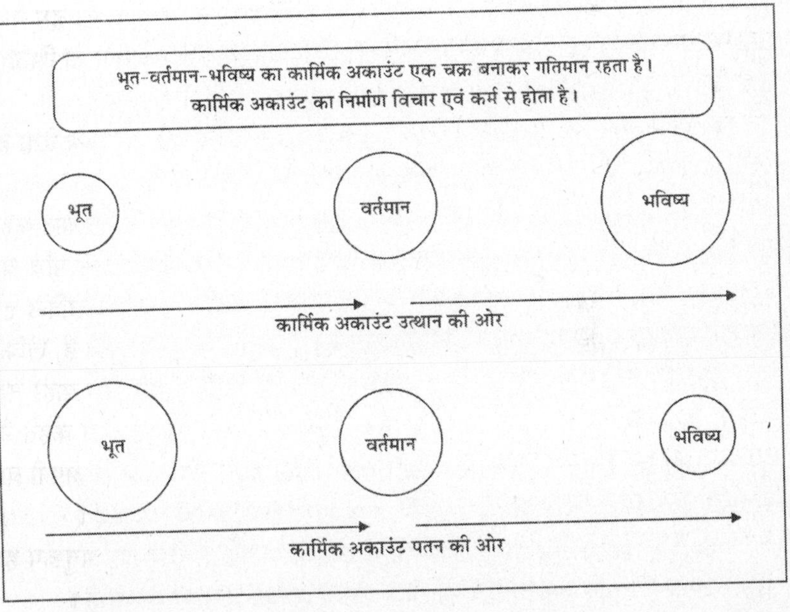


वर्तमान जीवन हमारे पूर्व कर्म का परिणाम है और भविष्य का जीवन वर्तमान कर्म का परिणाम होगा। प्रत्येक विचार और कर्म अपने आपमें कारण भी हैं और परिणाम भी। कार्मिक अकाउंट हमारे जीवन में एक निर्णायक की भूमिका निभाता है। यदि हम पूर्व में प्राप्त असफलता को देखकर दुःख, चिंता, हताशा में चले जाते

**हैं तो यही विचार हमारे आगामी भाग्य का निर्माता होगा। इसलिए असफलता पाने पर भी नकारात्मक विचारों से बचकर सकारात्मक विचार रखते हुए कर्म करते रहें,** जैसे—यदि हमने 100 प्रतिशत नंबर लाने की तैयारी की और तैयारी पूर्ण है एवं सभी लोग कहते भी हैं कि हमें 100 प्रतिशत नंबर मिल जाएँगे, लेकिन रिजल्ट से पता चलता है कि हमारे 50 प्रतिशत नंबर ही आए हैं। यदि कम नंबर देखकर चिंता में जाकर परेशान होते हैं तो हम अपने ऊपर आत्मविश्वास खोते हैं और अपसेट होने के बाद हमारे अंदर असुरक्षा की भावना के विचार पैदा होने लगते हैं और यही विचार हमारे आगामी भाग्य का निर्माण करते हैं। इसका परिणाम यह होगा कि जहाँ पिछली बार हम अपने अनुसार पूरी मेहनत करके मात्र 50 प्रतिशत नंबर पाते हैं, वहीं अब नकारात्मक विचार के कारण अगली बार यह नंबर घटकर 40 प्रतिशत पर पहुँच जाता है। अर्थात् भूतकाल के कार्मिक अकाउंट ने 100 प्रतिशत लाने की क्षमता होने पर भी हमें 50 प्रतिशत पर रोक दिया था। वर्तमान के नकारात्मक विचार से कार्मिक अकाउंट और कमजोर होगा, फलस्वरूप हम पूरी क्षमता से कार्य करने के बावजूद 50 के बजाय 40 प्रतिशत अंक ही प्राप्त कर सकते हैं। इसके विपरीत यदि हम 50 प्रतिशत नंबर पाने के बावजूद इसे स्वीकार भाव से लेते हैं और सकारात्मक विचार रखते हैं, नकारात्मक विचार को जगह नहीं देते हैं तो यह 50 प्रतिशत धीरे-धीरे बढ़कर 100 प्रतिशत तक पहुँच जाएगा। हमें उपरोक्त विश्लेषण में मानना होगा कि यदि 100 प्रतिशत नंबर लाने के लिए पाँच कारक होना अनिवार्य है और चार कारक हमारे पास मौजूद हैं, लेकिन पाँचवाँ कारक हमारा कार्मिक एकाउंट ठीक नहीं है, तो हमें इसी अनुपात में नंबर भी कम मिलेंगे। इसलिए हमारे लिए यह जरूरी है कि **हम सकारात्मक विचार से अपने कार्मिक अकाउंट को ठीक रखें और सफलता के लिए अन्य गुणों को भी विकसित करें तो हमें 100 प्रतिशत अंक लाने से कोई रोक नहीं सकता है।**

**एक साधारण सी रेस में भी सिखाया जाता है कि एकदम सीधा देखना चाहिए, क्योंकि आपको अपने टारगेट तक पहुँचना है। आपको इधर-उधर नहीं देखना है। रेस में दूसरों को देखने से ध्यान ही भंग नहीं होता, बल्कि डर व असुरक्षा की भावना भी आती है।** यह इमोशन हमारी क्षमता को कम कर देता है। लोग कंपीटिशन की भावना रखकर नंबर एक की पोजीशन तो प्राप्त कर लेते हैं, लेकिन साथ में डर और असुरक्षा की भावना भी पैदा कर लेते हैं, इसलिए लोग सबकुछ पाकर भी खुश नहीं रहते हैं। **जिस स्टूडेंट को फर्स्ट रहने की आदत पड़ जाती है, वह फर्स्ट रहकर भी खुश नहीं रहता है, क्योंकि उसके मन में सेकंड आने का डर और असुरक्षा की भावना रहती है।** इस स्थिति में लोगों की खुशी का पैमाना प्राप्त ज्ञान, अंक, लाभ, लक्ष्य न होकर केवल नंबर एक पोजीशन पर टिके रहना ही होता है। इन स्थितियों में अब डर और

असुरक्षा की भावना जीवन की साथी बन जाती है। इससे अब हमारे अंदर नई भावना ईर्ष्या भी पैदा होती है। औरों से आगे जाने की होड़ में हम अपना नकारात्मक कार्मिक एकाउंट बना लेते हैं, जिसका बुरा परिणाम हमें भविष्य में मिलता है।

यदि हमने किसी को धोखा दिया, झूठ बोला, किसी का शोषण किया है तो कार्मिक अकांउट व आकर्षण के नियम के अनुसार यह हमें वापस मिलेगा। हो सकता है कि भौतिक रूप में हम सफल भी हो जाएँ, लेकिन हम रिश्तों में, इमोशनल हेल्थ में और अपनी अंतरात्मा के रूप में कमजोर होंगे। यदि हमने सबकुछ पा भी लिया है, लेकिन हमने इसे पाने का गलत तरीका अपनाया है तो हमें आंतरिक खुशी नहीं मिलेगी। आज हम कंपीटिशन की होड़ में रिश्तों में भी कंपीटिशन करने लगे हैं, यहाँ तक कि पति-पत्नी भी आपस में कंपीटिशन करने लगे हैं। यह हमारा संस्कार बन जाता है। पहले हम ऑफिस में गुस्सा करते हैं, फिर इसे घर लेकर आते हैं और फिर घर का गुस्सा ऑफिस में ले जाते हैं, यह गुस्सा हमारे व्यक्तित्व का हिस्सा बन जाता है।

जब इनपुट सेम होगा तो आउटपुट सेम होना चाहिए, लेकिन इस स्थिति में आउटपुट सेम नहीं निकलेगा, क्योंकि दोनों का कार्मिक एकाउंट अलग-अलग है। हमारा पिछला कार्मिक एकाउंट बहुत कुछ हमारी सफलता को निर्धारित करता है। सिद्धांत के रूप में हमने सभी का इनपुट एक ही माना है, लेकिन ऐसा संभव नहीं होता कि सभी का इनपुट फैक्टर एक समान हो। इस परिस्थिति में दो लोगों में कंपीटिशन असंभव है। यदि हम किसी से कंपीटिशन करते हैं तो हमारा इनपुट फैक्टर प्रभावित होने लगता है।

**मेरी असफलता का कारण मेरा पिछला कार्मिक एकाउंट था, लेकिन वर्तमान में अब मेरी नकारात्मक ऊर्जा, ईर्ष्या, घृणा से अपना वर्तमान कार्मिक एकाउंट और भी खराब हो जाता है। इससे आगे सफलता मिलने की संभावना कम हो जाती है। इच्छाशक्ति, आत्मविश्वास जब कम होता है तो हम दुःखी होकर डर और असुरक्षा की भावना पैदा कर लेते हैं।** इससे हमारा आउटपुट और भी कम हो जाता है। जितना आउटपुट कम होगा, उसी तुलना में दूसरे से कंपीटिशन की भावना बढ़ने लगेगी। इस स्थिति में दो लोगों के बीच आउटपुट में गैप बढ़ता जाएगा। इसलिए कोई व्यक्ति सफल है तो हमें मान लेना चाहिए कि उसका कार्मिक एकाउंट अच्छा है, लेकिन सबकुछ होते हुए भी यदि हम असफल हैं तो हमारा पिछला कार्मिक एकाउंट अच्छा नहीं है। **इसलिए व्यक्ति को प्रत्येक स्थिति में अपने अंदर सकारात्मक रूप से सुधार करना चाहिए अर्थात् बेस्ट इनपुट डालना चाहिए। हमें जो भी रिजल्ट मिले, उसे पूरी ईमानदारी से स्वीकार करना चाहिए।**

यदि दो लोगों का आत्मविश्वास एक समान 80 नंबर पर है तो एक व्यक्ति दूसरे व्यक्ति की सफलता और अपनी असफलता देखकर, अपनी किस्मत को कोसते हुए अपने

आत्मविश्वास के 50 अंक तक पहुँच सकता है। इससे पहले व्यक्ति में डर, असुरक्षा की भावना होगी, फिर ईर्ष्या पैदा होने लगेगी। इसका मतलब मुझे आपकी सफलता या खुशी अच्छी नहीं लग रही है, साथ में अपनी असफलता भी अच्छी नहीं लग रही है। यहाँ महत्त्वपूर्ण बात यह है कि दूसरे की खुशी अच्छी न लगने का मतलब है कि वह व्यक्ति नकारात्मक ऊर्जा पैदा कर अपना कार्मिक एकाउंट खराब कर रहा है। नकारात्मक स्थिति का यह मतलब हुआ कि अब आगे भी सफलता की संभावना बहुत कम है।

चूँकि मुझे आपकी सफलता पसंद नहीं है, इसलिए आपसे आगे जाने के लिए, नीचा दिखाने के लिए गलत रास्ता अपनाऊँगा। अब इससे हमारा कार्मिक एकाउंट खराब होने लगेगा। इसलिए हमें वर्तमान के गलत कर्म से डरना चाहिए। हो सकता है कि गलत रास्ता अपनाकर हमें भौतिक रूप से सफलता मिल जाए, लेकिन अंदर की खुशी गायब रहेगी। हमारे अंदर का कार्मिक एकाउंट और संस्कार खराब हो जाएगा। **वर्तमान में अच्छा कर्म करते जाएँ, इससे हमारा पिछला कार्मिक एकाउंट सेटल्ड या चुकता हो जाएगा। जितनी भी आपको सफलता मिलनी थी, उससे अधिक मिलने लगेगी, क्योंकि अब आपने अपना विचार बदल लिया है।**

आप जब अपना सबसे अच्छा रिजल्ट देते हैं, तब आपका पूरा दिन अच्छा गुजरता है और आपको नींद भी अच्छी आती है। जब नींद अच्छी आती है तो पुन: अगला दिन अच्छा गुजरता है। इसका अर्थ है कि कल की चिंता छोड़कर वर्तमान में खुश रहें, क्योंकि कल को किसी ने नहीं देखा है। हमारी आज की चिंता आनेवाले कल के परिणाम को बदल नहीं सकती। भविष्य में आनेवाला परिणाम केवल हमारे वर्तमान कर्म पर ही निर्भर नहीं करता, बल्कि यह भूतकाल के कार्मिक एकांउट पर भी निर्भर करता है। **इसी प्रकार वर्तमान का कार्मिक एकाउंट भविष्य के परिणाम में सहायक होगा। इसलिए हमें हमेशा परिणाम की चिंता किए बिना अपना अच्छा कर्म करना चाहिए और अपना कार्मिक एकाउंट भी ठीक रखना चाहिए। यदि हमारा कार्मिक एकाउंट अच्छा होगा तो हमें परिणाम भी अच्छा ही मिलेगा।**

**एक नियम यह है कि जिसको देखकर आपको खुशी नहीं होगी, वह आपके घर नहीं आएगा।** मतलब किसी की सफलता को देखकर यदि आपको खुशी नहीं मिलेगी तो सफलता आपके घर नहीं आएगी, क्योंकि हमने सफलता के प्रति अच्छा सकारात्मक विचार नहीं रखा और इसके इर्द-गिर्द नकारात्मक ऊर्जा का एरिया बना लिया, इसलिए दूसरों की सफलता और खुशी में खुश हो जाएँ। हम कंपिटिशन की जगह कोऑपरेशन या सहयोग दें, दूसरों को आगे बढ़ाते जाएँ, जो सबको सहयोग देगा, उसे सहयोग भी मिलेगा। जो सहयोग देगा, उसको इतनी दुआ मिलेगी कि उसका जीवन स्वत: आगे बढ़ने लगता है। ऐसा व्यक्ति अपनी क्षमता से अधिक परिणाम देने लगता है।

**यदि किसी ने मुझे दुःख पहुँचाया है तो मुझे इस दुःख से बाहर निकलना ही होगा। यदि मैं ऐसा नहीं करता हूँ तो बुरे कार्मिक एकाउंट के कारण मुझे पुनः दुःख होगा, क्योंकि दुःख के बदले दुःख ही मिलेगा। इस समय हम नकारात्मक ऊर्जा पैदा करते हैं और भविष्य में यह नकारात्मक ऊर्जा पुनः हम प्राप्त भी करेंगे** अर्थात् संसार में जो कुछ भी हो रहा है, वह हमारे कर्मों का फल है। इसलिए तुरंत ही हमें अपनी नकारात्मक ऊर्जा निकालना बंद करना होगा, नहीं तो पुनः नकारात्मक ऊर्जा हमारे पास लौटकर आएगी। यदि हम बार-बार नकारात्मक ऊर्जा पैदा करते हैं तो यह बार-बार हमें वापस मिलेगी। इसके परिणामस्वरूप हमारे अंदर नकारात्मकता इतनी अधिक हो जाएगी कि इससे बाहर निकलना ही मुश्किल हो जाएगा। इसलिए नकारात्मकता से जितनी जल्दी हो सके, बाहर निकल जाना अच्छा होगा।

हमारे संस्कार और कार्मिक अकाउंट हमारी सफलता के प्रमुख कारक या तत्त्व हैं। इस मान्यता के अनुसार कि पूर्वजन्म या पूर्व में किया गया कर्म वर्तमान की सफलता और वर्तमान में किया गया कर्म भविष्य की सफलता का प्रमुख कारक है, इसीलिए हम जीवन में देखते हैं कि **कुछ लोग कम मेहनत करके भी बहुत कुछ हासिल कर लेते हैं और कुछ कड़ी मेहनत के बाद भी असफल ही रहते हैं,** लेकिन महत्त्वपूर्ण बात यह है कि हम असफलता से दुःखी होने के बजाय सफलता के लिए निरंतर विचार करें और प्रयास करते रहें, क्योंकि इससे हमारा कार्मिक एकाउंट ठीक होगा। जब कार्मिक एकाउंट के अतिरिक्त अन्य तत्त्वों—विश्वास, दृढता, लगाव, प्रतिबद्धता, शांति, प्रेम, आनंद इत्यादि के साथ काम करने की प्रवृत्ति आ जाती है तो हमें सफलता मिल जाती है। अब सफलता के लिए सभी कारक हमारे पास मौजूद हैं। पिछली बार हमारे पास सभी कारक तो थे, लेकिन हमारे कार्मिक एकाउंट में कर्म अपर्याप्त थे। इस बार वह कमी दूर जाती है, अतः अब हमें सफलता मिल जाएगी।

**हमारा कार्मिक अकाउंट हमारे भविष्य की दिशा एवं दशा तय करता है। मेडिटेशन-योग के माध्यम से सकारात्मक विचार पैदा करके, हम अपना कार्मिक अकाउंट ठीक कर सकते हैं। हमारा कार्मिक अकाउंट सही होने पर क्रोध जैसे नकारात्मक भाव पर नियंत्रण पाना आसान हो जाता है।**

□

# क्रोध

*क्रोध को अपने पाले में रखना गरम कोयले को किसी की ओर फेंकने की नीयत के समान है। इससे आप स्वयं ही जलते हैं।*

***—महात्मा बुद्ध***

**क्रोध मूर्खता के भाव से शुरू होने के बाद पश्चात्ताप के भाव पर समाप्त होता है। क्रोध में हम दूसरे की गलती की सजा स्वयं को देते हैं। क्रोध को नियंत्रित करने का सबसे अच्छा उपाय है कि आप किसी से अपेक्षा न रखें। यहाँ अपेक्षा का अर्थ छोटी-छोटी अपेक्षाएँ हैं,** जैसे—आप टाइम पर क्यों नहीं पहुँचे, आपने फोन क्यों नहीं किया अथवा आपने उलटा जवाब क्यों दे दिया? अपेक्षा रखें, किंतु हर कदम पर अपेक्षा रखना ग़लत है। अपेक्षा रखने का मतलब हमने अपेक्षा के अनुसार अपनी एक इमेज बना रखी है और जब हमारी इमेज से आपकी इमेज मैच नहीं करती तो हमें क्रोध आ जाता है।

इसके विपरीत हो सकता है कि कोई हमसे ही अपेक्षा रखे। जब हम उसकी अपेक्षा पर खरे नहीं उतरते हैं तो उस व्यक्ति को क्रोध आ जाता है। इस परिस्थिति में हमें पता करना पड़ेगा कि हम अपने आपसे क्या चाहते है। **जैसे कोई चाय पीने को कहता है और दबाव डालता है कि मेरे लिए चाय पी लीजिए। यहाँ हमें चाय पीने की जिम्मेदारी लेनी पड़ेगी। किसी के कहने के अनुसार नहीं, बल्कि अपने निर्णय के अनुसार हमने चाय पी ली। किसी को खुश रखने के लिए खुद को दुःखी न करें। अंदर से प्रसन्न रहें, तभी हम सही निर्णय लेंगे।**

**जब भी गुस्सा आए तो एक मिनट रुककर अपने से पूछ लें कि किसको गुस्सा आ रहा है, गुस्सा कौन पैदा कर रहा है, गुस्से से प्रभावित कौन हो रहा है,** इसके बाद भी यदि क्रोध कंट्रोल नहीं हो रहा है तो फिर अपने से पूछें कि क्या यह ठीक है, यदि मैं क्रोध नियंत्रित करने में असफल हूँ तो मुझे और कितनी देर क्रोध करना होगा?

हर समय अपने अंदर का हालचाल पूछते जाएँ। अपना नुकसान कोई नहीं चाहता। बस सकारात्मक प्रयास करने की जरूरत है।

हमें क्रोध तभी आता है, जब जैसा मैं कह रहा हूँ या चाह रहा हूँ, वैसा आप नहीं कर रहे हैं अथवा जैसा मैं नहीं चाह रहा हूँ, वैसा आप कर रहे हैं। इसी आधार पर हम अपने क्रोध को जायज ठहराते हैं। गुस्से को हम अस्थायी पागलपन भी कहते हैं। **हमें हमेशा भूतकाल की परिस्थिति पर ही क्रोध आएगा। यहाँ हम दो स्तर पर गलती करते हैं। पहला भूत को बदलने की कोशिश करते हैं, दूसरा हम लोगों को बदलने की कोशिश करते हैं। हम जानते हैं कि भूतकाल व दूसरे लोगों को अपने अनुसार बदल पाना असंभव कार्य है, लेकिन हम इसे संभव मानकर चलने लगते हैं। एक तानाशाह भी सभी लोगों को कंट्रोल नहीं कर पाता है, क्योंकि प्रत्येक व्यक्ति की सोचने व समझने की ताकत अलग-अलग होती है। इसलिए लोगों को बदलने का प्रयास न करें, क्योंकि जब लोग नहीं बदलेंगे तो हमें क्रोध आता है।** हमारे अंदर स्वयं से युद्ध चलता रहता है। यह युद्ध तभी चलता है, जब हम अन्य लोगों को और भूतकाल को बदलने में फेल हो जाते हैं। यहाँ हमें अपने आप पर क्रोध आने लगता है।

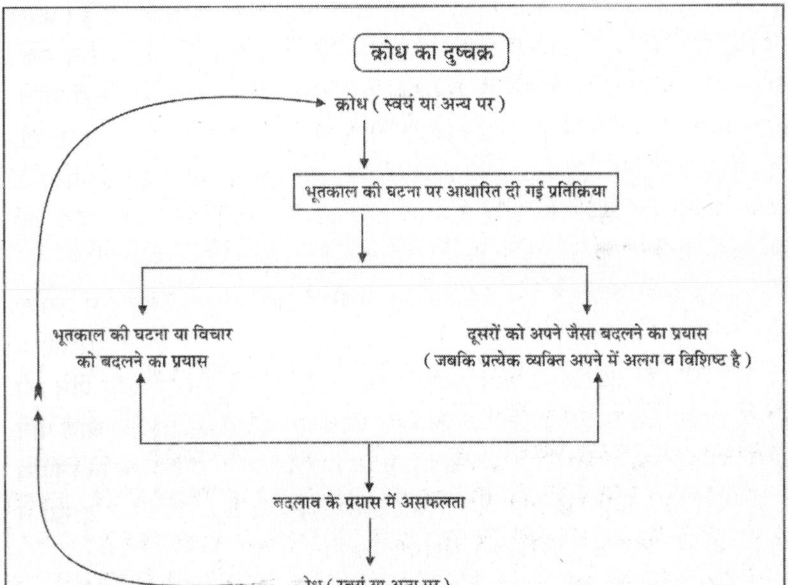


हमने अपने अंदर एक इमेज बना रखी है और अपेक्षा करते हैं कि हर कार्य इस इमेज के अनुसार होगा, लेकिन जब मन की इमेज के अनुरूप कार्य नहीं होता तो हमें

क्रोध आ जाता है। **सामान्यतः हमारे अंदर इतनी ताकत नहीं होती है कि हम अपनी इमेज को बदल दें। इमेज का बदलाव मेडिटेशन से होगा।**

स्वस्थ मन से स्वस्थ शरीर का निर्माण होता है। क्रोध हमारे शरीर में टॉक्सिन, जहर पैदा करता है। इस टॉक्सिन को हम नेचुरल मानकर चलते हैं। **क्रोध हमारे अंदर कार्टिसोल, एड्रेनलिन नामक हानिकारक हार्मोंस निकालता है। यह हमें उत्तेजना प्रदान करता है।** इसके बार-बार निकलने से हम इसके अभ्यस्त हो जाते हैं। अब यह हमारे लिए जहर व टॉक्सिन का कार्य करता है। मानसिक व भावनात्मक क्षति शारीरिक क्षति से अधिक खतरनाक है। हमारे पास विकल्प है। हम स्वतंत्र हैं, हम चुनाव कर सकते हैं कि क्रोध करें या नहीं।

गुस्सा करना सहज नहीं है। क्रोध दूसरे के कारण अथवा परिस्थिति के कारण नहीं, बल्कि स्वयं के कारण आता है। **यदि क्रोध आ जाए तो विवेक का प्रयोग करें। थोड़ी देर के लिए पॉज लें, रुकें और पानी पी लें, शांति के अनुभव का प्रयास करें।** हम क्रोध के पक्ष में तर्क देते हैं कि हमारे पास गुस्से के अतिरिक्त और कोई विकल्प नहीं था। हमें अभी तक अपने विचारों के विकल्प का चयन करना सिखलाया नहीं गया है। मूड अच्छा है तो क्रोध नहीं आएगा, मूड ऑफ है तो क्रोध तुरंत आ जाएगा।

हमें मानना ही होगा कि क्रोध हमारे लिए हानिकारक है और हम स्वयं इसका कारण भी हैं। हमें क्रोध से मुक्त होना है। क्रोध एक सामान्य इनसान के लिए असामान्य इमोशन है। स्वयं जागरूकता द्वारा इससे बचा जा सकता है अर्थात् किसी ने मुझे क्रोध नहीं दिलाया, बल्कि मैंने स्वयं इसका चुनाव किया। **ड्राइवर के लेट होने पर क्रोध न किया जाए। आप कोई कार्य करने जा रहे हैं तो आपका दिमाग स्थिर होना चाहिए। आप उन पर क्रोध करने जा रहे हैं, जो आपकी गाड़ी चलाएँगे।** लेट पहुँचने पर आप ड्राइवर से कारण पूछ सकते हैं और संतुष्ट न होने पर चेतावनी भी दे सकते हैं, लेकिन ड्राइवर पर क्रोध करना उचित नहीं है।

हम ऑफिस में काम निकालने के लिए अपने क्रोध को उचित मानते हैं। हम मानते हैं कि क्रोध करने से सामने वाला जल्दी और अच्छा कार्य करेगा, परंतु **क्रोध करने से सामनेवाले व्यक्ति का स्विच ऑफ हो जाता है और व्यक्ति अपनी पूरी क्षमता से कार्य नहीं कर पाता है। इतना ही नहीं, कर्मचारी क्रोध करनेवाले अपने सीनियर से भी दूर हो जाता है। उसका प्रयास होता है कि उसे बॉस के सामने न आना पड़े।** किसी भी संबंध का आधार विश्वास और सम्मान है। यह क्रोध से मिलनेवाला नहीं है। जब हम अपने बच्चों पर या ऑफिस में गुस्सा करते हैं तो हम यह साबित करते हैं कि हमारा अपने ऊपर कंट्रोल नहीं है। हम अपना स्वयं सम्मान नहीं करते तो दूसरे का सम्मान कैसे करेंगे!

दूसरों से अपना कार्य कराने के लिए आपको दूसरों पर प्रभाव रखना होगा। उन्हें अपने समीप रखना होगा। क्रोध करने से लोग आपसे दूर हो जाएँगे। डर और सम्मान, डर और प्रेम, दोनों एक साथ नहीं रह सकते हैं। जिनसे हमें काम लेना है, उन्हें स्वीकार करना होगा। वे जो हैं, जैसे हैं, उन्हें स्वीकार करें, फिर उन्हें और आगे जाने के लिए प्रेरित करें। **आप किसी से उसकी क्षमता से अधिक कार्य नहीं ले सकते हैं। उलटा क्रोध करने से उसकी कार्यक्षमता कम हो जाएगी। हम मोटिवेटर के रूप में कार्य करें और मोटिवेशन में क्रोध के लिए कोई स्थान नहीं है।**

क्रोध हमारे लिए हानिकारक है। क्रोध का कारण हम स्वयं हैं। गलत बिलीफ सिस्टम के कारण हम मानते हैं कि गुस्से का कारण बाह्य परिस्थिति व अन्य लोग हैं। ज्ञान से हमें पता चलता है कि गुस्से का कारण कोई और नहीं, बल्कि हम स्वयं हैं। **इस नई अवधारणा को मात्र सच न माना जाए, बल्कि इसका स्वयं अनुभव भी किया जाए। हमारे अंदर परिवर्तन तभी आएगा, जब हम स्वयं अनुभव करेंगे।**

क्रोध को दूर करने का प्रयास हमें नहीं छोड़ना चाहिए। चिड़चिड़ापन क्रोध की पहली स्टेज है। **कंप्यूटर स्लो चल रहा है या ऑन नहीं हो रहा है या आप ट्रैफिक जाम में फँसे हैं अथवा मीटिंग में मोबाइल फोन बजने से हमारे अंदर चिड़चिड़ापन पैदा हो सकता है।** दिनभर क्रमशः इसकी मात्रा बढ़ती जाती है। इससे बचने के लिए अपने ऊपर कार्य करने की आवश्यकता है, **जैसे—मीटिंग के बीच में अचानक मोबाइल बजने पर रिंग टोन के गाने का आनंद लें, फिर दूसरे से मोबाइल बंद करने को कहें और थैंक्स भी कहें। स्वीकार भाव इसका समाधान है।**

किसी ने हमारे साथ बुरा बर्ताव किया या किसी ने हमारी बेइज्जती कर दी, तो हम इस बात को मन में पकड़कर रख लेते हैं। ऐसा बच्चे भी करते हैं। पकड़ी गई बात का प्रभाव वर्षों तक होता है। यह एक प्रकार का जहर है, जिसे हमने वर्षों तक जमाकर रखा है। यह हमारे शरीर और मन के लिए बहुत नुकसानदायक है। इसके लिए हमें समझना होगा कि कोई हमारी बेइज्जती नहीं कर सकता या हमें दुःख नहीं पहुँचा सकता, बल्कि हम स्वयं अपने को दुःख पहुँचाते हैं, क्योंकि मेरे इमोशन का नियंत्रण स्वयं मेरे पास है। **उन्होंने कोई बात कहकर मुझे एक बार दुःखी किया, लेकिन इस बात को पकड़कर मैं जब भी सोचता हूँ तो अपने को बार-बार दुःख पहुँचाता हूँ। अब कोई व्यक्ति मेरा नुकसान नहीं कर रहा है, बल्कि मैं स्वयं अपना नुकसान कर रहा हूँ। क्रोध का भीषण रूप नफरत है, जो व्यक्ति को अंदर-ही-अंदर खा जाती है।**

हम नकारात्मकता को अपने जीवन का उद्देश्य बना लेते हैं। इससे बचने के लिए हमें स्वीकार भाव का सहारा लेना होगा। हमें यह समझना होगा कि दूसरे व्यक्ति ने ऐसा क्यों किया। इसके पीछे भी उनके पास कुछ तर्क होंगे। उसकी परिस्थिति को भी

समझना होगा। उसे नफरत की नहीं, मदद की जरूरत है। यदि हम ऐसा नहीं सोचते हैं तो अंततः नुकसान हमारा ही होगा। क्रोध और नफरत से बचने के लिए हमें जागरूक रहना होगा। इसलिए जैसे ही इस प्रकार का भाव या इमोशन आए, हम इसको तुरंत पहचान लें और ब्रेक लगाएँ, क्योंकि अगर आप नहीं चाहेंगे तो कोई आपमें गुस्सा या नफरत नहीं पैदा कर सकता।

क्रोध के भाव के लिए अपने को जिम्मेदार मानें, लेकिन अपने को जिम्मेदार मानने का अर्थ यह नहीं कि अपने से ही नफरत करने लगें। अपने मन और विचारों की तरफ ध्यान केंद्रित करें तो हम पाते हैं कि मन में एक प्रकार का डिस्टरबेंस पैदा होता है। जैसे ही हम इस डिस्टरबेंस की तरफ ध्यान देते हैं और अपने इमोशन को चेक करते हैं तो यह इमोशन पैदा होना बंद हो जाता है। **हम अटैचमेंट से हटकर डिटैचमेंट की तरफ बढ़ने लगते हैं। बस आप दो मिनट के लिए मन को शांत कर लें। इससे आपको समस्या का समाधान मिल जाएगा।**

क्रोध इमोशनल डिस्टरबेंस है। यह तब पैदा होता है, जब हमें वह कुछ नहीं मिलता, जो हम चाहते हैं या हमें वह मिलता है, जो हम नहीं चाहते। हम पाते हैं कि परिस्थितियाँ और लोग हमारे हिसाब से नहीं चल रहे हैं और इसी आधार पर हम अपने क्रोध को जायज ठहरा देते हैं। वे गलत थे और मैं सही था, इसीलिए मुझे गुस्सा आ गया। इसी तर्क के कारण मुझे अभी तक परिवर्तन करने की आवश्यकता महसूस नहीं हुई। अभी तक मैं समझता था कि यदि मैं क्रोध नहीं करूँगा तो लोग और परिस्थितियाँ मेरे नियंत्रण के बाहर हो जाएँगी। यहाँ पर हम अपने क्रोध के पक्ष में एक और तर्क दे देते हैं, लेकिन क्रोध करने से अपना ही नुकसान अधिक है, दूसरे का कम।

**क्रोध पर नियंत्रण करने के लिए हमें जागरूक रहना होगा। हमें अपने विचारों पर निगरानी रखनी होगी। जागरूक रहकर अपने विचारों और इमोशन को पहचानें, फिर स्वीकार करें कि क्रोध का कारण हम स्वयं हैं।** इसके बाद क्रोध के विचार व इमोशन से डिटैच हो जाएँ। जैसे ही हम गुस्से के विचार को नकारात्मक ऊर्जा से हटाकर डिटैच होकर देखते हैं, हमें क्रोध पर नियंत्रण मिलने लगता है। अभी तक हम क्रोध के विचार या इमोशन को नकारात्मक ऊर्जा दे रहे थे।

**किसी कार्य को करने के लिए गुस्सा करना ठीक नहीं है, लेकिन इसका अर्थ यह नहीं है कि गुस्सा न करने के कारण हमारा काम भी रुक जाए। हम अपनी बात तार्किक रूप से और दृढतापूर्वक कहें, लेकिन गुस्से का सहारा न लें।** गुस्से में हम नियंत्रण के बाहर चले जाते हैं। कुछ भी कहने के बाद हमें यह पता चलता है कि हमें यह बात नहीं कहनी चाहिए थी, परंतु हम बातों पर रिएक्ट करते रहते हैं अर्थात् स्वयं पर नियंत्रण रखकर अपनी बात मजबूती से और बिना रिएक्ट होकर कही जाए।

आप अपनी बात इस प्रकार कहें कि बात कहने के बाद आप नॉर्मल और नेचुरल रहें। इस बात का विशेष ध्यान रखें कि आपका मन स्थिर रहे, जिससे न आपको बुरा लगे और न सामनेवाले को बुरा लगे।

यदि किसी व्यक्ति द्वारा गलती करने पर हम बिना गुस्से किए उससे बात करते हैं तो इसका अर्थ है कि हम समस्या पर फोकस न कर, समाधान पर फोकस कर रहे हैं। यदि आपको देखकर मुझे गुस्सा आ जाता है तो हम **केवल आपकी गलती के बारे में ही चर्चा करेंगे। इतना ही नहीं, हम पिछली दस गलतियाँ और निकालकर आरोप लगाते हैं कि आप तो हमेशा ही गलत कार्य करते हैं।** आप सब कार्य गलत करते हैं। यहाँ हम फोकस समस्या या गलती पर ही रखते हैं। यदि हम उस व्यक्ति पर गुस्सा न करते तो वह व्यक्ति हमें बुरा न लगता।

यदि आपका ड्राइवर लेट आया है तो पहले आप उसकी बात पूरी तरह सुनें और अथोरिटी के रूप में स्पष्ट रूप से कहें कि कल से आप समय पर आएँगे। लेकिन यह सब बातें बिना गुस्सा किए कहना है। आप ड्राइवर के लेट न होने या समय पर आने संबंधी कुछ सुझाव व उपाय भी बता दें। **गुस्से में हम समस्या या गलती पर ही अपना ध्यान फोकस रखते हैं और गुस्से में हमारा अटैक व्यक्ति पर हो जाता है। हम अपना टारगेट किसी व्यक्ति को न बनाकर अपने कार्य को बनाएँ।**

**कोई कार्य बुरा होता है, न कि कोई व्यक्ति। इसलिए किए गए गलत कार्य को बुरा कहें, लेकिन कार्य करनेवाले व्यक्ति को बुरा न कहें। व्यक्तिगत अटैक न करें।** यदि सारे प्रयास के बाद भी कार्य नहीं बन रहा है तो एक्शन लें, लेकिन एक्शन लेते समय गुस्सा न करें। यदि किसी को सस्पेंड भी करना है तो जल्दबाजी न करें, क्योंकि इसके स्थान पर कोई दूसरा व्यक्ति आपको मिलना कठिन है। उस व्यक्ति में यदि 20 प्रतिशत कमियाँ हैं तो 80 प्रतिशत अच्छाइयाँ भी हैं। 20 प्रतिशत कमियों को दूर करने का प्रयास करें।

आज सभी लोग अपनी प्रायोरिटी लिस्ट में अपने कार्य को और कार्य से संबंधित व्यक्तियों को महत्त्व देते हैं, इसके बाद परिवार को और अंत में स्वयं को महत्त्व देते हैं। कार्य और कार्य से संबंधित व्यक्तियों में भी कार्य को व्यक्तियों से अधिक महत्त्व देते हैं, **जबकि हमारी प्रायोरिटी लिस्ट में सबसे पहले स्वयं, फिर परिवार, फिर कार्य से संबंधित लोग तथा अंत में कार्य आना चाहिए। काम बिगड़ने पर हम सबसे पहले डिस्टर्ब न हों और न ही काम करनेवालों को डिस्टर्ब करें।** मन को स्थिर रखकर अपना कार्य आगे बढ़ाएँ। याद रखें कि अच्छा वर्कर खोजना सोने का खजाना खोजने के समान है। यदि हमने एक बार किसी का दिल जीत लिया तो वह जीवन भर हमारा साथ देगा।

**गुस्सा करने से आपका कार्य तो हो जाएगा, लेकिन यह आपसे बहुत बड़ी कीमत लेगा। गुस्सा करने से व्यक्तिगत संबंध खराब होते हैं,** साथ में कार्य करनेवाले वर्कर कहते हैं कि भाई, हम तो अपना कार्य ही करेंगे और कुछ नहीं। वे कार्य में भी केवल औपचारिकता निभाते हैं। गुस्से में हमें बुरी फीलिंग होती है, जिसका स्वास्थ्य पर हानिकारक प्रभाव पड़ता है। **ध्यान देनेवाली बात है कि यदि कोई प्यार से नहीं बदला, एसरटिव तरीके अथवा बदलाव के सही तरीके अपनाकर भी नहीं बदला तो वह व्यक्ति गुस्से से तो बिल्कुल नहीं बदलेगा।**

संस्कार बदलने के लिए हमें नया संस्कार पैदा करना पड़ेगा। अभी तक हमारे पास गुस्से से काम करने का संस्कार था, अब प्रेम से काम कराने का संस्कार पैदा करना पड़ेगा। इसके लिए हमें शांत रहने का, मेडिटेशन का संस्कार पैदा करना पड़ेगा। **लोग कहते हैं कि मुझे पता ही नहीं चला कि मैं कब आउट ऑफ कंट्रोल हो गया।** चूँकि आपके पास गुस्सा करने का संस्कार पहले से ही बहुत गहरा था, इसलिए गुस्सा करने पर इसका पता नहीं था। इसी तरह जब हम गुस्सा करने का संस्कार छोड़कर गुस्सा न करने का संस्कार पैदा करते हैं तो स्वत: ही गुस्से पर नियंत्रण पाने लगते हैं। जिस प्रकार का संस्कार बनता है, उसी गुणवत्ता का विचार भी पैदा होता है। विचार पुन: संस्कार को प्रभावित करता है अर्थात् जब तक हम सजग नहीं होते, तब तक सकारात्मक विचार से अपने संस्कार को बदल नहीं सकते।

**किसी भी कंपनी के कस्टमर केयर कर्मचारियों को सिखाया जाता है कि कोई कैसा भी बोले, कुछ भी कहे, आप तीखी प्रतिक्रिया नहीं देंगे। आप केवल प्रेम से बोलेंगे।** यदि आप ऐसा नहीं करते तो आप अपना वेतन और जॉब खो देंगे। इसी तरह जीवन में चाहे जैसी परिस्थिति हो, हमें मन को दु:ख देनेवाली प्रतिक्रिया नहीं देनी चाहिए।

**हमने भी जीवन के कस्टमर केयर की नौकरी की है। यदि हम इसी नियम का पालन नहीं करते हैं तो हम अपनी खुशी गँवा देंगे। जीवन में खुश रहना है तो हमेशा मुसकराकर बोलें।** स्मोकिंग जोन और नॉन-स्मोकिंग जोन की तरह हमें जीवन को बाँटकर चलना है कि हमें कहाँ क्रोध करना है और कहाँ नहीं करना है। यदि धीरे-धीरे स्मोकिंग जोन का एरिया कम करते जाते हैं तो अंत में क्रोध के लिए कोई स्थान शेष नहीं बचता है। हम अपना कार्य कराने के लिए क्रोध करते हैं, लेकिन हम देखते हैं कि कार्य तो हो गया, लेकिन हमें खुशी नहीं मिली। कार्य करना और कार्य कराना गलत नहीं है, लेकिन इसका तरीका गलत नहीं होना चाहिए। हमें ऐसा कोई तरीका नहीं अपनाना चाहिए, जिससे हमारी खुशी को क्षति पहुँचे।

**हमारे जीवन के दो गार्डन हैं—भौतिक व आध्यात्मिक। हमें दोनों गार्डन को**

**बचाकर रखना है। बिना क्रोध के सबसे काम करवाना है। हम किसी को ऐसी छूट नहीं देंगे कि दूसरा जो चाहे, वह करे। बच्चे को पढ़ने के लिए कहना है, लेकिन गुस्से से नहीं, प्यार से क्योंकि हमें अपने अंदर की ऊर्जा बचाकर रखनी है। जो क्रोध करता है, उसका अधिक नुकसान होता है। क्रोध करनेवाले व्यक्ति के बारे में लोग सोचते हैं कि इनका तो क्रोध करना एवं डाँटना स्वभाव है। इनकी तो बिना किसी बात के गुस्सा करने की आदत बन गई है। इसलिए हमें अपने-अपने ढंग से कार्य करना चाहिए। अतः जिस व्यक्ति पर आप क्रोध कर रहे होते हैं, उस पर कोई प्रभाव नहीं पड़ता और क्रोध करने का उद्देश्य भी पूरा नहीं होता है।**

क्रोध पर नियंत्रण पाने के लिए प्रयास करें। यदि एक बार क्रोध पैदा हो गया तो इसे दबाकर रखना मुश्किल है। इसलिए क्रोध को पैदा ही न होने दें। **पहले हम क्रोध करते हैं, फिर हम इसको सही साबित भी करते हैं। मैं सही हूँ एवं वह गलत है, हम तुरंत निर्णय दे देते हैं। जब हम परेशान होते हैं तो हम ऐसे लोगों के पास ही जाते हैं, जो कि हमारे पक्ष की बात करें। हम किसी ऐसे व्यक्ति के पास नहीं जाएँगे, जो हमारी बात को गलत कहेगा। पक्ष लेनेवाला व्यक्ति भी तुरंत निर्णय देता है कि मैं सही हूँ, वह गलत है।** जब तक हम इस सही और गलत के जजमेंट से बाहर नहीं आएँगे, तब तक हमारी समस्या का समाधान नहीं निकलेगा। हम जीवन में लगातार अपने को सही साबित करने में लगे रहते हैं और यही हमारे जीवन जीने का तरीका बन जाता है।

हम मानकर चलते हैं कि दूसरा हमेशा गलत होगा। ऐसी स्थिति में हमारे सुधार की संभावना कम हो जाती है। यहाँ यह भी महत्त्वपूर्ण है कि दूसरा व्यक्ति भी अपने को सही साबित करने में लगा हुआ है। **इसलिए हमें अपना जस्टीफिकेशन तुरंत बंद कर देना चाहिए। मैं सही वह गलत, कहना बंद करना होगा। हमें सजगतापूर्वक अपनी प्रतिक्रिया पर ध्यान देना होगा। जो प्रतिक्रिया मन को दुःख दे, खुशी छीने, रिश्तों में दरार पैदा करे, वह कभी भी हमारे लिए सही नहीं हो सकती।** इसके लिए कोई भी जस्टीफिकेशन नहीं चलेगा।

हमारा लक्ष्य स्पष्ट होना चाहिए। कभी भी किसी नुकसानदायक प्रतिक्रिया को सही नहीं कहा जा सकता है। आज की मेडिकल साइंस भी कहती है कि अधिकांश बीमारियाँ भावनात्मक द्वंद्व, इमोशनल ब्लॉकेज से हो रही हैं। क्रोध, डर, चिंता के संस्कार लंबे समय तक रहने पर हमें बी.पी., शुगर, हार्ट बीट की समस्या देते हैं। जब आप अपने को अटेंशन देंगे तो टेंशन समाप्त हो जाएगी। अपने पर अटेंशन देने से बी.पी., शुगर, हार्टबीट की समस्या हमसे धीरे-धीरे दूर होने लगेगी।

सबसे पहले हमें समझना होगा कि हमें क्यों बदलना है, अगले चरण में कैसे बदलना है और अंत में सबसे महत्त्वपूर्ण यह है कि क्या मैं अपने आपको बदलना चाहता

हूँ ? क्योंकि जब तक हम अपने में बदलाव की चाहत नहीं लाते हैं तो हमें क्यों बदलना है, कैसे बदलना है, पर सारे प्रयास करना व्यर्थ होगा। किसी भी चीज को करने के लिए चाहत बहुत जरूरी होती है। क्रोध करने पर यदि मैंने स्वीकार भी कर लिया कि मुझसे गलती हो गई है, लेकिन अगले ही चरण हम जस्टीकिफेशन भी देने लगते हैं कि उन्होंने ऐसी बात कही कि मुझे गुस्सा आना ही था। मेरी जगह आप होते तो आपको भी गुस्सा आ जाता। **यहाँ पर हमने अपने गुस्से को सही साबित कर दिया, लेकिन महत्त्वपूर्ण बात यह है कि गुस्से का कारण हम स्वयं हैं और ब्लेम हम दूसरों को दे देते हैं।**

हमें कोई गुस्सा नहीं दिला सकता, जब तक हम स्वयं न चाहें। क्रोध पर नियंत्रण के लिए हमें दिनभर अभ्यास करना होगा। हमें अपने ऊपर अटेंशन देना होगा। जब हमारी स्थिति-परिस्थिति अच्छी हो, तब अपने को चेक करें तो पहचान करने में आसानी होगी, क्योंकि कठिन परिस्थिति में अपने को बदलना व पहचान पाना कठिन होता है। **जीवन में छोटी-छोटी बात का प्रयोग करेंगे तो बड़ी बातें स्वयं धीरे-धीरे नियंत्रित हो जाएँगी। यदि कोई छोटी-छोटी बातों पर ध्यान देता है तो उसके सामने बड़ी-बड़ी बातें नहीं आएँगी। ठोकर पत्थर से ही लगती है, पहाड़ से नहीं।**

हम अपने क्रोध का जस्टीफिकेशन न दें और इसके लिए दूसरे को ब्लेम न करें, अपने क्रोध के लिए स्वयं को जिम्मेदार मानें, तभी हम स्वयं पर नियंत्रण पा सकते हैं। **10 प्रतिशत विवाद विचारों के मतभेद से होता है तथा 90 प्रतिशत विवाद बोली-भाषा की टोन से होता है। प्रसन्न व्यक्ति वह है, जो स्वयं का निरंतर मूल्यांकन करते हुए सुधार करता रहता है, जबकि दुःखी व्यक्ति वह है, जो दूसरों का मूल्यांकन करता रहता है।** प्रेरणा ही सबकुछ है। आप दो व्यक्तियों का काम भले ही करते हों, लेकिन आप दो व्यक्ति नहीं हो सकते हैं। अतः आपको अपने से अगले व्यक्ति को प्रेरणा देनी होगी और उससे आगे लोगों को प्रेरित करवाना होगा।

गुस्से के स्थान पर शांति, प्रेम, आनंद से रहना हमारे लिए स्वाभाविक है। इसलिए कोई भी बिलीफ सिस्टम पहले चेक कर लें, तभी इसे मानें। हमें देखना होगा कि यदि हम गुस्सा नहीं करते हैं तो हमें कुछ-न-कुछ फायदा अवश्य होगा। हम गुस्सा अपना काम कराने के लिए करते हैं। इसके विपरीत हम देखते हैं कि बिना गुस्से के भी काम हो जाता है। **प्यार से, धैर्य से, शांति से कार्य लेना गुस्सा करने की अपेक्षा अच्छा होता है। शुरू-शुरू में कुछ परेशानी हो सकती है, लेकिन धीरे-धीरे हमारे लिए यह हमारी आदत बन जाएगी। हमारे अंदर एक रोग है, शरीर में दवा डालनी है, दवा अपना कार्य कुछ देर बाद ही करेगी।**

हमें दवा का एक डोज तो कुछ दिन तक देना ही होगा। शांति, प्रेम, धैर्य से काम लेनेवाले बिलीफ सिस्टम से हमारा मन, [illegible] होगा और हमारा कार्मिक अकाउंट

भी अच्छा होगा। हमारा रिश्ता ठीक रहेगा और सबसे बड़ी बात कि हमारे सभी कार्य होते जाएँगे। आज हम गुस्से के द्वारा कार्य तो करा सकते हैं, लेकिन बड़ी कीमत चुकाकर। जब हम गुस्सा करते हैं तो दूसरों को दर्द देते हैं। आकर्षण के नियम के अनुसार जो कुछ हम देते हैं, वही हमें बाद में वापस मिल जाता है। यदि हम किसी को दर्द देते हैं तो हमें दर्द ही मिलेगा। इस दर्द से हमें इरीटेशन होगा, फिर हमें और अधिक गुस्सा आएगा और यह चक्र चलता रहेगा। धीरे-धीरे हमारी सकारात्मक शक्ति कम होती जाएगी।

यदि कोई नौकर गलत काम करता है तो हम गुस्सा करके कहते हैं कि यह बार-बार गलती करता है, लेकिन यह बात आप पर भी लागू होती है कि आपसे बार-बार कहा गया है कि आप गुस्सा न हों, फिर भी आप गुस्सा होते रहते हैं। **कोई यह भी कह सकता है कि यह तो नौकर का प्रोफेशन है, इसके उत्तर में यह कहा जा सकता है कि यदि यह उसका प्रोफेशन है तो यह आपका जीवन है। अपने जीवन की खुशी के लिए गुस्सा नहीं करना चाहिए।** दूसरे के प्रोफेशन से हमारा जीवन बड़ा होता है। यदि वे नहीं बदल रहे हैं तो यह प्रश्न भी पूछा जा सकता है कि क्या हम अपने को बदल रहे हैं?

अत: उसको गुस्से के बजाय प्रेम से बात समझाई जाए। इसके लिए हमें दिमागी रूप से स्वस्थ व मजबूत रहना होगा। यदि हमारा मानसिक स्वास्थ्य अच्छा होगा तो हमारा शारीरिक स्वास्थ्य भी अच्छा होगा और साथ में सामाजिक, आध्यात्मिक स्वास्थ्य भी अच्छा रहेगा। सफलता के लिए सही समय पर सही निर्णय लें। हमारी प्रतिक्रिया भी उचित मात्रा में होनी चाहिए और सही समय पर होनी चाहिए। **कार्य करने पर गलतियाँ भी होंगी और कार्य भी होगा। इसलिए गुस्सा होकर, मन भारी कर अपना कार्य न करें। मन का डिस्टर्बेंस हमारी ऊर्जा को नष्ट करता है। हमें यह तय करना है कि किसी मुद्दे पर कितना सोचना है और उस मुद्दे को कितनी ऊर्जा देनी है या बिल्कुल ऊर्जा नहीं देनी है।** जब मन में अधिक विचार चलने लगते हैं तो विचारों की गुणवत्ता कम होने लगती है। जब आंतरिक स्थिरता रहेगी तो स्वयं को भी अच्छा लगेगा।

**शांति, प्रेम, सुख, पवित्रता, आनंद, ज्ञान और शक्ति ये सभी सात गुण आत्मा के मूल गुण या संस्कार हैं। यह सकारात्मक ऊर्जा है। इसे हम फीलिंग कहते हैं। इसके विपरीत इमोशन नकारात्मक भाव है, जिसके अंतर्गत क्रोध, घृणा, डिप्रेशन इत्यादि नकारात्मक ऊर्जा हैं। यह डिस्टर्ब्ड माइंड की स्टेज है। सभी व्यक्ति आत्मा के मूल गुण के साथ रहना चाहते हैं। इमोशन और फीलिंग दोनों ही हम पैदा करते हैं। इमोशन नकारात्मक भाव है और फीलिंग सकारात्मक भाव।** दोनों का बाहर की दुनिया या लोगों से कोई संबंध नहीं है।

खुशी और प्रेम इमोशन नहीं हैं, बल्कि आत्मा के मूल गुण हैं और यह हमारी

फीलिंग है। क्रोध, चिंता इत्यादि हमारी इमोशन हैं। हमारी फीलिंग तब तक फ्लो करती जाती है, जब तक कि अटैचमेंट से कोई इमोशन पैदा न हो जाए। इमोशन नकारात्मक ऊर्जा है और फीलिंग के प्रवाह में बाधा उत्पन्न करती है। इमोशन के आते ही आत्मा अपने मूल सात गुणों से दूर होने लगती है। इमोशन का एंटी डोज फीलिंग है, क्रोध का एंटी डोज शांति है।

**क्रोध पर नियंत्रण के लिए प्रयास करने से अधिक अच्छा यह है कि क्रोध को हम पैदा ही न होने दें, क्योंकि यदि एक बार क्रोध पैदा हो जाता है तो क्रोध पर नियंत्रण पाना कठिन हो जाता है। क्रोध पर नियंत्रण पाने के लिए स्वीकार भाव एवं अपनी जिम्मेदारी को समझना भी एक कारगर विधि है।**

□

# स्वीकारभाव और जिम्मेदारी

*बड़ा वेतन, छोटी जिम्मेदारी शायद ही कहीं एक साथ पाई जाती है।*

***—नेपोलियन***

जिम्मेदारी या स्वीकार भाव ऐसा जादू है, जो आपको सभी प्रकार की समस्याओं से मुक्त करता है। स्वीकार भाव का यह अर्थ नहीं है कि सामनेवाला व्यक्ति जो कर रहा है, वह सही है। पहले, वह जो भी है, जैसा भी है, उसे स्वीकार करना होगा, फिर उसे बदलने का प्रयास करना होगा। **यदि आप पहले ही किसी को रिजेक्ट कर देते हैं तो आप उससे दूर चले जाते हैं। फिर आपको उसे बदलने का मौका नहीं मिल पाता है। किसी को भी बदलने के लिए पहले उसके समीप जाना होगा और उसे स्वीकार करना होगा।** हम सही-गलत का फैसला बाद में करेंगे। उसके समीप जाकर, स्वीकार करने पर हम उसे सकारात्मक ऊर्जा देंगे। इससे सकारात्मक माहौल तैयार होगा और वह व्यक्ति बदलने को तैयार हो जाएगा। **यदि हमें किसी का समर्थन लेना है तो पहले हमें उसे स्वीकार करना होगा।**

स्वीकार भाव एक ऐसा भाव है, जिसके आधार पर हम अपने को निराशापन से बचा सकते हैं या परिस्थितियों को नियंत्रित कर सकते हैं। **स्वीकार भाव का अर्थ है, जो व्यक्ति, वस्तु व परिस्थिति जैसी भी है, जो भी है और जिस रूप में, जिस परिस्थिति में है, उसे उसी रूप में स्वीकार किया जाए। स्वीकार करने के पश्चात् इसके लिए परिवर्तन का प्रयास किया जाए। यदि हम किसी परिस्थिति, व्यक्ति, वस्तु को स्वीकार भाव से नहीं लेते हैं और इसे अस्वीकार कर देते हैं तो यह हमसे दूर चली जाती है और इस व्यक्ति-वस्तु पर हमारा नियंत्रण नहीं रहता है अर्थात् सफलता के लिए आवश्यक है कि व्यक्ति, वस्तु, परिस्थिति को पूर्णतः स्वीकार भाव से लिया जाए।**

मुझे स्पष्ट, शक्तिशाली और सकारात्मक संदेश देना है। दूसरों पर अटैक नहीं करना

है। जब हम दूसरों को सकारात्मक संदेश देते हैं तो हमें देखना होगा कि वे इसे लेने के लिए तैयार हैं अथवा नहीं। यदि हम किसी के प्रति नकारात्मक रहेंगे और उस पर अटैक करेंगे तो वह संदेश लेने के लिए तैयार नहीं होगा। इसके लिए हमें सबसे पहले उसे स्वीकार करना पड़ेगा। यदि हमने आपके गलत कार्य को गलत कह दिया तो ठीक है, लेकिन यदि आप पर व्यक्तिगत अटैक कर दिया तो मामला बिगड़ जाता है, क्योंकि इस स्थिति में दूसरा व्यक्ति सुनने की स्थिति में ही नहीं रह जाएगा तो वह आपकी बात क्या मानेगा! किसी से अपनी बात मनवाने के लिए सबसे पहले उसको स्वीकार करना होगा, उसे सहयोग देना होगा।

बदलाव के लिए हमारा निर्देश तभी प्रभावकारी होगा, जब उसे स्वीकार किया जाए, उसे सकारात्मक ऊर्जा दी जाए। जितनी बड़ी गलती होगी, उतनी ही शक्तिशाली और स्पष्ट सकारात्मक ऊर्जा देनी होगी। यदि हम सामनेवाले को स्वीकार कर लेते हैं तो व्यक्ति अपनी गलती स्वीकार कर लेता है और गलती सुधारने के लिए तैयार हो जाता है। **यदि आप किसी पर व्यक्तिगत आक्रमण करेंगे तो अगला व्यक्ति अपनी गलती के प्रति सुरक्षात्मक हो जाता है और वह अपनी गलती को सही सिद्ध करने के लिए 10 तर्क भी देता है। ऐसी स्थिति में जब व्यक्ति अपनी गलती मानेगा ही नहीं, तो गलती में सुधार क्या होगा?** आपने उस व्यक्ति को रिजेक्ट कर दिया, रिजेक्ट करने से व्यक्ति आपसे दूर हो जाता है और एक्सेप्ट करने से समीप आ जाता है। समीप रहकर गलती बताना और गलती का एहसास कराना आसान होता है। जो गलती हो चुकी, उस पर चर्चा करना बेकार है, लेकिन हमें यह अवश्य देखना होगा कि यह गलती अब दोबारा न हो। हम यह भी देख लें कि इस गलती का समाधान क्या है।

कुछ लोग कुत्ते पालने के शौकीन हैं, वे अलग-अलग प्रजाति, संस्कारोंवाले कुत्तों को स्वीकार कर लेते हैं, क्योंकि वह कुत्ता भी उन्हें स्वीकार करता है। **स्वीकार भाव रखना दोनों साइड के लोगों के लिए जरूरी है, लेकिन कोई एक भी साइड स्वीकार भाव रखने लगे तो दूसरे साइड के लिए स्वीकार भाव लाना आसान हो जाता है।** किसी को स्वीकार करने पर उसके व्यवहार पर प्रश्न नहीं उठाया जाता। हम यह नहीं कहते कि वह ऐसे क्यों खाता है, ऐसे क्यों रहता है। यदि हम उसे गलत तरीके से खाते-पीते, उठते-बैठते देखते हैं तो हम उसे सुझाव देते हैं। हमारा यह प्रयास होता है कि उसे सभी दृष्टिकोण से स्वीकार करें और उसे वह सब दिखाया जाए, जो उन्हें दिखाई नहीं दे रहा है, लेकिन यह कार्य स्वीकार्य भाव से करना होगा।

एक बच्चा हमें इसलिए अच्छा लगता है, क्योंकि वह अपने अंदर ईगो नहीं रखता है तथा लोगों के बारे में धारणा बनाकर नहीं चलता है। यदि कोई बच्चा भूखा है तो वह अपने दर्द के लिए किसी को जिम्मेदार नहीं ठहराता है, जबकि उसे समय पर भोजन

देने की जिम्मेदारी माँ की है। बच्चे के स्वीकार भाव का स्तर बहुत ऊँचा है। जब बच्चा बड़ा होता है तो हम उसे दोष निकालना सिखाते हैं। आज हर कोई अपनी समस्या के लिए दूसरों को जिम्मेदार मानता है।

जब बीमारी के बारे में पता चल जाता है और इसके इलाज के बारे में पता चल जाता है, तब इलाज कराना आसान हो जाता है, लेकिन यह सब काम सजगता से ही संभव होता है। हमें दूसरों को स्वीकार करना होगा कि दूसरे जो भी हैं, जैसे भी हैं, ठीक हैं। इसके बाद हमें बदलाव के लिए प्रयास करना होगा। **जब प्रत्येक दिन हम लोगों की कमियों के स्थान पर विशेषताएँ देखेंगे तो मन स्वतः ही हलका रहने लगेगा। पहले हमारी बीमारी हमें पता नहीं थी अथवा हमने अपनी बीमारी को नेच्युरल समझ लिया था, इसलिए हम बदलाव के लिए तैयार नहीं थे। हम किसी प्रकार की जिम्मेदारी लेने को तैयार नहीं थे।**

**हम मानने को तैयार नहीं थे कि हर चीज हमारी ही वजह से हो रही थी और इसे ठीक भी हम ही करेंगे। इस प्रकार जहाँ पहले हमारा फोकस था कि हमारे जीवन में जो भी दुःख, अशांति थी, वह दूसरे लोगों की वजह से अथवा बाह्य परिस्थिति से या ईश्वर की वजह से या मेरे भाग्य की वजह से थी,** हम केवल अपनी जिम्मेदारी से बचते थे। उदाहरण के लिए—यदि कोई कीमती सामान टूट जाता है तो हम दुःखी हो जाते हैं और इसके टूटने का जिम्मेदार दूसरे को मानते हैं। इसे ठीक करने की अपेक्षा भी दूसरे से रखते हैं, लेकिन अब यह ज्ञान मिल जाता है कि अपने दुःख का कारण हम स्वयं हैं। यदि हम दुःखी हो गए तो अपने मन की स्थिति के लिए स्वयं हम जिम्मेदार होंगे। फिर मन की स्थिति को भी ठीक करने की जिम्मेदारी हमारी ही होगी।

जब हमें इस बात का ज्ञान हो जाता है तो हमारे दुःख के साथ सामान टूटने की जिम्मेदारी और सामान ठीक करने की जिम्मेदारी अर्थात् तीनों जिम्मेदारी हम स्वयं ले लेते हैं। जब हम अपनी जिम्मेदारी दूसरों पर थोपेंगे तो अधिकांशतः दुःखी और अशांत रहेंगे, क्योंकि हम लगातार प्रतीक्षा करते रहेंगे कि इस गलती को दूसरा स्वीकार करेगा और ठीक करेगा, लेकिन जैसे ही लोगों पर दोषारोपण का खेल खत्म होता है, हम हर परिस्थिति के लिए स्वयं को जिम्मेदार मानने लगते हैं और जिम्मेदार मानकर अपने को धीरे-धीरे शक्तिशाली करते रहते हैं।

हमें टूटे सामानों को स्वयं ठीक भी करना है, जबकि इसके पूर्व हमने कीमती टूटे सामानों को ठीक करने की जिम्मेदारी या शक्ति दूसरों को दे रखी थी। पहले हम मानते थे कि दूसरे लोग हमारा मूड ठीक करेंगे। इसके लिए हमें प्रतीक्षा करनी पड़ती थी अर्थात् पहले वे बदलेंगे, फिर बात को समझेंगे, फिर हमारे मूड को ठीक करेंगे। **हमारे ऑफिस और घर को ठीक करने की जिम्मेदारी दूसरों की है, लेकिन अपने**

**मन को ठीक करने की जिम्मेदारी हमारी है। यदि उन्होंने अपनी जिम्मेदारी नहीं निभाई तो यह उनकी समस्या है, लेकिन क्या हमने अपने मन को ठीक करने की जिम्मेदारी निभाई?** यदि कोई काम मेरे मन के मुताबिक नहीं होता तो अपने मन की स्थिति खराब नहीं होने दूँगा, क्योंकि काम करने या न करने की शक्ति दूसरों के पास है; लेकिन अपने मन को ठीक करने की शक्ति मेरे पास है।

किसी एक व्यक्ति ने यदि हमें रिजेक्ट कर दिया तो हम दस लोगों के पास अपनी स्वीकृति प्राप्त करने के लिए जाते हैं। यदि हमें दूसरों की स्वीकृति नहीं मिल पाती है तो हम स्वयं भी अपने को रिजेक्ट कर देते हैं और डिप्रेशन में चले जाते हैं। **पहले मोबाइल नहीं था तो भी लोगों का काम चलता था, लेकिन आज हम मोबाइल पर इतना अधिक निर्भर हो चुके हैं कि मोबाइल के डिस्चार्ज होने पर स्वयं भी डिस्चार्ज हो जाते हैं।**

नींद में भी विचार चलता रहता है। दिन में हम सोचते जा रहे हैं, हम सजग नहीं हैं कि हम क्या सोच रहे हैं, किसके बारे में सोच रहे हैं और कितनी मात्रा में सोच रहे हैं, बस सोचते ही चले जा रहे हैं। हमारे लिए सबसे जरूरी है कि हम कैसा सोच रहे हैं, हमारे विचारों की क्वालिटी कैसी है, इसका विचार करें। हमारे सोचने की प्रक्रिया को मन नियंत्रित करता है। सोते समय मन सोचता है, दिमाग नहीं। हमने मन और दिमाग को एक ही मान लिया है। दिमाग विचार पैदा नहीं करता है, विचार मन पैदा करता है। अपनी रिस्पॉन्सबिलिटी में प्रायोरिटी क्लियर होनी चाहिए। माँ अपने छोटे बच्चे को पालने में रखकर काम करती रहती है, **लेकिन प्राथमिकता बच्चा ही होता है, वह काम करते हुए भी अपना ध्यान बच्चे पर लगाए रखती है। अपनी रिस्पॉन्सबिलिटी में बच्चा उसकी प्रायोरिटी में है। इसी तरह हम अपनी रिस्पॉन्सबिलिटी के साथ मन को भी प्रायोरिटी दें।**

**परिस्थितियों को ईमानदारीपूर्वक स्वीकार करना चाहिए। यदि हम लोगों को ईमानदारीपूर्वक स्वीकार नहीं कर पा रहे हैं तो स्वीकार भाव का सहारा लेकर माफ कर दें। यदि हम लोगों को माफ कर देते हैं तो हम परिस्थिति या लोगों को ईमानदारीपूर्वक स्वीकार भी कर सकते हैं।**

□

# माफी

*यदि सोने के पूर्व तुम सबको माफ कर दो, तब उठने के पूर्व मैं तुमको माफ कर दूँगा।*

***—संत गुरु नानक देव***

**केवल एक छोटी सी माफी ही जीवन को सँवारने के लिए काफी है। बच्चों को सजा देना समस्या का हल नहीं है। जिन्हें आप माफ नहीं कर सकते, माफ कर दीजिए, जिन्हें आप भूल नहीं सकते, भूल जाइए। इससे बच्चे और अधिक हठी और जिद्दी हो जाते हैं।** किसी भी प्रकार के रिश्ते में खटास को दूर करने के लिए किसी एक को तो पहल करनी ही होगी, क्योंकि रिश्ता ठीक करने की जिम्मेदारी दोनों पक्षों की होती है। जो पहल करेगा, वह भी रिश्तों में पिस रहा होता है। पहल करनेवाला व्यक्ति अन्य व्यक्तियों के लिए प्रेरक होगा। यदि कोई बात हम बहुत दिनों से अंदर पकड़कर रखे हैं, इससे तो अपना ही नुकसान है। **घर की समस्या में पहल करने के लिए घर में केवल एक जागरूक सदस्य का होना पर्याप्त है। जब हम स्वयं को अच्छी तरह समझ लेते हैं तो दूसरों को समझाना आसान होता है।** शांति व प्रेम के साथ बच्चों के प्रति सकारात्मक भाव रखें, तभी समस्या का समाधान मिलेगा।

जब कोई हमें दु:ख देता है तो हमारे भीतर बदला लेने, सजा देने, सुधार करने और माफ करने के विचार आते हैं। माफ करना एक बहुत बड़ा समाधान है, लेकिन जब हम माफ करने जाते हैं तो हमें यह बहुत कठिन लगता है, क्योंकि जब हम इसके लिए तैयार होते हैं तो अपने को पीड़ित मानकर चलते हैं, लेकिन अपने अंदर झाँककर देखते हैं तो हमें पता चलता है कि **किसी और ने नहीं, बल्कि स्वयं हमने अपने आप को पीड़ा दी है, क्योंकि हमारे अंदर का इमोशन हमारे नियंत्रण में नहीं है। इसके लिए शांति और प्रेम का भाव चाहिए।** मुझे स्वीकार करना होगा कि मैंने स्वयं पीड़ा को पैदा किया है और मैं स्वयं इसे समाप्त भी करूँगा। यदि हमारे शरीर को कोई चोट

पहुँचाता है तो इसकी वजह से केवल हमारे शरीर को चोट लगती है, लेकिन शरीर की चोट की वजह से मन में पीड़ा होना गलत है।

जब हम माफी के भाव के लिए तैयार होते हैं तो पहले यह विचार करें कि हम किसी और को नहीं, बल्कि स्वयं को माफ कर रहे हैं। हम अपने को नकारात्मक ऊर्जा से बचाने के लिए माफ कर रहे हैं। **कोई व्यक्ति हमारे शरीर को सिर्फ एक बार पीड़ा दे सकता है, लेकिन इसके बदले हम अपने मन को बार-बार पीड़ा देते हैं। अधिक पीड़ा तो हम स्वयं ही अपने को दे रहे हैं। अपने को नुकसान से बचाने के लिए माफी से अच्छा और कोई विकल्प नहीं है।** इसमें बड़े या छोटे का भाव नहीं आना चाहिए।

मानसिक नुकसान उठाकर बड़ा बनना ठीक नहीं है अन्यथा हमारा जीवन दर्द में ही बीतेगा। हमें स्वयं को नकारात्मक ऊर्जा से बचाना है। जीवन का सारा खेल ही ऊर्जा को लेकर है। हमारे जीवन में ऐसी चीजें तो होंगी ही, यह हमारे सीखने का समय है। दूसरे लोगों ने जो हमारे साथ किया, सो किया, लेकिन हम अपने साथ क्या कर रहे हैं? पिछली घटना को बार-बार याद कर स्वयं को दुःख देते हैं। जो बीत गया, सो गया लेकिन हमें आगे का भविष्य देखना है।

**पीड़ाजनक घटना की चर्चा परिवार में बैठकर नहीं करनी चाहिए, क्योंकि यदि कोई पीड़ित सदस्य इससे निकलना भी चाहता है तो हम इसको याद दिलाकर पीड़ा के अनुभव से निकलने नहीं देते हैं।** पीड़ित व्यक्ति के प्रति सहानुभूति भी घर में प्रकट नहीं करनी चाहिए, क्योंकि सहानुभूति दिखाने से हम पुनः पीड़ित व्यक्ति को घटना की याद दिलाते हैं। एक तो पीड़ित व्यक्ति घटना के कारण स्वयं दुःखी है, दूसरे हम उसे घटना की याद दिलाकर और दुःखी करते हैं। घर में बातचीत करने का तरीका ऐसा होना चाहिए जैसे कुछ हुआ ही नहीं। **ये सब घटनाएँ होती रहती हैं, ये सब घटनाएँ जीवन का एक भाग हैं। माफ करना सबसे अच्छा समाधान है। माफी के साथ भूल जाना बहुत महत्त्वपूर्ण है।**

**माफ करना अनेक समस्याओं का समाधान है। जो हो चुका है, उसे भूल जाओ, क्योंकि हमें आगे का भविष्य देखना है। किसी बात से यदि हमें एक बार दुःख हुआ है तो बार-बार सोचने से बार-बार दुःख होगा। हमारी ऊर्जा का क्षय होगा। नकारात्मक ऊर्जा से बचने के लिए माफ करें और भूल जाएँ। हम मान सकते हैं कि यह घटना हमें कुछ सिखाने आई थी, न कि हमें हिलाने आई थी।** माफ करने से अधिक कठिन भूलना होता है। बार-बार याद रखने से वह घटना ताजा होकर हमारे सामने पुनः आती है और हम नकारात्मक और अनावश्यक विचारों के दुष्चक्र में फँस जाते हैं। हम अपनी शांति का मार्ग बंद कर लेते हैं। ऐसी स्थिति में व्यक्ति डिप्रेशन में भी जा सकता है।

**यदि आप सोने के पहले सभी को माफ कर दो, तो उठने के पहले ईश्वर आपकी सभी गलती माफ कर देगा।**

अभी तक हमने जो ग्रंथि पकड़ रखी है, उससे हमें मेंटल और इमोशनल दर्द मिलेगा। पर्सनल, प्रोफेशनल लाइफ में सकारात्मक ऊर्जा का होना आवश्यक है। हम रिश्ते को समाप्त करने की जगह दर्द को समाप्त करने पर बल दें। जीवन में माफी देना अपने ही हित में होता है। यदि आप किसी को माफ करते हैं तो दूसरे से अधिक अपने को माफ करते हैं। स्वयं को नकारात्मक ऊर्जा से बचाने के लिए दूसरों को माफ कर देना चाहिए। अपने को नुकसान से बचाने के लिए माफी से अच्छा और कोई विकल्प नहीं है, लेकिन हमें जान-बूझकर स्वयं अपने साथ बुरा नहीं करना चाहिए। आकर्षण के नियम के अनुसार, हम जो कुछ भी किसी को देते हैं, वह हमें वापस मिल जाता है। इसलिए यदि हम किसी को माफ नहीं करते हैं और उसके बारे में बुरा सोचते हैं तो यह बुराई हमें वापस मिलने लगती है।

**जो झुकता है, वह ताकतवर है, क्योंकि अहम एक कमजोरी है, जो हमें झुकने नहीं देती और झुकने के लिए ताकत चाहिए। अकड़े रहना मुर्दे की निशानी है, झुकने के लिए जान चाहिए।** मेहनत से बनाया गया संबंध कोई तोड़ना नहीं चाहता है। दोनों पक्ष प्रतीक्षा करते हैं कि पहले कौन बात प्रारंभ करेगा, कौन पहले सॉरी बोलेगा। यदि ऐसा है तो हम पहल क्यों नहीं करें, क्योंकि हम ताकतवर हैं। हम जितनी बार झुकते हैं, हमारी टॉलरेंस क्षमता व ताकत बढ़ती जाती है। जो कुछ हो रहा है, उसके जिम्मेदार हम हैं। एक रिश्ते की कटुता एक रिश्ते तक ही सीमित नहीं है। रिश्ते की कटुता हमें कमजोर करती है, इसका प्रभाव अगले रिश्तों पर भी पड़ता है। जब आप प्रयास करते हैं तो यह सरल हो जाता है। जब आप सोचते मात्र हैं तो यह कठिन लगता है।

यदि किसी व्यक्ति से आपको दुःख पहुँचा है तो आप उसे माफ कर दें, क्योंकि दुःख से आपको दर्द होगा और यदि आप उसे माफ नहीं करते हैं तो आपका दर्द हमेशा बना रहेगा। इसलिए अपने दर्द से छुटकारा पाने के लिए और अपने को फ्री करने के लिए उसे माफ कर दें। माफ करने में वह ताकत है, जो आपको एकदम फ्री कर देती है। यदि आपके साथ किसी ने बुरा व्यवहार किया है अर्थात् यदि किसी ने आपको नकारात्मक ऊर्जा दी और इसके बदले में आप भी उसको नकारात्मक ऊर्जा देंगे तो इसका अर्थ है कि आप नकारात्मकता से बाहर नहीं आ पाएँगे। **दोनों व्यक्तियों के बीच में एक नकारात्मक ऊर्जा का लिंक या चेन बन जाती है, जो दोनों को ही नुकसान पहुँचाती है। इस लिंक या चेन से छुटकारा पाने के लिए किसी एक छोर की पकड़ को कमजोर करना होगा अर्थात् किसी एक छोर से सकारात्मक ऊर्जा का प्रवाह करना होगा।**

यदि आपके छोर से पकड़ कमजोर हो जाती है तो उससे निकलनेवाली और आपके पास तक पहुँचनेवाली नकारात्मक ऊर्जा का मार्ग बंद हो जाता है और आप फ्री हो जाते हैं। सामान्य मान्यता है कि बिगड़े रिश्ते को ठीक करने में दोनों पक्षों को प्रयास करना होगा, लेकिन यदि कोई एक पक्ष भी प्रयास करता है तो मामला बन जाता है। आपके छोड़ने से नकारात्मक ऊर्जा का लिंक टूट जाता है। यदि दूसरे पक्ष ने इसे पकड़ रखा भी है, तो भी आप उस नकारात्मक ऊर्जा के लिंक से आजाद हो जाते हैं। यदि स्कूल, ऑफिस में किसी से कोई गलती हो गई है तो उसे माफ कर दें, क्योंकि यदि आप उसे माफ नहीं करेंगे तो उसे नकारात्मक ऊर्जा देंगे। यह पिंगपोंग एनर्जी का गेम है। **इसलिए हमें अलग तरह से पिंगपोंग एनर्जी का गेम खेलना होगा अर्थात् सकारात्मक ऊर्जा देकर सकारात्मकता प्राप्ति का प्रयास करना होगा।**

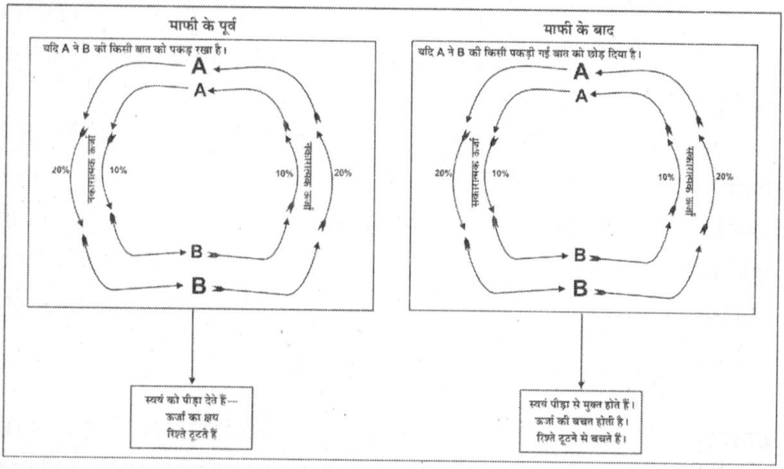


आपके द्वारा सॉरी बोलने पर यदि कोई आपसे बात नहीं करता है तो आप नाराज हो जाते हैं, इसका अर्थ हुआ कि अब नकारात्मक ऊर्जा का पिंगपोंग गेम शुरू हो गया है। स्वयं को दर्द से बचाने के लिए सकारात्मक ऊर्जा का पिंगपोंग गेम खेलना होगा। नकारात्मक ऊर्जा, जो हमारी सकारात्मक ऊर्जा को ब्लॉक कर रही थी, से यह ब्लॉकेज टूटने लगता है। यदि हमारे पास से सकारात्मक ऊर्जा दूसरों के पास जाएगी तो बदले में हमें भी सकारात्मक ऊर्जा मिलेगी।

**किसी बात को हो सकता है कोई पाँच मिनट में भूल जाए और कोई इसे पच्चीस साल तक भी न भूले। हमारा दर्द हमारी किसी गलती के साइज पर निर्भर नहीं है, बल्कि यह हमारी आंतरिक क्षमता पर निर्भर है कि हम इसे पाँच मिनट में भूलते हैं या पच्चीस साल में** अर्थात् हमें हर हाल में परिस्थिति को स्वीकार करना होगा,

चाहे इसे पाँच मिनट में स्वीकार कर लें या सालोसाल स्वीकार न कर पाएँ। इसलिए जितना जल्दी हो, परिस्थिति को स्वीकार कर लेना चाहिए। जितना ही हम गिल्ट में जाते है, ईगो में जाते हैं, अपने आपको ही कमजोर करते रहते हैं। इसलिए माफ करके अपनी गिल्ट और ईगो से बाहर आ जाएँ। जो अंदर से मजबूत होगा, वही दूसरों को माफ करने की क्षमता रखता है। **मन को जीत लिया तो दुनिया को जीत लिया।**

**यदि हम किसी बात को पकड़कर रखते हैं और इसी बात से किसी को माफ नहीं कर पा रहे हैं तो हम दर्द में रहेंगे। यदि हम किसी को माफ नहीं करते हैं तो इसका अर्थ है हम अपने को माफ नहीं करते हैं।** जब तक हम उन्हें माफ नहीं करेंगे, तब तक दर्द में रहेंगे। माफ करने का अर्थ है, जो बात आपने पकड़ रखी है, उसे छोड़ दें। माफ करके आप दूसरों पर नहीं, बल्कि अपने आप पर रहम करते हैं। माफ करने के बाद हममें सही–गलत का भाव नहीं आएगा, क्योंकि अब हमारा नजरिया बदल गया है। माफ करने का मतलब है किसी को मुक्त करना। माफ करके आप अपने दर्द को मुक्त कर देते हैं।

**किसी को उपदेश देने से पहले उसे माफ जरूर करें, लेकिन यदि किसी ने गलती की है तो पहले हम उसे उपदेश देते हैं, फिर माफ करते हैं** अर्थात् पहले हम डिस्टर्ब होते हैं, फिर उपदेश देते हैं, फिर माफ करते हैं। इसलिए पहले अपने मन को साफ करने के लिए पहले उसे माफ करें, फिर उपदेश दें। यदि आपने किसी को माफ कर दिया तो उसे उपदेश देने की आवश्यकता नहीं पड़ेगी। आपकी माफी ही उसके लिए उपदेश है। आपकी माफी ही उसे परिवर्तन करने के लिए प्रेरित करेगी।

दोषारोपण की जगह व्यक्तिगत जिम्मेदारी लेनी उचित होती है। किसी से बात करते समय उससे अधिक महत्त्वपूर्ण अंदर की सोच है, **अंदर की सोच और बाहर की बात में अंतर नहीं होना चाहिए। हम ऊपर से तो मीठा बोल रहे हैं, लेकिन अंदर से गाँठ बना रखी है।** अंदर से कुछ और, और बाहर से कुछ और। यदि अंदर से किसी के प्रति अस्वीकार भाव है तो बातों से उसे कैसे स्वीकार कर सकते हैं? हम बाहरी बातों के लिए तो मेहनत करते हैं, लेकिन अंदर के लिए मेहनत नहीं करते हैं।

इसीलिए रिश्तों और संबंधों में उतना प्यार नहीं मिलता है। रिश्तों, संबंधों में आप किसी से प्यार करें न करें, परंतु गुस्सा कदापि न करें। किसी के बारे में गलत विचार न रखें। किसी के बारे में अंदर रनिंग कमेंट्री नहीं चलनी चाहिए। तभी हम दूसरों को सच्चे रूप में स्वीकार कर सकते हैं। दूसरों को स्वीकार करने के लिए बस अपने विचारों को चेक करना होगा। हमें **यह देखना होगा कि एक ही परिस्थिति में बेटी के संबंध में कैसा विचार चलता है और बहू के लिए कैसा विचार चलता है। बेटी भी गलती करती है और बहू भी, लेकिन हमारी प्रतिक्रिया भिन्न-भिन्न क्यों होती है?**

यदि जीवन में कोई भारी नुकसान हो जाए तो इसको स्वीकार करने के अलावा आपके पास विकल्प ही क्या है ? इसलिए मान लें कि जो हुआ, वह अच्छा हुआ। लोग कहते हैं कि हम यह कैसे मान लें, हम स्वर्ग में तो रहते नहीं हैं; लेकिन हमें धरती पर स्वर्ग आने का इंतजार नहीं करना चाहिए, बल्कि सकारात्मक सोच से स्वर्ग यहीं पैदा कर लेना चाहिए। अपने मन को स्वर्ग के समान बनाएँ, लेकिन इसके लिए हमें अभ्यास करना होगा। यदि आप सकारात्मक विचार के साथ कार्य करते हैं तो वास्तव में जो कुछ भी होगा, वह आपके अनुसार ही होगा। सकारात्मक विचार हमारी चिंता पर रोक लगाकर खुशी लाते हैं।

सुझाव देनेवाला व्यक्ति पहले पूर्व ड्रेस को स्वीकार करता है, फिर इसे बदलने का सुझाव देता है। आपको इसलिए सुझाव नहीं दिया गया है कि सुझाव देनेवाले को ड्रेस अच्छी नहीं लगती, बल्कि आपको इसलिए सुझाव दिया है कि आप पर ड्रेस सूट नहीं करती है। **यह जरूरी नहीं है कि हम दूसरों के कहने के अनुसार स्वयं को बदल लें और न ही दूसरे हमारे हिसाब से अपने को बदल सकते हैं।**

लोग कहते हैं कि आप हर बात पर चुप हो जाते हैं, आपको अपनी बात कह देनी चाहिए। यह सुझाव देनेवाले का दृष्टिकोण है। मेरा दृष्टिकोण है कि मैं चुप रहकर अपने को बदलने का प्रयास करता हूँ। मौन की भी एक भाषा होती है। **हो सकता है कि दूसरा व्यक्ति मेरे बारे में सही कह रहा हो, लेकिन वह अपने व्यक्तित्व, योग्यता व क्षमता के अनुसार सही कह रहा है, न कि मेरे व्यक्तित्व, योग्यता एवं क्षमता के अनुसार।**

हमारे लिए यह महत्त्वपूर्ण है कि जो सुझाव दिया गया है, उस पर चिंतन कर लें लेकिन दिए गए सुझाव से डिस्टर्ब न हों। जब आपको प्रकृति में परिवर्तन का पता चलता है, तब आप उसके अनुसार अपने को बदल लेते हैं। **यदि आप प्रकृति से टक्कर लेते रहेंगे तो उससे कोई फायदा नहीं होगा। यदि आप अपना फोकस दूसरों के स्थान पर अपने बदलाव पर रखते हैं तो कार्य आसान हो जाएगा।** यदि कोई व्यक्ति हमेशा लेट आता है और हम उससे यह अपेक्षा रखते हैं कि वह कभी लेट न पहुँचे। हमारे मन में विचार आ सकता है कि क्या वह व्यक्ति अपने को बदल नहीं सकता, लेकिन हमारे पहलू से देखा जाए तो क्या हम इतनी सी बात भी स्वीकार नहीं कर सकते कि वह व्यक्ति हमेशा लेट रहता है।

स्वीकार करने के बाद हमें शांत मन से बदलाव के लिए प्रयास करना चाहिए। बाहर हम जब निर्णायक होकर निर्णय देते हैं और आलोचना करते है, तब **हम केवल एक वाक्य बोलते हैं, लेकिन इसके साथ ही हमारा मन अंदर से कई वाक्य बोलने लगता है। इसलिए लगता है कि हमारा मन बहुत डिस्टर्ब है। थोड़ी ही देर बाद हमें चार अन्य लोग मिलते हैं, जो पुनः कई वाक्य बोलते हैं। फिर मन इसके कई**

**गुना वाक्य बनाकर हमें परेशान करता है।** अर्थात् मुझे बीमारी से ठीक होना है और परहेज भी नहीं करना है। यह कैसे संभव है ? परहेज करेंगे तो बीमारी से मुक्ति आसानी से मिल जाएगी।

एक्सेप्टेंस, स्वीकार, संतुष्टि भाव का यह अर्थ नहीं है कि जो हमें मिल गया है, उसके बाद कुछ नहीं चाहिए, बल्कि हमें जो कुछ भी अभी तक मिला है, इसके साथ हम खुश हैं और खुश रहकर आगे सफलता के लिए प्रयास करें। मौन में शक्ति है। शब्द से मौन नहीं रहना है, बल्कि मन से मौन रहना है। जो शब्द से मौन हैं, उनका मन अशांत रह सकता है। जिनके अंदर डर बैठा है, उनका मन अशांत है। **अगर कोई व्यक्ति शब्द से मौन है तो इसके दो कारण हैं—1. डर के कारण, 2. अपनी क्षमता, विशेषता के कारण। यदि किसी का मन शांत है तो बड़े स्पष्ट ढंग से अपनी बात रखेगा, लेकिन समझौता भी नहीं करेगा। जब वह गुस्से में है तो दूसरे की बात सुनता ही नहीं है। जब डर में हैं तो सुनने की ताकत ही नहीं होगी। हम तभी दूसरे की सुनेंगे, जब हमारा मन शांत होगा। एक रुपए का सिक्का गिरने पर आवाज करता है, जबकि एक हजार का नोट आवाज नहीं करता है अर्थात् वही व्यक्ति शब्दों से कम आवाज निकालता है, जो शक्तिशाली होता है, क्योंकि मौन की भाषा शब्दों की आवाज की तुलना में शक्तिशाली होती है।**

**माफी ही वह चाबी है, जिससे मन की ग्रंथियों के अनेक ताले खुलते हैं। मन की ग्रंथियों के ताले खुलने से हमारी नकारात्मकता समाप्त होती है और सकारात्मकता बाहर आती है। यदि हम किसी को माफ नहीं कर पाते हैं तो इसका प्रमुख कारण हमारा पूर्वग्रह, गलत नजरिया एवं गलत बिलीफ सिस्टम है। पूर्वग्रह, नजरिया एवं गलत बिलीफ सिस्टम हमें परिस्थितियों एवं लोगों को व्यापक फलक पर देखने नहीं देता। अतः सभी प्रकार के पूर्वग्रह से हटकर, अपना नजरिया बदलकर अपने गलत बिलीफ सिस्टम को चेक करें।**

□

# पूर्वग्रह एवं विश्वास की मान्यता

*प्रत्येक वस्तु में अनंत धर्म, गुण एवं विशेषताएँ होती हैं। हम इनमें से कुछ गुणों को जानकर संपूर्ण निष्कर्ष निकाल लेते हैं। हमारे मध्य विवाद का भी यही कारण है।*

***—अनंतधर्मात्कमवस्तु : जैन दर्शन***

हम मान लेते हैं कि बिजनेसमैन, मीडियावाले, अमेरिकावाले और ब्रह्माकुमारी का पालन करनेवाले एक अलग प्रकार के होते हैं। हमें इस प्रकार के पूर्वग्रहों से दूर रहना होगा। यदि हम नजर पर चश्मा लगाकर कार्य करते हैं तो नुकसान हमें ही होगा। यदि किसी ने हमें एक, दो, तीन बार धोखा दे दिया है तो इस बात को इतनी गहराई से न लें कि हमारे भूतकाल का असर हमारे वर्तमान पर पड़ने लगे, **क्योंकि धोखा देना संयोग भी हो सकता है। यदि किसी व्यक्ति का तीन अन्य व्यक्तियों के साथ बिजनेस ठीक नहीं हो रहा है तो चौथा व्यक्ति भी यही जानकारी लेकर बिजनेस करने जाता है, तो बिजनेस के खराब होने की संभावना अधिक रहेगी; क्योंकि सूचनाएँ हमारे विचार को प्रभावित करती हैं।** विचार हमारी वास्तविकता को बदलने की ताकत रखता है। यही हमारा भाग्य है।

हम किसी मंदिर, मसजिद, गुरुद्वारे में यह सूचना लेकर जाते हैं कि यहाँ आने से सभी कामनाएँ पूर्ण हो जाती हैं। चूँकि हमारा विचार ही वास्तविक आकार ले लेता है, इसीलिए मंदिर, मसजिद, गुरुद्वारा जाने से कार्य सिद्ध होने की संभावना बढ़ जाती है। पिछला अनुभव हमारे काम पर असर डालता है।

**हमारे जीवन पर तीन चीजों का जबरदस्त प्रभाव होता है। हमारा बिलीफ सिस्टम या मान्यता, हमारे द्वारा प्राप्त की गई सूचनाएँ और हमारे द्वारा ग्रहण किया गया अनुभव। इनमें से सबसे अधिक प्रभाव हमारे बिलीफ सिस्टम, मान्यता अथवा पूर्वग्रह का होता है। मन में फिल्टररूपी चश्मा लगाने से हमारा भूतकाल का अनुभव**

**सत्य हो जाता है। यदि हम यह सूचना लेकर आते हैं कि कोई व्यक्ति झूठ बोलता है तो हम उससे इस पूर्वग्रह के साथ न मिलें, क्योंकि हर व्यक्ति हमेशा न तो झूठ बोलता है और न ही सत्य।**

यदि हम बिना पूर्वग्रह के किसी से मिलेंगे तो हमारे पास उसको जाँचने-परखने की क्षमता अधिक होगी और तभी हम सही-गलत की पहचान कर सकते हैं। यदि हम किसी को मिलने से पूर्व ही उसको शक की निगाह से देखेंगे तो इससे हमारा नुकसान ही होगा। हम किसी भूतकाल के बुरे अनुभव को वर्तमान में न बदलने दें।

हम अपने रिश्तों को ठीक करने के लिए समय का इंतजार करते रहते हैं और सोचते हैं कि जब समय बदलेगा तो रिश्ता ठीक हो जाएगा अथवा सोचते हैं कि दूसरा बदलेगा तो रिश्ता अपने आप ठीक हो जाएगा। इस प्रकार रिश्तों को ठीक करने के लिए हम समय और दूसरों पर निर्भर रहते हैं। इसी प्रकार यदि घर में कोई ट्रेजेडी हो जाती है तो लोग कहते हैं कि समय पर सब ठीक हो जाएगा। यहाँ पर भी आप समय पर निर्भर हो गए। जो बात तुरंत ठीक हो सकती है, उसे आपने समय पर छोड़ दिया। **यदि चोट लग जाए और यह कहा जाए कि यह समय पर ठीक हो जाएगी, लेकिन इसकी जगह यदि उस पर दवा लगा दी जाए तो वह जल्दी ठीक हो जाएगी तथा कष्ट भी कम होगा। यहाँ हमने समय अथवा लोगों की प्रतीक्षा किए बिना तुरंत कार्य प्रारंभ कर दिया।**

हमें दूसरों पर निर्भरता से हटकर देखना होगा। जितना हम दूसरों पर निर्भरता कम करेंगे और अपने आप पर निर्भर होंगे, उतने ही हम शक्तिशाली होंगे। इसके लिए हमें अपने विचारों को चेक करना होगा। कोई व्यक्ति फोन न उठने मात्र से परेशान हो जाता है और कोई अन्य व्यक्ति पाँच बार या आठ बार फोन न उठने से परेशान हो जाता है, लेकिन कुछ लोग दस बार भी फोन न उठने से परेशान नहीं होते। जितना हम दूसरों के व्यवहार और परिस्थितियों से निर्भरता हटाते जाते हैं, उतना ही हम अपनी आंतरिक सुंदरता बढ़ाते जाते हैं। **हमारा मन यदि स्थिर होगा तो हम किसी के व्यवहार से प्रभावित नहीं होंगे, बल्कि हम स्वयं दूसरों को प्रभावित करेंगे।**

सेल्फ रिलांयस का अर्थ है कि हम दूसरों पर भावनात्मक रूप से निर्भर नहीं रहते हैं। आप आत्मनिर्भर रूप से निर्णय लेते हैं। आप दूसरों से सहयोग लेने के बजाय सहयोग देंगे। **आज हम अपने मन की स्थिति को अपनी प्रायोरिटी लिस्ट में अंतिम स्थान देते हैं। जीवन में हमें परफेक्ट काम, परफेक्ट नौकरी, परफेक्ट घर चाहिए। लेकिन इससे पहले मन की स्थिति को परफेक्ट बनाना होगा। हमें जीवन में बाहर भी काम करना है और अपने अंदर भी, लेकिन प्रायोरिटी लिस्ट में अंदर का काम पहले होना चाहिए।**

हमारा बिलीफ सिस्टम है कि यदि किसी ने गलती की तो उस पर गुस्सा किया जाए और उसे डाँटा जाए, लेकिन जब हम गलती करते हैं और गलती के बाद हमें जो अपने ऊपर गुस्सा आता है, इसे गिल्ट या ग्लानि कहते हैं। यह हमें अच्छी फीलिंग नहीं देता है। यदि हमें स्वयं को डाँटना ठीक नहीं लगता है तो दूसरा डाँट खाकर कैसे अच्छा फील करेगा। जब कोई हमें डाँटता है तो हमें थोड़ा बुरा लगता है और अपने को सही सिद्ध करने के लिए तर्क देकर बच जाते हैं, लेकिन जब आप अपने को डाँटते हैं तो गिल्ट या ग्लानि में जाकर डिप्रेशन में चले जाते हैं। यहाँ पर हम अपने को सही सिद्ध भी नहीं कर सकते हैं। **जैसे दूसरे को डाँटने से वह व्यक्ति प्रेरित नहीं होगा और उसकी ऊर्जा नष्ट होगी, उसी प्रकार अपने को डाँटने पर हमारी ऊर्जा नष्ट होगी और यह डाँट हमें प्रेरित भी नहीं करेगी। हम सभी अंदर से कमजोर होते हैं, तभी गलती होती है।** गलती के बाद डाँटने से हमारी ताकत और भी कम हो जाती है और गलती की संभावना बढ़ जाती है।

संवेदनशीलता का अर्थ लोग यह लगाते हैं कि जब कोई दुःखी होगा तो आप भी दुःखी होकर उसकी मदद करेंगे, लेकिन संवेदनशीलता का यह सही अर्थ नहीं है। संवेदनशीलता का सही अर्थ है कि जब कोई दुःखी हो तो हम दुःखी और कमजोर हुए बिना उसकी मदद करें, क्योंकि यदि दुःखी व्यक्ति को देखकर हम भी दुःखी हो जाएँगे तो इस प्रकार हम कमजोर हो जाएँगे और कमजोर होकर हम किसी की मदद नहीं कर पाएँगे। इसलिए दुःखी व्यक्ति कहता है कि मुझे कुछ देर के लिए अकेला छोड़ दें। दुःखी व्यक्ति कमजोर होता है, उसे एक ऐसे शक्तिशाली व्यक्ति की तलाश होती है, जो उसकी मदद कर सके।

**संवेदनशीलता का यह अर्थ नहीं है कि यदि मैं गड्ढे में गिर जाऊँ तो आप भी उसमें गिर जाएँ। इसका अर्थ है कि आप बाहर रहकर मुझे निकालें। हम अपनी सोच और कैपिसिटी से दूसरे की समस्या को हल नहीं कर सकते हैं, बल्कि हमें उनकी सोच और कैपिसिटी से उनकी समस्या हल करनी होगी।**

संस्कार का मतलब है लाइफ स्टाइल या अपना स्वभाव। इसीलिए हमें अपने मन और बुद्धि को काम करने का बेहतर अवसर देना चाहिए। जब मन और बुद्धि अपना काम करेंगे, तब **जीवन में कुछ नया कर पाएँगे, आप अपने दायरे से बाहर भी सोचेंगे। आपको अपनी आदत, संस्कार बदलने के लिए प्रयास तो करना ही पड़ेगा। बिना प्रयास के आदत नहीं बदलेगी।** यदि पुरानी जीवनशैली या आदत से आपके जीवन में खुशी नहीं आती है तो अपनी आदत बदलने का प्रयास करें। **आप जो कर रहे हैं, यदि वही करते रहेंगे तो आपको परिणाम भी वही मिलेगा। इसलिए नए तरीके से सोचें।** नए तरीके से सोचने का अर्थ है कि अपने को, लोगों और परिस्थिति को स्वीकार भाव

से लें। दूसरों को माफ कर दें। गुस्सा करना छोड़ दें। मेडिटेशन करें।

गुस्सा करने से हमारी शांति में कमी आएगी। इसके प्रभाव से हमारी इच्छाशक्ति कमजोर होगी, आत्मिक शक्ति प्रभावित होगी और इसका प्रभाव पूरे जीवन पर पड़ेगा। आजकल लोग बुरी आदतें (एडिक्शन) इसलिए नहीं छोड़ पाते हैं, क्योंकि उनकी आत्मिक शक्ति कमजोर है। यह सब गलत बिलीफ सिस्टम का परिणाम है। **इसलिए हम नए बिलीफ सिस्टम को चुनें, प्रयोग करें तथा परिणाम देखें। एक बार हमें परिणाम मिलने लगेगा तो हम पुराने बिलीफ सिस्टम के पास नहीं जाएँगे।**

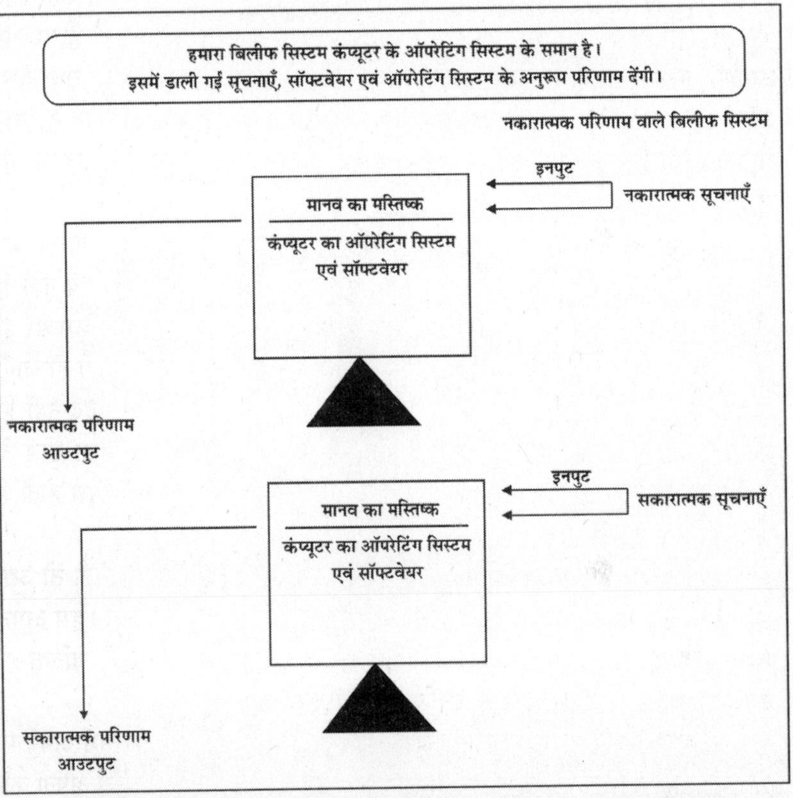


**हम जीवन में दो बिलीफ सिस्टम को लेकर चलते हैं। जब पड़ोसी के साथ बुरा होता है, तब हम कहते हैं कि उसका कर्म ही ऐसा था और हमारे साथ यदि बुरा होता है तो हम कहते हैं कि मेरा भाग्य ही ऐसा है।** हमें दोनों बिलीफ सिस्टम में से एक को चुनना होगा। हमें उसी बिलीफ सिस्टम को चुनना होगा, जो हमें शक्तिशाली बनाए। हमें इस बात को भी देखना होगा कि ईश्वर हमारा भाग्य लिखता है या हम स्वयं

अपना भाग्य लिखते हैं। यदि ईश्वर हमारा भाग्य लिखता तो कोई भी कमी नहीं छोड़ता, क्योंकि ईश्वर अपने आपमें पूर्ण है। इसलिए साबित होता है कि मनुष्य स्वयं ही अपना भाग्य लिखता है। हम जो विचार करते हैं, वैसा ही हमारा भाग्य हो जाता है।

**हमारे बिलीफ सिस्टम की चेकिंग जरूरी है। अगर हम अपने जीवन में गलत बिलीफ सिस्टम को लेकर चलते हैं तो इसका सीधा प्रभाव हमारे जीवन पर भी पड़ेगा, क्योंकि हमारे विचार ही कर्म बनकर भाग्य बनाते हैं। हमारे लिए सीधा अपने विचार बदल पाना कठिन है, इसलिए सबसे पहले हमें अपने गलत बिलीफ सिस्टम को बदलकर सही बिलीफ सिस्टम को अपनाना होगा।** हम जो भी बिलीफ सिस्टम अपनाएँ, उसको प्रयोग करके जरूर देख लें कि वह हमारे लिए सही है या नहीं। अभी तक हम मानते आ रहे थे कि गुस्सा करना स्वाभाविक है, लेकिन दूसरे बिलीफ सिस्टम के अनुसार गुस्सा करना अस्वाभाविक है।

यदि हम सुबह-सुबह अपने अंदर नकारात्मक ऊर्जा डालकर काम करेंगे तो इसका प्रभाव दिनभर पड़ेगा। शाम तक न्यूज पेपर पढ़ लें और देख लें, लेकिन रात को सोने से पहले टी.वी. और न्यूज पेपर देखने से बचें, क्योंकि जो हम रात में देखते हैं, सुनते हैं, उससे संबंधित विचार हमारे मन में रातभर चलता है। **मीडिया ने उद्योग का रूप ले लिया है। मीडिया अब हमें उसी प्रकार की न्यूज दिखाता है, जिससे हम भावनात्मक रूप से कमजोर बनते हैं। पहले सिर्फ एक चैनल दूरदर्शन था। वह जो दिखाता था, हम वही देखते थे। अब कई टी.वी. चैनल आ चुके हैं। इनका उद्देश्य अपने दर्शकों को किसी प्रकार बाँधकर इस प्रकार रखना है कि दर्शकों की सोचने-समझने की शक्ति छीन ली जाए।** टी.वी-फिल्म उद्योग हमारी रचनात्मकता को समाप्त करते हैं। इसीलिए आजकल की परिस्थितियों में बच्चों में रचनात्मकता समाप्त हो रही है। परिस्थितियाँ हम पर हावी होने लगी हैं। पहले हमारे ऊपर परिस्थितियों का प्रभाव नहीं होता था, क्योंकि पहले हमारे ऊपर टी.वी., मीडिया का उतना प्रभाव नहीं था, लेकिन आज स्थिति विपरीत है।

**आज मीडिया, फिल्म उद्योग हमसे वही कराता है, जो वह चाहता है। चाहे वह हमें रुलाना चाहे या हँसाना। हमारे विचार पंगु बन गए हैं। हमने अपने सोचने-समझने की शक्ति को परिस्थिति के सम्मुख समर्पित कर दिया है।** यही हमारे जीवन की आदत बन जाती है। टी.वी फिल्म में परिस्थितियाँ हमारे ऊपर हावी होने लगती हैं, जबकि हमें मालूम है कि यह मात्र फिल्म और कहानी है। हमने परिस्थितियों को अपने ऊपर हावी होने की आदत पाल रखी है। इसलिए परिस्थिति से बाहर निकलने के लिए सभी चीजों को साक्षी भाव, तटस्थ, डिटैच होकर देखना होगा, लेकिन इसके पूर्व हमें टी.वी. और मीडिया के सामने साक्षी भाव, तटस्थ और डिटैच भाव से कार्यक्रम देखकर

अभ्यास करना होगा। हमें न्यूज देखनी है, लेकिन देखकर क्रोध में नहीं आना है। इसी प्रकार मैच को डिटैच होकर देखें।

हम एक साथ दो विरोधी बिलीफ सिस्टम को लेकर चलते हैं। **एक बिलीफ सिस्टम के अनुसार हमारा भाग्य प्रमुख है और दूसरे के अनुसार हमारा कर्म। मजेदार बात यह है कि इसे कमोबेश हर धर्म में स्वीकार किया जाता है। कुछ लोग मानते हैं कि यह दुनिया ईश्वर चलाता है और वही हमारा भाग्य लिखता है। दूसरी मान्यता के अनुसार जैसा हम कर्म करेंगे, वैसा ही हमें फल मिलेगा,** लेकिन हमें अपने बिलीफ सिस्टम को चेक करना होगा और हमें ध्यान रखना होगा कि हम गलत बिलीफ सिस्टम पर न चलकर, सही बिलीफ सिस्टम पर ही चलें। हमारा जीवन और शरीर कंप्यूटर के ऑपरेटिंग सिस्टम की तरह है। जैसा हम ऑपरेटिंग सिस्टम में डालेंगे वैसा ही हमारा जीवन चलेगा, लेकिन **बीच-बीच में ऑपरेटिंग सिस्टम को चेक करना होगा कि यह सही काम कर रहा है कि नहीं। हार्ड डिस्क को लगातार क्लीन करना होगा, तभी यह ऑपरेटिंग सिस्टम सही रूप में कार्य करेगा। मतलब सही बिलीफ सिस्टम को स्वीकार करें और बिलीफ सिस्टम में आनेवाली गंदगी को समय-समय पर साफ भी करते रहें।**

**हम अपने संस्कार, लाइफ स्टाइल, नजरिया, बिलीफ सिस्टम को ठीक रखते हैं, तो इससे स्वयं की एवं अपने बच्चों की पैरेंटिंग या परवरिश अधिक अच्छे ढंग से कर सकते हैं।**

□

# पैरेंटिंग, बच्चों की परवरिश

*अपने अंदर सकारात्मकता पैदा करके हम अपने बच्चों की पैरेंटिंग या परवरिश ही नहीं करते हैं, बल्कि इससे हम स्वयं की भी परवरिश कर लेते हैं। हम जिस अनुपात में अपने बच्चों और स्वयं की पैरेंटिंग या परवरिश करते हैं, उसी अनुपात में हमें खुशी और शांति मिलती है।*

***—सिस्टर शिवानी***

हम अपने बच्चों से यह अपेक्षा न रखें कि वे एग्जाम में अधिक नंबर ही लाएँगे, क्योंकि हमारे लिए यह महत्त्वपूर्ण है कि बच्चा अपनी पढ़ाई के साथ-साथ मानसिक रूप से भी स्थिर रहे। आजकल के माता-पिता एंग्जाएटी (तनाव) में आकर बच्चों पर नकारात्मक प्रभाव डालते हैं। इन परिस्थितियों में बच्चा अच्छे नंबर कैसे लाएगा? माता-पिता की अच्छे नंबर की चाहत बच्चे पर दबाव डालती है और बच्चा डिप्रेशन में आकर सुसाइड भी कर लेता है। हमारी पर्सनेलिटी बहुआयामी है। हमारा व्यक्तित्व हमारे शारीरिक, मानसिक व आध्यात्मिक स्तर के साथ एकेडमिक उपलब्धि पर भी निर्भर करता है। **अपने बच्चों से यह कभी न कहा जाए कि यह कार्य तुमसे कभी नहीं होगा, इससे उनका आत्मविश्वास कम होता है।**

क्रोध करना नुकसानदायक है। क्रोध करके हम गलती करते हैं। प्रश्न उठता है कि क्या दूसरों की गलती सुधारने के लिए हमें फिर से गलती करनी चाहिए? हम यह भी तर्क देते हैं कि उनकी बड़ी गलती के लिए हमने छोटी मात्रा में क्रोध किया। इसे भी जायज नहीं कहा जा सकता है। **आप बच्चे को मोटिवेट करें, गाइड करें। बच्चे को चेंज होने के लिए बता दें। उसे सुझाव दे दें, लेकिन क्रोध न करें। चेंज होना, न होना उसकी मर्जी है। वैसे भी बच्चे की मर्जी है, क्योंकि हम जबरदस्ती किसी को चेंज नहीं कर सकते हैं।**

हमारा मन एक बच्चे के समान है, इसे प्रेम से पालना आवश्यक है। यदि बच्चा रोने लगता है, तब माँ एक मिनट का समय निकालकर बच्चे के समीप आकर उसे चुप कराकर पुन: अपने कार्य में लग जाती है। इसी तरह हमें अपने मन को बच्चा मानकर बीच-बीच में एक मिनट का समय निकाल लेना चाहिए। मन में जो भी विचार चल रहा है, उसे रिजाल्व कर लेना चाहिए। उठनेवाले प्रश्नों का तुरंत समाधान कर लेना चाहिए। यदि हमें तुरंत उत्तर न भी मिले तो मन को बता दें कि मैं इसका उत्तर बाद में दे दूँगा, नहीं तो यह प्रश्न हमारी नींद में भी चलते रहेंगे। **बच्चे के साथ प्रेम से पेश आएँ। बच्चों को कोसना, दबाना, चिल्लाना ठीक नहीं है। हम दिनभर अपने मन को लेकर ही लोगों के साथ डील करते हैं।** चंचल बच्चे का मतलब है कि हमने बच्चे को कुछ सिखाया नहीं कि क्या सही है और क्या गलत, जब हमने बच्चे को सिखाया ही नहीं तो इसमें बच्चे की गलती कहाँ है ?

इसी तरह हमने मन को भी नहीं सिखाया कि क्या सोचना चाहिए, कैसे सोचना चाहिए और कितना सोचना चाहिए। मन बहुत चंचल है, इसे प्रेम से बदलना होगा और इसे सही जीवन जीने का तरीका बताना होगा। यह मैं ही कर सकता हूँ, क्योंकि यह मेरा मन है। **जितना मैं अपने मन के साथ अच्छी पैरेंटिंग कर लूँगा, मुझे पता लग जाएगा कि दूसरे के साथ कैसा बर्ताव करें। सभी के पास मन है, इसलिए दूसरे के मन को बच्चे के रूप में देखिए।** दूसरे का मन बच्चा ही नहीं, चंचल बच्चा है, जो आजकल उसका कहना नहीं मान रहा है। पड़ोसी कहता है कि मेरा बच्चा चंचल है, मेरा कहना नहीं मानता है, आप ही कुछ प्रयास करके देखें।

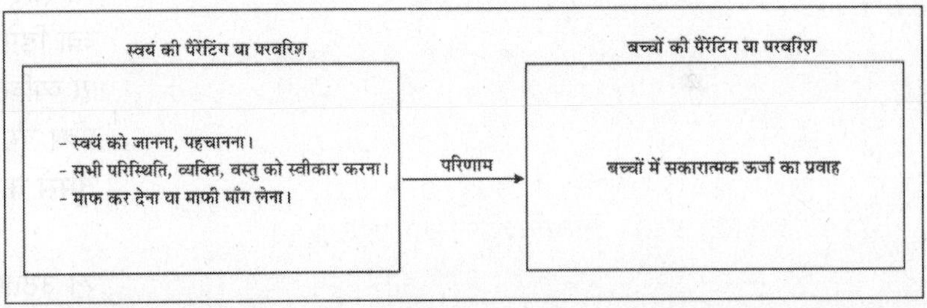


**यहाँ चिल्लाना, दबाना तथा कोसनेवाली तकनीक काम नहीं करेगी। यहाँ प्रेमवाली तकनीक काम करेगी।** जो तरीका मेरे मन पर कार्य करेगा, वही तरीका दूसरे के मन पर भी कार्य करेगा। सभी बच्चों को एक ही चीज अच्छी लगती है, वह है—प्यार। **जो टीचर बच्चों को प्यार करती है, बच्चे उसी का कहना अधिक मानते हैं। एक कहता है कि मुझे इस टीचर का कहना मानना पड़ता है और दूसरा कहता है कि मुझे अपनी टीचर का कहना मानना अच्छा लगता है। दोनों ही टीचर बच्चे**

**पर कार्य कर रहे हैं,** लेकिन एक नकारात्मक ऊर्जा का सहारा ले रहा है तो दूसरा प्यार वाली सकारात्मक ऊर्जा का।

आजकल लोग अपने जीवन की पहली रिस्पॉन्सबिलिटी अपने काम या जॉब को देते हैं, फिर अपने परिवार को, अंतिम प्रायोरिटी लिस्ट में अपने मन को रखते हैं। वास्तव में हमारे जीवन की प्रायोरिटी लिस्ट ही उलटी-पलटी है। हम कहते हैं कि हमारे पास टाइम नहीं हैं, हम अपने काम या जॉब और परिवार पर इतना समय दे रहे हैं कि हमें अपने लिए समय ही नहीं बच रहा है। **अध्यात्म हमें सिखाता है कि अपनी प्रायोरिटी लिस्ट में स्वयं को सबसे ऊपर स्थान दें। हमें सेल्फ या अपने आपको 12 घंटे नहीं देना है, बल्कि प्रायोरिटी लिस्ट में ऊपर रखना है।** यदि मैं, मेरा मन सही है तो सबकुछ ठीक होगा। यदि हमारा मन ठीक है तो परिवार में रिश्ते भी अच्छे रहेंगे, फिर हम खुश होकर ऑफिस जाएँगे और अच्छा काम करेंगे, फिर वापस आने पर परिवार को अच्छी ऊर्जा भी देंगे।

हमारी पहली रिस्पॉन्सबिलिटी हमारे सेल्फ अथवा मन की देखभाल करना है। रिस्पॉन्सबिलिटी का मतलब एबिलिटी के साथ रिस्पॉन्स करना है अर्थात् हमें सभी के साथ सही तरीके से रिस्पॉन्स करना है और यही हमारी रिस्पॉन्सबिलिटी है। समय प्रबंधन का मतलब अपनी प्रायोरिटी लिस्ट तार्किक रूप में रखना है। **मेडिटेशन हमें सिखाता है कि हमें सबकुछ करना है, लेकिन स्व या मन का ध्यान भी रखना है। जीवन का मंत्र है कि सब करें, लेकिन खुश रहकर करें।** आज सफल व्यक्ति का अर्थ यह है—जिसके मन की स्थिति खुश हो, जिसका मन शक्तिशाली तथा शांत हो, जिसका अपने मन पर ही नियंत्रण नहीं, उसे सफल कैसे कहा जा सकता है!

जब घर का कोई बच्चा या सदस्य कोई ऐसी गलती करता है, जिससे हमारा विश्वास टूट जाए तो इस समय उसे डाँट की नहीं, बल्कि प्यार की जरूरत होती है। जितनी बड़ी गलती, उतने ही ज्यादा प्यार की आवश्यकता होती है, क्योंकि कोई भी घटना अकारण नहीं होती है। जब कोई व्यक्ति बड़ी गलती कर देता है तो वह स्वयं गिल्ट व फीयर में रहता है। इसलिए उस समय वह किसी की सलाह को मानने की स्थिति में नहीं रहता है। इस समय उसे केवल प्यार चाहिए। **यदि बच्चे को घर पर माँ-बाप का प्यार न मिले तो बच्चे के भटकने की संभावना अधिक होती है। यदि किसी से कोई बड़ी गलती हो जाए तो हम उसे डाँटकर नकारात्मक ऊर्जा ही देते हैं। यदि बच्चे ने कोई गंभीर गलती कर दी है तो उसके माँ-बाप कष्ट में आकर बच्चे के प्रति बुरा व्यवहार करते हैं, लेकिन इस गलती का कारण बच्चे द्वारा स्वीकार करने पर बच्चे में माँ-बाप से अधिक दर्द होता है। जब बच्चा दर्द में है तो उसके भविष्य को देखते हुए उसे और दर्द देना ठीक नहीं है।**

हर स्थिति में बच्चे को अच्छी ऊर्जा देने के लिए डाँट की जगह प्यार दें। उदाहरण के लिए—यदि बच्चे में नशे के प्रति एडिक्शन है और माँ-बाप को इसका पता चलता है तो वे दर्द में चले जाते हैं, लेकिन विशेष बात यह है कि माँ-बाप को तो आज पता चला है और उन्हें आज दर्द हुआ है, लेकिन बच्चा तो पहले से ही दर्द में है और इसी कारण उसने एडिक्शन का कदम उठाया।

**सिर्फ स्कूल में फेल होने से बच्चे इसलिए सुसाइड कर लेते हैं, क्योंकि बच्चे में माँ-बाप का सामना करने की हिम्मत नहीं होती है। माँ-बाप लगातार बच्चे पर इस बात का दबाव डालते हैं कि उसके पास होने से उन्हें खुशी मिलेगी। अब बच्चे के फेल होने से माँ-बाप इतना दर्द में चले जाएँगे, बच्चा इस सीन का अनुमान लगाता है और इस सीन का सामना न कर पाने की क्षमता के कारण सुसाइड कर लेता है।** यदि गलती होने पर प्यार की जगह दर्द देंगे तो दोनों को ही नुकसान होगा। जितनी बड़ी गलती, उतने ही ज्यादा प्यार की आवश्यकता होती है। जिन कैदियों को जेल में रखा जाता है, उन्हें ऐसा वातावरण दिया जाता है कि जब वे जेल से निकलें तो अच्छे नागरिक सिद्ध हों। सुधारवादी सिद्धांत के अनुसार कैदियों को पढ़ने का मौका दिया जाता है, योग सिखाया जाता है, अपना कॅरियर चुनने का मौका दिया जाता है अर्थात् किसी में बदलाव सजा से नहीं, बल्कि प्यार के माध्यम से होना चाहिए।

जब कोई व्यक्ति दर्द में रहता है तो उसे प्यार ही चाहिए। यदि पुनः दर्द मिलेगा तो वह दर्द से बाहर निकल नहीं पाएगा। कोई व्यक्ति अपनी इच्छा के विरुद्ध ऐसा कर्म करता है कि वह स्वयं दर्द में चला जाता है, इससे परिवारवालों को दर्द होता है; लेकिन हमें गलती करनेवाले सदस्य को दर्द की जगह प्यार देना चाहिए।

मन एक बच्चे के समान है। बच्चे ने गलती कर दी तो उसे सिखाएगा कौन? हम गलत कार्य और व्यक्ति में अंतर नहीं कर पाते हैं। व्यक्ति गलत नहीं होता, कार्य गलत होता है। गलती के बारे में चिंतन करते-करते हम व्यक्ति के बारे में चिंतन करने लगते हैं। गलत कार्य को अपनी जगह छोड़कर व्यक्ति को ही गलत ठहराने लगते हैं। ऐसा इसलिए होता है कि हम पहले से ही उस व्यक्ति के बारे में चिंतन करके एक गलत धारणा बना लेते हैं। हम लोगों के बारे में बहुत कुछ सोचते हैं, परंतु बोलते नहीं। जब कोई आपकी पसंद के विपरीत कार्य करता है तो आप वर्षों से दिमाग में रखी गई बातें बोलकर अपना गुस्सा निकालते हैं।

जब बच्चा छोटा रहता है तो माँ को गुस्सा नहीं आता, लेकिन जैसे-जैसे बच्चा बड़ा होने लगता है, माँ की बच्चे से अपेक्षाएँ बढ़ने लगती हैं। इस अपेक्षा के कारण कभी-कभी माँ भी बच्चे पर गुस्सा करने लगती है। जन्म के समय माँ ने बच्चे को स्वीकार भाव से लिया और कोई अपेक्षा नहीं रखी। छोटा बच्चा वही करता है, जो

माँ-बाप चाहते हैं; लेकिन बड़ा होने पर बच्चे की बुद्धि का विकास होने लगता है और बच्चा अपने अनुसार चलने लगता है। जन्म के समय जो बच्चा माँ-बाप के कंट्रोल में रहता है, धीरे-धीरे वह अपनी पसंद की बातें करने लगता है, इसे माँ-बाप पसंद नहीं करते और गुस्सा करने लगते हैं।

**अपने बच्चे की पैरेंटिंग में प्रयास यह करें कि बच्चा हमसे हर बात शेयर करे। यह तभी संभव है, जब हम किसी को पूर्णतः स्वीकार कर सम्मान दें। यदि किसी को स्वीकार किए बिना राय देंगे तो वह आपकी बात सुनेगा ही नहीं, राय मानना तो दूर की बात है। प्रश्न है कि बच्चा अपनी हर बात को बताने के लिए तैयार है, परंतु क्या हम इसे सुनने के लिए तैयार हैं!**

**हम कहने लगते हैं कि लड़का अपने कंट्रोल में नहीं है, वह तो अपनी पत्नी के कंट्रोल में आ गया है। व्यक्ति के गलत काम के बारे में सोचिए, व्यक्ति के बारे में नहीं, क्योंकि जब आप कार्य गलत होने के बारे में सोचेंगे तो यह विचार हमारे दिमाग में बहुत देर तक नहीं टिकेगा।** यदि हम किसी व्यक्ति को ही गलत मानकर उसके बारे में सोचने लगते हैं तो पुरानी बातें वर्षों तक टिकी रहती हैं।

आज के माता-पिता भी अपने बच्चे को बार-बार गलत ठहराने में लगे रहते हैं। मत-भेद होना ठीक, परंतु मन-भेद होना ठीक नहीं है। अपने चश्मे से दूसरे के नजरियों को गलत कहना ठीक नहीं है। किसी को गलत कहकर आप उसका सम्मान, विश्वास, प्रेम और स्वीकार भाव प्राप्त नहीं कर सकते हैं। **जब आप अपने बच्चे को दिनभर यह कहने लगते हैं कि तुम गलत हो, तब बच्चा परेशान होकर सोचने लगता है कि हमारे माँ-बाप ही गलत हैं।**

**हमें जीवन के हर रिश्ते में मानना होगा कि यदि मैं सही हूँ तो दूसरा भी सही है, सही ही नहीं है, बल्कि समान मात्रा में सही है। माँ-बाप बच्चे के लिए अच्छा ही सोचते हैं, वे बच्चे के बारे में बुरा सोच ही नहीं सकते हैं। माँ-बाप के सही होने का यह अर्थ नहीं है कि बच्चा गलत है।** बच्चे के गलत रास्ते पर जाने के पीछे बच्चे के कुछ तर्क होते हैं। जब बच्चे बड़े हो जाते हैं, तब उन्हें समझ आता है कि माँ-बाप बचपन में ठीक कहते थे। बचपन में बच्चे को माँ-बाप के अनुभव की सोच नहीं दिखाई पड़ती। इसीलिए बच्चा अपनी सोच को सही और माँ-बाप को गलत समझता है। हमें यह स्वीकार करना होगा कि मैं उनके नजरिए को समझ नहीं पा रहा हूँ, क्योंकि दोनों के नजरिए की अपनी सीमा है। इस सीमा के कारण दोनों एक-दूसरे के नजरिए को नहीं देख पा रहे हैं, क्योंकि दोनों ही एक-दूसरे को अपने ही चश्मे से देखना चाहते हैं, जबकि दोनों का नजरिया अपनी-अपनी जगह सौ प्रतिशत सही है।

जब हमारा बेटा हमारे पास अपनी कोई समस्या या दर्द लेकर आता है तो हम उसे

अपना लेक्चर सुनाने लगते हैं, या कोई बहुत छोटी बात, जो उसकी नजर में एकदम सही है और वह उस बात को आपके सामने रखता है तो आप झट उसे गलत ठहरा देते हैं। यह किसी भी प्रकार के संबंध में होता रहता है। हमारे इस प्रकार के व्यवहार से हमारे संबंधों में दरारें पड़ जाती हैं। संबंधों को बचाने के लिए हमें अपने संबंधों को अपने ईगो से ऊपर रखना होगा। अपने संबंध के आधार पर यदि हम खुश रहना चाहते हैं और दूसरों को भी खुश देखना चाहते हैं तो हमें दूसरों को गलत साबित करने की प्रवृत्ति छोड़नी होगी। **किसी को गलत साबित करने की जगह हम रोज की बातचीत में एक सही चीज खोजने की आदत डालें। मुझे अपनी सोच में और सामान्य बातचीत में कौन सही है और कौन गलत है, इसका विश्लेषण नहीं करना चाहिए।** हमें स्वीकार करना होगा कि प्रत्येक व्यक्ति एक-दूसरे से भिन्न है, इसलिए दोनों की सोच और राय अलग-अलग हो सकती है। अपनी-अपनी सोच और राय के कारण आप भी सही हैं और मैं भी सही हूँ। अपने-अपने दृष्टिकोण से सभी सही होते हैं।

बच्चों की परवरिश या पैरेंटिग आज के दौर की सबसे बड़ी चुनौती है। यदि हम अच्छे संस्कारों को रखकर सकारात्मक बिलीफ सिस्टम को अपनाते हैं तो यह कार्य आसान हो जाता है। जब बच्चों की परवरिश या पैरेंटिंग अच्छी होगी तो हमें सुख और शांति के लिए कहीं भटकना नहीं पड़ेगा।

□

# खुशी-शांति

*जीवन में अधिक रिश्ते होना जरूरी नहीं है, परंतु जो भी रिश्ता मौजूद है, उसमें जीवन की खुशी होना जरूरी है।*

***—स्वामी विवेकानंद***

हम आध्यात्मिक-नैतिक मूल्यों का सहारा लेकर अपने जीवन से अशांति को दूर कर सकते हैं। शांत मन द्वारा हम कई गुना अधिक भौतिक उपलब्धियाँ भी हासिल कर सकते हैं। **जीवन का सीधा सा फॉर्मूला है, कार्य करके खुश रहने के सिद्धांत के स्थान पर खुश रहकर कार्य करना है। खुश रहकर कार्य करेंगे तो हम अपने लक्ष्य में सफल होंगे और यदि लक्ष्य में सफल न भी हुए तो भी अंततः खुश तो रहेंगे ही, लेकिन यदि हम खुश रहने के लिए कार्य करेंगे और यदि काम में असफल होते हैं तो न हमारा कार्य पूर्ण होगा अर्थात् न हमें लक्ष्य मिलेगा और न ही खुशी। अंततः सभी के जीवन का लक्ष्य खुशी ही है।**

सभी को अंततः खुशी चाहिए, लेकिन हमारी स्पीड इतनी अधिक है कि हम महसूस ही नहीं कर पाते कि हमें क्या चाहिए, इसलिए हर मोड़ पर रुककर यह चेक करें कि हमें क्या चाहिए? यदि हम अपने को चेक न करें तो जहाँ हमें पहुँचना था, वहाँ हम नहीं पहुँचते तथा कहीं और पहुँच जाते हैं। जीवन में आप जिस भी रास्ते पर चलें, लेकिन खुशी को साथ लेकर चलें।

मानव व्यक्तित्व के मूलतः दो पक्ष हैं, बाह्य पक्ष—भौतिक स्वरूप तथा आंतरिक पक्ष, यह आध्यात्मिक स्वरूप है। विकास का वास्तविक अर्थ समग्र विकास है। मानव जीवन के संदर्भ में देखें तो जीवन के आंतरिक व बाह्य पक्षों में संतुलन रखना ही समग्र विकास है। आज के दौर में हमने जीवन को एक-आयामी मान लिया है और हम भौतिक विकास करते हुए आंतरिक विकास की उपेक्षा करते रहते हैं। **आज का**

**विकास उपभोक्तावादी अवधारणा पर आधारित है, जो आवश्यकता पर आधारित न होकर लालच पर आधारित है। आवश्यकता की तो एक सीमा है, परंतु लालच की कोई सीमा नहीं है।**

**जरूरतें तो फकीरों की भी पूरी हो जाती हैं।**
**विलासिता में महान् साम्राज्य भी नष्ट हो जाते हैं।**

व्यक्ति विकास के क्रम में आवश्यकता से अधिक लालच करने लगता है और उचित-अनुचित का विवेक खो देता है। **दुःख उपभोग का समानुपाती है। अधिकतम उपभोग अधिकतम दुःख तथा न्यूनतम उपभोग न्यूनतम दुःख। यदि हम शांति पाना चाहते हैं, तो अधिकतम उपभोग को सीमित करना होगा। त्याग सुख की अनिवार्य शर्त है।** आज हमने जीवन में अधिकतम लक्ष्य उपभोग को बना रखा है, जो कि दूसरों के शोषण और अपनी आंतरिक अशांति पर आधारित है। यह हमारी आवश्यकता पर आधारित न होकर हमारे लालच पर आधारित होता है। अतः हम अपने उपभोग को आवश्यकतानुसार कम करके ही शांति प्राप्त कर सकते हैं। अर्थशास्त्र के अनुसार हमारी आवश्यकता असीमित है और साधन सीमित। सीमित साधन से असीमित आवश्यकता की प्राप्ति नहीं की जा सकती है। इसलिए शांति के लिए आवश्यक है अपनी आवश्यकता को सीमित से भी अधिक सीमित कर लें। जितनी ही हम आवश्यकता सीमित कर लेंगे, उतनी ही मात्रा में हमें शांति या सुख की प्राप्ति होगी।

व्यक्ति अस्तित्ववादी सोच के साथ आगे बढ़ रहा है। वह स्वयं को चेतन स्वीकार कर लेता है और स्वयं के अतिरिक्त जो अन्य कुछ भी है, उसे जड़ मान लेता है। चेतन का गुण है—भोगनेवाला और जड़ का गुण है—भोग्या या भोग्य वस्तु। अहं में डूबा मानव, स्वयं को चेतनस्वरूप मानते हुए प्रत्येक अन्य चीज को भोग लेना चाहता है। उसका उपभोग ही नहीं, उसका दोहन और शोषण कर लेना चाहता है। इसके परिणामस्वरूप **अन्य चेतन पदार्थ से हमें नकारात्मक ऊर्जा ही मिलती है, जिसके फलस्वरूप हमारे अंदर नकारात्मकता के साथ आंतरिक अशांति व दुःख में भी वृद्धि होती जाती है।**

हम सुख को बाह्य कारकों या भौतिक वस्तुओं में खोजते हैं। यद्यपि हम यह मानते हैं कि बाह्य वस्तुएँ हमें खुशी देंगी, लेकिन हम यह भूल जाते हैं कि अशांति तो आंतरिक है। अतः हमें खुशी तभी मिलेगी, जब हमारी आंतरिक अशांति दूर होगी। इसलिए हमें शांति के लिए सतत प्रयास करना होगा। **सरकारें भी समाज की समस्याओं का समाधान कठोरतम कानूनों में खोज रही हैं, लेकिन हम भूल जाते हैं कि कानून तो लोगों के अंदर डर या भय पैदा करता है। भय व डर से हमें शांति नहीं मिलेगी। हमें यह भी समझना होगा कि कठोरतम कानून केवल डर या भय ही पैदा करता है, लेकिन यहाँ तो लोग मरने-मारने पर उतारू हो चुके हैं।**

आंतरिक भय का संबंध कानून से नहीं, बल्कि नैतिक व आध्यात्मिक मूल्यों से है। आध्यात्मिक व नैतिक मूल्य हमें ऐसी दृष्टि देते हैं, जो हमें कहीं भटकने नहीं देती है। आध्यात्मिक व नैतिक मूल्य हमारी आंतरिक शुद्धि करके हमारे अंदर विवेक पैदा करते हैं, जो हमें पूर्वाभासी ज्ञान के लिए तैयार करते हैं। यह हमारे जीवन के एकांगी भौतिक विकास के स्थान पर मूल्यों पर आधारित भौतिक विकास में सहायक होता है। **यदि जीवन की मूल समस्या आंतरिक है तो इसका समाधान भी हमें आंतरिक स्तर पर ही खोजना होगा।**

व्यक्ति मूलतः शांति से परिपूर्ण होता है, लेकिन हम हर जगह निर्णायक (जजमेंटल) होकर निर्णय (जजमेंट) देते रहते हैं। वह गलत है, मैं सही हूँ या वे हैं ही बुरे। इसकी जगह हमें एक्सेप्टेंस भाव, स्वीकार भाव से काम लेना होगा अर्थात् दोनों के सोचने का भाव अलग-अलग है। दोनों के सोचने की परिस्थितियाँ अलग-अलग हैं, यह स्वीकार करने के बाद परिवर्तन के लिए प्रयास करना होगा। हमें पूरी बात स्पष्ट होनी चाहिए कि **क्या गलत है और क्या सही है। सच एवं झूठ की पहचान तभी होगी, जब मन शांत होगा। शांत मन होगा तो बुद्धि बिना पूर्वग्रह के निर्णय लेगी। ऐसी स्थिति में हमारा हर निर्णय सही होगा। यह सभी मेडिटेशन से ही संभव है।**

**जंगल में यदि अचानक शेर हम पर हमला करता है तो ऐसी परिस्थिति में प्रत्येक व्यक्ति भागने का निर्णय लेगा, लेकिन तत्क्षण विवेक का प्रयोग करते हुए हमें देखना होगा कि हमारे पास और कितने विकल्प हैं, क्योंकि हम भागकर बच नहीं पाएँगे। ऐसी स्थिति में हम स्थिर शांत खड़े रह सकते हैं, धीरे-धीरे हट सकते हैं, पेड़ पर चढ़ सकते हैं, इत्यादि। हम क्यों भागते हैं? डर के कारण। जीवन में भी अनेक विकल्प होते हैं। डर के कारण हम गलत विकल्प चुनते हैं। सही विकल्प चुनने के लिए स्थिर बुद्धि होनी चाहिए। जैसा मेरे विकल्पों में संकल्प, विचार होगा, वैसा ही मेरा भाग्य होगा। स्थिर बुद्धि अनेक विकल्पों के चुनाव में सहायक होती है।** इसमें मेडिटेशन मदद करता है।

मुझे क्या फील करना है, यह मेरे ऊपर निर्भर है। अंदर से यदि हम कमजोर या नकारात्मक होंगे तो हमारा बाहरी ऑरा या आवरण कमजोर होगा। हम बाहरी परिस्थितियों से आसानी से प्रभावित होंगे, लेकिन यदि हम अंदर से मजबूत और सकारात्मक होंगे तो शरीर के बाहरी ऑरा या आवरण के कारण हम बाह्य परिस्थितियों से प्रभावित नहीं होंगे, बल्कि स्वयं दूसरों को सकारात्मक रूप से प्रभावित करने की क्षमता रखेंगे। **यदि कोई दर्द में है, दुःखी है तो हम उसके दर्द से प्रभावित हुए बिना उसकी मदद कर सकते हैं। यदि हमारा ऑरा या आवरण कमजोर होगा तो दर्द अथवा दुःख को**

**देखकर स्वयं दु:खी होकर दर्द में चले जाएँगे और हम किसी को किसी भी प्रकार की मदद नहीं दे सकते।**

हम पर्सनल और प्रोफेशनल लाइफ में अपनों से बदला लेने में ऊर्जा खर्च करते हैं। इसके स्थान पर हम बातचीत भी कर सकते हैं। हम जानने का प्रयास कर सकते हैं कि ऐसा क्यों है? **हम तय कर लेते हैं कि उन्होंने मुझे डिस्टर्ब किया, अब मैं भी उन्हें डिस्टर्ब करूँगा, लेकिन किसी को डिस्टर्ब करने के लिए पहले खुद डिस्टर्ब होना पड़ेगा।** सजा देना या सुधारने का काम हम अपने हाथ में ले लेते हैं। बच्चे या माता-पिता और टीचर के संबंधों में सजा देने की भावना बच्चे में आत्मविश्वास की जगह डर पैदा करेगी। सजा के स्थान पर हमें समस्या के मूलभूत कारण को ढूँढ़ना होगा।

**परिस्थिति बड़ी नहीं होती, बल्कि स्व की स्थिति बड़ी होती है। प्रयास करें कि किसी स्थिति में क्रोध न आए।** क्रोध से काम बिगड़ता है और आत्मिक प्यार एवं शांति से बिगड़ा काम बन जाता है। लोग कहते हैं कि मुझे क्रोध आया नहीं, लाया गया है, आप भी वहाँ होते तो आपको भी क्रोध आ जाता है। स्वयं को क्रोध से बचाना है तो क्रोध का एंटीडोज पीस अर्थात् शांति पाने का प्रयास करना होगा।

सबसे जरूरी है सजगता। यदि मन में गलत विचार या परिस्थिति आती है तो सजग रूप से विचार करके इस पर नियंत्रण पा सकते हैं। जब मन में सकारात्मक विचार आते हैं तो बुद्धि भी अपना काम करती है। इससे धीरे-धीरे नया संस्कार बनने लगता है। मन का काम है विचार पैदा करना, बुद्धि का काम है विचार पर निर्णय लेना। बुद्धि जो निर्णय लेती है, वही हमारा संस्कार बन जाता है। **जब संस्कार अधिक गहरा हो जाता है और इसी बुद्धि के पास मन द्वारा पैदा किया गया कोई विचार आता है तो गहरे संस्कार के कारण बुद्धि अपना काम करना बंद कर देती है और इसे बाईपास कर देती है। जब यह संस्कार और गहरा हो जाता है तो मन भी अपना काम करना बंद कर देता है और मन से भी विचार बाईपास हो जाता है। अत: संस्कार ही अनैच्छिक रूप से हमारे जीवन का भाग बन जाता है।**

इस नई सोच से आपके जीवन व्यवहार में नया परिवर्तन आएगा। प्रयास महत्त्वपूर्ण है। एक बार ईश्वर ने अपने भक्त से बड़ी चट्टान को धक्का देने को कहा। लाख प्रयास करने के बाद भी वह चट्टान अपने स्थान से नहीं हिली। भक्त ने ईश्वर से कहा कि लाख प्रयास के बाद भी चट्टान अपने स्थान से नहीं हिली और इससे मुझे कोई फायदा भी नहीं हुआ। ईश्वर ने अपने भक्त से कहा—मैंने तुम्हें केवल चट्टान को धक्का देने के लिए कहा था, न कि हिलाने के लिए। लेकिन इस प्रयास में तुम्हारी मांसपेशियाँ मजबूत हुईं। इसलिए ईश्वर पर विश्वास रखें।

इंट्यूशन की दशा में हमें समस्याओं के हल संबंधी पूर्वाभास हो जाता है। हमें **आंतरिक रूप से सारी समस्याओं का हल मिलने लगता है, लेकिन इस आवाज को हम तभी सुन पाएँगे, जब बाहर और अंदर की आवाजें हमारे भीतर आनी बंद हो जाएँगी।** मेडिटेशन से हम ऐसा कर सकते हैं। मेडिटेशन के अभ्यास से बाहर और भीतर की आवाजें शांत हो जाती हैं। इससे इंट्यूशन, आंतरिक शक्ति व इनोवेटिव विचार आते हैं।

जो भी है, जिस रूप में है, उसे स्वीकार किया जाए और इस स्वीकार भाव के अनुरूप अपने को ढाला जाए। अपनी सुरक्षा व सुविधा के लिए अपने को एडजस्ट करें। जहाँ पहले हम उनके लिए अपने को एडजस्ट कर रहे थे, लेकिन बाहर से एडजस्ट कर रहे थे, वहीं अब हम अपनी सुविधा और सुरक्षा के लिए एडजस्ट करते हैं और अंदर से एडजस्ट करते हैं।

सजगता से हम जान सकते हैं कि हमारे अंदर कौन सा विचार चल रहा है—क्रोध का विचार, डर का विचार या शांति का विचार। जब हम क्रोध में हैं तो दूसरे की बात सुनते ही नहीं। जब हम डर में हैं तो किसी की बात सुनने की ताकत नहीं होती है, लेकिन जब हम शांत हैं, तब हर बात को बड़े ध्यान से सुनते हैं। हमारे मन में किसी प्रकार का डिस्टर्बेंस नहीं है। इसलिए इस स्टेज पर हर लक्ष्य को आसानी से पाया जा सकता है। जीत और हार जीवन में महत्त्वपूर्ण स्थान नहीं रखते, क्योंकि जीत, हार, कंपीटिशन और संघर्ष के बीच हम शांति को नहीं पा सकते।

**हमारे सबसे बड़े दुश्मन क्रोध, डर, चिंता हैं। यदि हमें किसी को हराना है तो नकारात्मक विचारों को हराया जाए। यदि आप इन पर विजय प्राप्त कर लेते हैं तो सबकुछ जीत लेते हैं।** हम जीत-हार में लगे हैं, लेकिन जीतना भी किस पर है, यह हमें पता होना चाहिए। **अपनों से हार जाना अच्छा होता है और स्वयं से जीतना अच्छा होता है।** लोग अपना पूरा जीवन संघर्षमय युद्ध, कंपीटिशन में लगा देते हैं। लोग यह सोचते हैं कि दुनिया में बने रहने के लिए यह जरूरी है, लेकिन शांत व्यक्ति इस भ्रम से बाहर आ जाता है, क्योंकि वह जानता है कि जीवन में हार-जीत, कंपीटिशन उतना महत्त्व नहीं रखता, जितना कि शांति। हो सकता है कि हम दुनिया की रेस से बाहर हो जाएँ, लेकिन यह हमारी यात्रा है। पहली रेस भरी यात्रा में अशांति व अस्थिरता थी, लेकिन अब मैं अधिक शांत व अधिक ऊर्जावान हूँ, क्योंकि पहले संघर्ष, युद्ध, रेस में ऊर्जा का क्षय हो जाता था, क्योंकि पहले की यात्रा में ऊर्जा का लीकेज बहुत था।

पहले हम अंदर से खाली थे और अंदर खुशी एवं शांति का अभाव था। इसलिए बाहर खुशी खोजने के लिए या व्यक्त करने के लिए क्रोध करते हैं, तेज आवाज में

बोलने का सहारा लेते हैं। हमने सोचा ये चीजें करने से हमें खुशी मिल जाएगी, लेकिन जैसे 'थोथा चना, बाजे घना'। जैसे-जैसे अंदर का खालीपन दूर होगा, वैसे-वैसे समझ में आने लगेगा कि अब हमें दूसरों का ध्यान आकर्षित करने, स्वीकार्यता प्राप्त करने और प्रशंसा प्राप्त करने की आवश्यकता नहीं है, क्योंकि पहले जब अंदर शांति नहीं थी तो हम बाहर शांति खोजने का प्रयास करते थे। इस प्रयास में हम गलतफहमी में थे कि बाहर शांति पैदा की जा सकती है। हम शांति को गलत जगह खोज रहे थे, हम महसूस नहीं कर पा रहे थे कि शांति तो हमारे भीतर है।

**जयशंकर प्रसाद ने लिखा है—अधिकार सुख कितना मादक है, अपने को नियामक और कर्ता समझने की बलवती इच्छा उससे बेगार कराती है** अर्थात् जब हम अधिकार-संपन्न होते हैं, तब सत्ता के नशे में चूर हो जाते हैं। हमारा एटीट्यूड और व्यवहार बदल जाता है। हमें लगता है कि यह दुनिया मैं ही चला रहा हूँ। अहं के कारण हम अपनी इमोशनल और रेशनल प्रवृत्तियों में संतुलन नहीं रख पाते हैं। जब मेरे पास अधिकार होता है तो सिर्फ बेगार करता हूँ। जीवन की वास्तविक पूँजी शांति को खो देता हूँ। इससे जीवन में बार-बार अशांति मिलती है।

**व्यक्ति शांति चाहता है, क्योंकि सभी व्यक्ति शांति का अभाव महसूस करते हैं। शांति हमें कहीं बाहर से नहीं मिलेगी, यह तो हमारे भीतर पहले से मौजूद है। शांति मन की वह स्थिति है, जब हम डिस्टर्ब नहीं हैं।** इस समय हम निर्णायक होकर लोगों पर निर्णय देना बंद कर दें और स्वीकार भाव से जो जैसा है, जो भी है और जिस परिस्थिति में है, उसे उसी रूप में स्वीकार कर लेते हैं। इस स्थिति को प्राप्त करने के लिए आप इस प्रयोग को एक दिन के लिए अथवा एक घंटे के लिए भी कर सकते हैं। अर्थात् जो भी हुआ, सब ठीक हुआ। सभी घटनाओं को, सभी लोगों और सभी परिस्थितियों को उसी रूप में स्वीकार कर लिया जाता है। ऐसा करने से मन को स्वत: शांति मिल जाती है।

जीवन में पैसा होना अच्छी बात है। हमें लगता है कि हम पैसे से सबकुछ खरीद सकते हैं, लेकिन हमें ध्यान रखना होगा कि हम प्रेम से ही धन कमाएँ और वह सब खरीदें, जो पैसा खरीद सकता है, लेकिन हम एक पल के लिए रुककर अपने को चेक कर लें कि कहीं हम वह चीज तो नहीं खो रहे हैं, जो हमें पैसा नहीं दे सकता अर्थात् **सेहत, खुशी, रिश्ते और प्यार ये ऐसी चीजें हैं, जिन्हें पैसे से नहीं खरीदा जा सकता है। पैसे के कारण रिश्ता खराब नहीं होता, बल्कि पैसे की कमी के एहसास से तनाव, एंग्जाइटी, चिड़चिड़ाहट पैदा होती है, उसकी वजह से हमारा रिश्ता खराब होता है। हमारा पैसा जितना ज्यादा बढ़ता जाता है, रिश्तों में दरार भी बढ़ती जाती**

**है।** हम छोटी से बड़ी गाड़ी लेते हैं। इससे हमें आराम और सम्मान मिलता है। हम अपनी सुविधा को खुशी मान लेते हैं, जबकि सुविधा और खुशी अलग-अलग चीजें हैं। सम्मान का अर्थ है कि लोग आपके बारे में अच्छा सोचते हैं।

बी.एम.डब्ल्यू. से उतरनेवाले व्यक्ति का क्या कोई मन से अनिवार्य रूप से सम्मान करेगा। **यह बड़ा व्यक्ति है और यह अच्छा व्यक्ति है, इन दोनों भावों में अंतर है। धन से हम सम्मान, प्रेम, खुशी नहीं खरीद सकते हैं।** हम अभी तक समझते हैं कि आराम की चीजें मिलने पर हमें खुशी मिली, लेकिन भौतिक चीजें मिलने पर हमें खुशी नहीं मिली, बल्कि हमने इसको पैदा किया है, क्योंकि खुशी बाहरी चीज का नाम नहीं है, बल्कि यह हमारे अंदर ही मौजूद रहती है। हम खुशी का विचार पैदा करते हैं, तभी हमें खुशी मिलती है। खुशी किसी चीज पर निर्भर नहीं है।

**जैसे यदि किसी महिला को कोई ऑर्नामेंट मिलता है तो वह मान लेती है कि इससे उसे खुशी मिलेगी, लेकिन मात्र ऑर्नामेंट मिल जाने से महिला को खुशी नहीं मिल जाएगी। उसे खुशी तभी मिलेगी, जब वह किसी पार्टी में जाएगी और पाँच लोग उसकी तारीफ करेंगे,** लेकिन पाँच लोगों द्वारा तारीफ करने के बाद यदि दो लोगों ने इसकी बुराई कर दी तो अब उसे वह खुशी नहीं मिलेगी, जो उसने सोचा था। इसका अर्थ है कि खुशी ऑर्नामेंट में नहीं है, बल्कि हमारे मन के भीतर है। गाड़ी मोबाइल, बँगला हमें खुशी नहीं दे सकते हैं। हाँ, ये चीजें हमारे शरीर को अतिरिक्त आराम, सुविधा जरूर दे सकती हैं, लेकिन हम कम आराम, सुविधा पाकर भी खुश रह सकते हैं और अधिक आराम, सुविधा पाकर भी दुःखी रहते हैं।

सामान्यत: हम मानते हैं कि हमें कोई चीज मिलेगी तो हमें खुशी मिल जाएगी। हम देखते हैं कि यदि कोई अबोध बच्चा रो रहा है और उसे खिलौना दे दिया जाए तो वह चुप हो जाता है। **महत्त्वपूर्ण यह है कि खिलौना एक रुपए का हो या एक लाख का, यह बच्चे के मन को रोनेवाले भाव से हटा देता है। कोई सिनेमा, सिगरेट, खिलौना हमें खुशी नहीं देता है, बल्कि हमारे मन को समस्या से हटा देता है। सिगरेट, शराब, शॉपिंग इत्यादि हमारा ध्यान बाँटते हैं।** शरीर में यदि दर्द है तो दर्द निवारक दवा दर्द को ठीक नहीं करती है, बल्कि हमारा ध्यान दर्द से हटा देती है, लेकिन यह रोग दूर करने का सही तरीका नहीं है। यदि हम अपनी चिंता, दुःख, समस्याओं पर ध्यान नहीं देंगे तो हमारा रोग बढ़ता जाएगा। जब बच्चा छोटा होता है तो उसे खिलौना दे दिया जाता है और बड़े होने पर मोटरसाइकिल दे दी जाती है, लेकिन बेटा मोटरसाइकिल पाने के बाद भी खुश नहीं है। हम कहते हैं कि हमारे पास सबकुछ है, पर घर में शांति नहीं है, क्योंकि अभी तक हमने केवल शांति के ऊपर कार्य ही नहीं किया। अभी तक हमने केवल समस्या को टाला ही है।

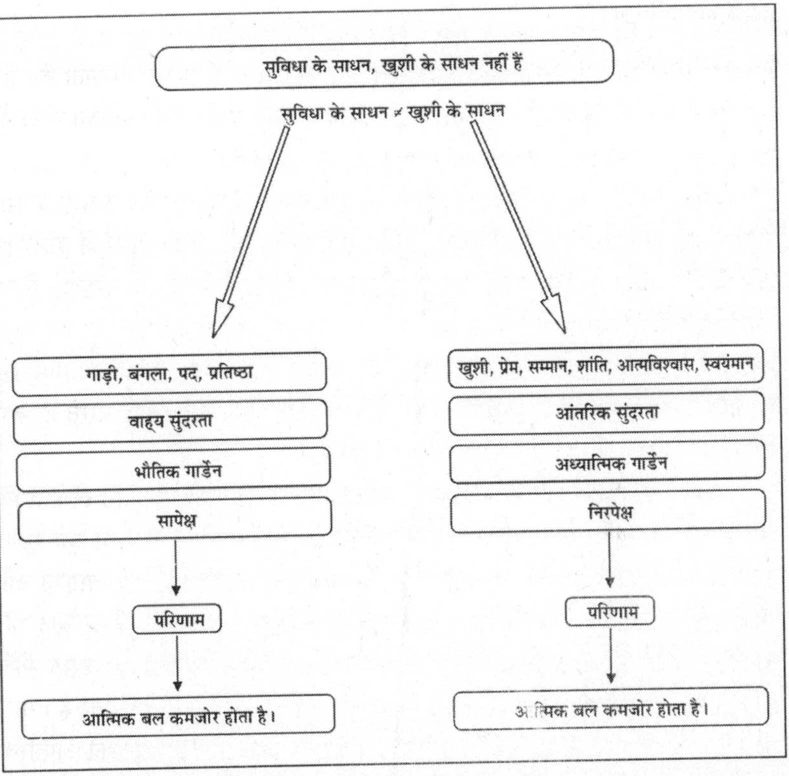


**जहाँ हम सुविधा के साधन अर्थात् मोटरगाड़ी, बँगला, नौकरी, पद इत्यादि को सुख मानकर गलती कर देते हैं, तो हम दूसरी तरफ यह मानकर भी गलती कर देते हैं कि यह सभी सुख के साधन हैं अर्थात् यह न तो सुख है और न ही सुख के साधन हैं,** लेकिन हमें यह समझना होगा कि यह सभी सुख के साधन न होकर आराम के साधन हैं। सुख और आराम, खुशी और आराम अलग-अलग चीज हैं। हम हर भौतिक चीज आराम के लिए खरीद रहे हैं, अपनी खुशी के लिए नहीं। **इसका यह अर्थ कदापि नहीं है कि आप महँगी गाड़ी, बँगला न लें, बल्कि इनको लेकर आप अपना अच्छा स्वभाव व संस्कार भी रखें, क्योंकि कोई भी व्यक्ति हमारी गाड़ी को तो स्वीकार करेगा, लेकिन यह जरूरी नहीं है कि हमारे स्वभाव को भी स्वीकार कर ले।** इसलिए अपने जीवन की निरंतर चेकिंग करते रहें। कोई क्या करता है, कोई क्या कहता है, इस पर ध्यान न दें। जिसके पास पैसा है और जिसके पास पैसा नहीं है, दोनों ही दुःखी हो सकते हैं। शिक्षा, उपलब्धि, नौकरी, पद, गाड़ी इत्यादि एक प्रकार की लिस्ट है तो दूसरी तरफ खुशी, प्रेम, सम्मान, मन की शांति दूसरे प्रकार की

लिस्ट है। ये दोनों अलग-अलग चीज हैं। दूसरी लिस्ट पहली लिस्ट पर आधारित नहीं है, लेकिन भूलवश हम ऐसा मानकर नहीं चलते।

जीवन के दो बगीचे हैं—भौतिक एवं आध्यात्मिक। भौतिक बगीचा बाहरी चीजों की उपलब्धि है और आध्यात्मिक बगीचा अंदर की चीजों की प्राप्ति है। **भौतिकवादी होना गलत नहीं है, लेकिन यह मान्यता गलत है कि भौतिक चीजों को प्राप्त कर स्वतः ही शांति भी प्राप्त हो जाएगी।** हम अपने जीवन के भौतिकतावाले बगीचे पर अधिक ध्यान देकर अधिकांश समय यहीं बिताते हैं, जबकि जीवन के दूसरे सुंदर बगीचे आध्यात्मिकता पर ध्यान नहीं दे पाते हैं।

हम जिस बगीचे पर ध्यान अधिक देंगे, वहाँ अधिक ऊर्जा भी खर्च करेंगे और वह बगीचा हरा-भरा रहेगा, लेकिन जिस बगीचे का ध्यान नहीं रखेंगे, वह बगीचा सूख जाएगा। जो बगीचा हमें खुशी और विश्वास देता है, उस पर हम ध्यान नहीं दे पाते हैं। **यदि आध्यात्मिक बगीचा हरा-भरा रहेगा तो भौतिकतावाले बगीचे को स्वतः खाद-पानी मिलता रहेगा। आध्यात्मिक बगीचा फीलिंग देगा तो दूसरी तरफ भौतिक बगीचा फील करेगा।** हम बाह्य चीजों की कमी को दूर करके अपने अंदर की फीलिंग को प्राप्त नहीं कर सकते। यदि हमें भौतिक चीजें न भी मिलें तो हमारे अंदर खोखलापन नहीं आएगा, लेकिन आध्यात्मिक उपलब्धियाँ न मिलने से जीवन के अंदर खोखलापन आ जाता है।

**मन का मास्टर बनें, मन का गुलाम नहीं। जिसका मन अपने कंट्रोल में नहीं है, वह गुलाम है। गुलाम मन दूसरों के व्यवहार पर निर्भर है। गुलाम मन सारे दिन अपने प्रशासन के बजाय दूसरों पर शासन करना चाहता है,** क्योंकि उसका स्वयं पर कोई नियंत्रण नहीं है। वह व्यक्ति मन के चंगुल में है। हमारे पास दो विकल्प हैं, या तो आप अपने मन को शांत रहने के लिए निर्देश दें या दूसरों से कहें कि आप शांत रहें, ताकि मैं शांत रह सकूँ। हमारा नियंत्रण केवल हमारे मन पर ही है।

किसी कारण से यदि हमें कोई परेशानी होती है तो इसका कारण हमारा अपना विचार है। एक ही घटना अलग-अलग व्यक्तियों में अलग-अलग विचार पैदा करती है। जीवन में बड़ी-छोटी समस्याएँ बाहर घटित होती हैं। जैसे किसी का देरी से आना, किसी के द्वारा धोखा देना इत्यादि। कोई व्यक्ति हमारे धन या शरीर को नुकसान पहुँचा सकता है, लेकिन इससे हमारा सुख नहीं छीन सकता है।

हम निरंतर दूसरों को बदलने के लिए अथवा परिस्थितियों पर नियंत्रण पाने के लिए प्रयास करते रहते हैं और जब नियंत्रण प्राप्त नहीं होता है तो हम दुःखी हो जाते हैं। इस दुःख के लिए हम स्वयं जिम्मेदार हैं। यदि इसी समय कोई दूसरी बड़ी घटना घट जाए तो पुराने दुःखवाला विचार समाप्त हो जाता है और नए दुःखवाला विचार

पैदा हो जाता है, लेकिन पहले छोटे दुःखवाले विचार ने हमारे मन को हिला दिया था। हमारे मन की स्थिति विचलन की थी, इस कारण बड़ी दुःखवाली घटना ने हमारे ऊपर अधिक प्रभाव डाला। चूँकि हम पहले से ही विचलित थे, इसलिए हमारे ऊपर अधिक प्रभाव पड़ता है। यदि हम पहले से ही छोटी-छोटी घटनाओं से अपने मन का नियंत्रण न खोते तो हमारे ऊपर बड़ी घटना का प्रभाव उतना नहीं पड़ता।

हर घटना के पीछे उठनेवाला विचार ही है, जो हमें विचलित करता है। चुप रहना, बरदाश्त करना समस्या का समाधान नहीं है। पहले अपने मन को शांत रखें, फिर स्वीकार करें कि दूसरा जो कर रहा है, वह अपने दृष्टिकोण से ठीक कर रहा है। ऐसा भी नहीं है कि लोग कुछ भी कर लें, लेकिन महत्त्वपूर्ण यह है कि अपने मन को नियंत्रित रखें। पहले अपने मन को कंट्रोल करें, फिर किसी व्यक्ति, परिस्थिति को कंट्रोल करने का प्रयास करें अथवा व्यक्ति या परिस्थिति को निर्देश दें।

**जब हम स्वयं कंट्रोल की स्थिति में हो जाएँगे तो दूसरों को निर्देश देना या कंट्रोल करना हमारे लिए आसान हो जाएगा। किसी परिस्थिति या व्यक्ति पर नियंत्रण पाने से पहले अपने ऊपर नियंत्रण पाने का प्रयास करें, क्योंकि अपने ऊपर नियंत्रण खोकर आप कुछ नहीं कर सकते हैं। ऐसी स्थिति में आप न तो परिस्थिति पर और न ही किसी व्यक्ति पर नियंत्रण पा सकते हैं।**

अर्थात् हम लोच की मात्रा यदि बढ़ाते हैं तो हमारे ऊपर परिस्थितियों का दबाव कम होगा और फलस्वरूप हमारा तनाव भी कम हो जाएगा। तनाव कम हो जाने से हम शांत हो जाएँगे। परिणामस्वरूप हम सरल भी हो जाएँगे। सरल होकर स्थिर हो जाएँगे। स्थिर होकर सफल हो जाएँगे अर्थात् सरलता में स्थिरता है। स्थिरता में सफलता है। सफलता के लिए हमें खुश रहना आवश्यक है। हम अपनी आवश्यकताएँ जितनी कम रखेंगे, उतना ही खुश रहेंगे। **खुश रहने के लिए कोई काम न करें, बल्कि खुश रहकर कार्य करें तो किसी कार्य का परिणाम अधिक अच्छा होगा।**

हमारे जीवन का लक्ष्य शांति या खुशी पाना है, लेकिन आज की तेज भागती दुनिया में हमने अपने लक्ष्य को प्राप्त करने के लिए अपनी खुशी को एक तरफ रख दिया है अर्थात् खुशी को स्थगित कर दिया है। हम अपना प्रत्येक कार्य खुशी से समझौता करके, तनाव में रहकर कर रहे हैं। एक बच्चा सोचता है कि 25 साल बाद जब मैं पढ़-लिख लूँगा तो मुझे खुशी मिलेगी अर्थात् बच्चे ने वर्तमान में आज की खुशी से समझौता कर लिया। यदि **मैंने अपनी खुशी से समझौता कर लिया और बिना खुश रहे कोई कार्य करता हूँ तो इसका परिणाम भी अच्छा नहीं होगा, क्योंकि यदि खुश रहकर कार्य किया जाए तो निश्चित रूप से बेहतर परिणाम निकलेगा।** खुशी को स्थगित रखने का दुष्परिणाम यह निकलता है कि आगे चलकर हमें कठिन परिश्रम के पश्चात् भी

अपेक्षित परिणाम नहीं मिलता।

**आज का बच्चा अपने कॅरियर को लेकर अपनी खुशी को कम-से-कम 25 साल के लिए टाल देता है। 25 साल बाद यदि वह अपने लक्ष्य को प्राप्त भी कर लेता है तो उसे अब वह खुशी नहीं मिलेगी। यदि उसे खुशी मिल भी गई तो यह खुशी अल्पकालिक होगी, क्योंकि बच्चा अब तनाव में रहने का अभ्यस्त हो चुका है। पिछले वर्षों में बच्चे ने डर, चिंता व तनाव को अपने जीवन का अंग बना लिया है और 25 साल बाद लक्ष्य प्राप्ति के बाद भी हमें खुशी नहीं मिलती। इसका प्रमुख कारण यह है कि 25 साल बाद हमारे सामने नई चुनौतियाँ आ जाती हैं। पुनः नई चुनौतियों का सामना करने के लिए अपनी आदत के अनुसार खुशी को मजबूरी में स्थगित करना पड़ता है और जीवन का यह दुष्चक्र चलता रहता है। परिणाम यह होता है कि हमें जीवन भर खुशी नहीं मिलती। अतः खुशी पाने के लिए कोई कार्य न करें, बल्कि खुश रहकर कार्य करें तो परिणाम अच्छा होगा।**

सभी का जीवन एक समान है, परंतु लोगों को नजरिया अलग-अलग है। इसलिए हम अपने नजरिए को बदलकर हर परिस्थिति में खुश रहने का तरीका खोजें। **यदि रोज हर पल खुश रहना है तो हमें अपने लक्ष्य के चुनाव में सावधानी बरतनी चाहिए। हमें हर रोज, हर पल, हर समय खुश रहना है, भले ही हमें लक्ष्य एक साल बाद ही क्यों न प्राप्त हो!**

हमारे जीवन में तनाव भरा जीवन स्वाभाविक रूप में आ जाता है। यदि तनाव होगा तो तनाव से संबंधित शारीरिक बीमारी भी होगी, तनाव संबंधी कनफ्लिक्ट या द्वंद्व होगा। **आजकल कुछ लोग तो तनाव को स्वाभाविक ही नहीं, बल्कि जरूरी मानते हैं और जीवन के लिए अच्छा भी बताते हैं। उनके अनुसार, तनाव हमारी सफलता में सहायक है। इस मान्यता के साथ हम यह भी कहते हैं कि हमें शांति और खुशी भी चाहिए। ये दोनों चीजें एक-दूसरे की एकदम विरोधी हैं।**

इसलिए जब हमें शांति और खुशी चाहिए तो हमें पुराने बिलीफ सिस्टम को छोड़ना होगा और नए बिलीफ सिस्टम को अपनाना होगा। नए बिलीफ सिस्टम के अनुसार टेंशन, चिंता हमारे लिए स्वाभाविक नहीं हैं, बल्कि शांति, खुशी और आनंद हमारे लिए स्वाभाविक हैं। गलत बिलीफ सिस्टम के कारण हम बच्चे के अंदर डर, ईर्ष्या, गुस्सा, तुलना करना, कंपीटिशन करने इत्यदि की भावना पैदा करते हैं।

इन मान्यताओं को लेकर बच्चा चलता है और अपने विचार से अपना भाग्य बनाता है। बच्चे को बता दिया जाता है कि हमारी डिग्री, हमारे द्वारा प्राप्त किए गए मार्क्स, स्थान, हमारा पद ही हमारी पहचान बनाता है, लेकिन किसी ने हमें यह नहीं बताया कि हम अपने आपमें दूसरों से विशिष्ट और अलग हैं। हमारे अंदर स्वाभाविक गुण के

रूप में शांति, आनंद और प्रेम मौजूद हैं। इसके अतिरिक्त जो पैदा होनेवाले गुण हैं, वे हैं—प्रतिभा और कौशल अर्थात् स्किल्स और टैलेंट। प्रतिभा, कौशल को हमारी मूल पहचान बना दिया जाता है। हमें शांति, प्रेम, आनंद जैसे मूल्य बताए नहीं जाते हैं। यदि हमें इनके बारे में बताया भी जाता है तो यह कहा जाता है कि ये चीजें हमें बाहर से मिलेंगी, जबकि ये चीजें स्वाभाविक रूप में हमारे अंदर मौजूद हैं।

**यदि हमारा बच्चा देर से घर पहुँचता है तो हमारे मन में नकारात्मक विचार आने लगते हैं, क्योंकि हमारे अंदर नकारात्मक जानकारियाँ भरी पड़ी हैं।** हम सुबह-सुबह मन में अच्छे विचार लाएँ, मेडिटेशन करें और जीवन का ज्ञान प्राप्त कर लें कि सभी घटनाएँ अपने आपमें पूर्ण और कल्याणकारी हैं और कोई भी परिस्थिति हमें प्रभावित नहीं कर सकती। हर परिस्थिति में अपने मन की स्थिति मजबूत रखेंगे तो हमारे अंदर नकारात्मक विचार नहीं आएँगे। ऐसा होने पर हम परिवारवालों को समझा सकते हैं कि चिंता की बात नहीं है, बच्चा अभी आ जाएगा। **इसके पूर्व प्रत्येक बार हमारा बच्चा सुरक्षित घर पहुँचता रहा है, फिर भी इस प्रकार के नकारात्मक विचारों का कोई औचित्य नहीं है।**

**यदि हम शांति के साथ एवं खुश रहकर कार्य करेंगे तो हमारा हर कार्य अच्छा होगा। यदि हम शांतिपूर्वक और खुश रहकर कार्य करते हैं तो हम परिस्थितियों पर आसानी से नियंत्रण पा लेते हैं। यदि हमारा मन शांत रहता है तब हमें लोगों से, परिस्थितियों से डिटैच या तटस्थ भाव रखने में आसानी होती है। यदि हम लोगों से, परिस्थितियों से डिटैच या तटस्थ भाव रखते हैं तो हमारा प्रत्येक निर्णय सही होगा।**

□

# परिथिति, दृष्टिकोण और डिटैचमेंट

*राई को पहाड़ नहीं, बल्कि पहाड़ को राई बनाओ।*

***—दादी जानकी***

आपकी समस्या कोई समस्या नहीं है, बल्कि आपकी समस्या के आकार का मापदंड यह है कि आप किसी बात पर जिस मात्रा में प्रतिक्रिया देते हैं, वही हमारी समस्या की साइज है। यदि हम कोई भी प्रतिक्रिया नहीं देते हैं तो कोई समस्या ही नहीं है। प्रतिक्रिया देने के बाद हमें जो दर्द होता है, वही हमारी समस्या है, जैसे—डर, गुस्सा, एंग्जाइटी, चिड़चिड़ाहट इत्यादि। ये सभी नकारात्मक ऊर्जा हैं। यदि हमें अंदर से दर्द नहीं पहुँचा, हम डिस्टर्ब नहीं हुए तो कोई भी समस्या नहीं है। **धरती पर भूकंप और तूफान आने से कुछ मकान गिरेंगे और कुछ बचेंगे, इसी तरह हमारे जीवन में भी भूकंप और तूफान आते रहते हैं। बाहर आनेवाले भूकंप और तूफान की तुलना में जीवन में आनेवाले भूकंप और तूफान अधिक खतरनाक होते हैं।** यदि जीवन के भूकंप और तूफान आने के बाद भी हम नहीं हिले तो ये तूफान हमें तोहफा देकर चले जाते हैं, लेकिन वही व्यक्ति भूकंप या तूफान में नहीं हिलेगा, जिसकी नींव मजबूत होगी। हमारे मन की स्थिति भूकंप और तूफान के कारण ऊपर-नीचे नहीं होनी चाहिए।

**हमारी समस्या का साइज इस बात पर निर्भर करती है कि हम भूकंप और तूफान में कितना हिलते हैं या स्थिर रहते हैं। भूकंप और तूफान किसी के ऊपर अधिक और किसी के ऊपर कम प्रभाव डालते हैं।** जीवन में हमें छोटी-छोटी बातों से नहीं हिलना चाहिए अथवा मन की स्थिति ऊपर-नीचे नहीं होनी चाहिए। जब समस्या से हम डिस्टर्ब होते हैं तो हम अपनी शक्ति दूसरे को दे देते हैं अर्थात् अपने मन की शक्ति का रिमोट कंट्रोल दूसरे को दे देते हैं। हम दूसरे व्यक्ति या परिस्थिति के इशारे पर चलने लगते हैं। हमारे अंदर शक्ति होते हुए भी हम इसका प्रयोग नहीं कर पाते हैं।

हमें अच्छी नींद नहीं आती है, क्योंकि हमारा मन परेशान है। नींद न आने पर हम

नींद की दवा और शराब इत्यादि लेते हैं। सुबह उठने पर हमारा मन करता है कि अभी पाँच मिनट और सो जाएँ। ऐसा इसलिए होता है, क्योंकि नींद के बाद भी हमारे शरीर और मन को पूरी तरह आराम नहीं मिला है। यदि शरीर के साथ मन को भी पूरी तरह से आराम मिल जाए तो हमें उठने के बाद थकान नहीं लगेगी और हम रिचार्ज महसूस करेंगे। पूरे दिन मन में उथल-पुथल होती रहती है और नकारात्मक ऊर्जा निकलती रहती है।

**रात में भी सोने के पूर्व हम भयानक, डरावने तथा दुःख से भरे नकारात्मक ऊर्जावाले समाचार और सीरियल देखते हैं। जब हमें आराम करना चाहिए, तब हम अपने दिमाग और मन की स्पीड कम किए बिना ही, पाँचवाँ गियर लगाकर नींद में सो जाते हैं। यदि सुबह उठने पर शरीर को आराम मिल भी जाए तो मन को पूरी तरह से आराम नहीं मिल पाता है,** क्योंकि हम सोने के पूर्व मन को आराम दिए बगैर सो जाते हैं।

हमारे पास जितने मुद्दे थे, मन में नफरत और गुस्सा था, इनसे जुड़े प्रश्नों के साथ हम सो जाते हैं। ये सभी नींद में भी हमारे सामने आते रहते हैं। इसीलिए हम सुबह उठकर फ्रेश महसूस नहीं करते हैं। हम कहते हैं कि हमारा मूड आज अच्छा नहीं है। हम मन की थकान भरी स्थिति के साथ दिन का प्रारंभ करते हैं और बारह घंटे दिन भर फिर इससे काम लेते हैं। कई सालों से यह दौर चलता चला आ रहा है। बहुत से लोग कहीं भी बैठकर सो लेते हैं। इन्हें ऑफिस या मीटिंग में भी नींद आ जाती है, क्योंकि रात में हमारी नींद पूरी नहीं हुई है। अधूरी नींद के कारण हमारा व्यवहार अन्य के प्रति वांछित नहीं हो पाता है।

हमारे मन की स्थिति के ऊपर-नीचे होने से हमारा बिजनेस भी ऊपर-नीचे हो जाता है। **बिजनेस की बुरी स्थिति का भी प्रभाव मन पर पड़ता है। फिर बुरे मन की स्थिति का प्रभाव पुनः बिजनेस पर पड़ता है। यह चक्र निरंतर चलता रहता है। परिस्थिति का मन की स्थिति पर प्रभाव, फिर मन की स्थिति का परिस्थिति पर प्रभाव—यह खेल चलता रहता है।** आज का बच्चा बीमार पड़ता है तो माँ तुरंत परेशान हो जाती है, लेकिन आज से **20 साल पहले की माँ के साथ ऐसा नहीं था। वह कहती थी, यह बच्चा है अपने आप ठीक हो जाएगा; क्योंकि पहले की माँ मजबूत थी, मतलब माँ का मन मजबूत था।** हमारा मन एक दिन में कमजोर नहीं हुआ है। लगातार परिस्थितियों ने मन पर बुरा प्रभाव डाला है और आज मन के पास इतनी ताकत नहीं है कि परिस्थिति से बच सके।

परिस्थिति ने आज हमें पूरी तरह से जकड़कर रख लिया है। हमारे ऊपर परिस्थिति पूरी तरह से हावी है। परिस्थिति किसी पर कम तथा किसी पर अधिक प्रभाव डालती है। हम पर परिस्थिति जितनी अधिक हावी होगी, हमें इससे बाहर निकलने के लिए

उतनी ही अधिक ऊर्जा लगानी पड़ती है। अगली बार परिस्थिति से बाहर निकलने के लिए हमें जितनी ऊर्जा की आवश्यकता पड़ती है, उतनी ऊर्जा हमारे पास संरक्षित नहीं रहती है। इसके परिणामस्वरूप हमारे जीवन में असफलता की संभावना बढ़ जाती है। **कहा जाता है कि फिल्म फेल हो जाने दो, लेकिन तुम जीवन में मत फेल हो अर्थात् परिस्थिति को अपने ऊपर हावी मत होने दो।** कुछ लोगों का जीवन में सबकुछ खत्म हो जाता है, फिर भी उन पर कुछ प्रभाव नहीं पड़ता; क्योंकि वे अपने ऊपर परिस्थिति को हावी नहीं होने देते।

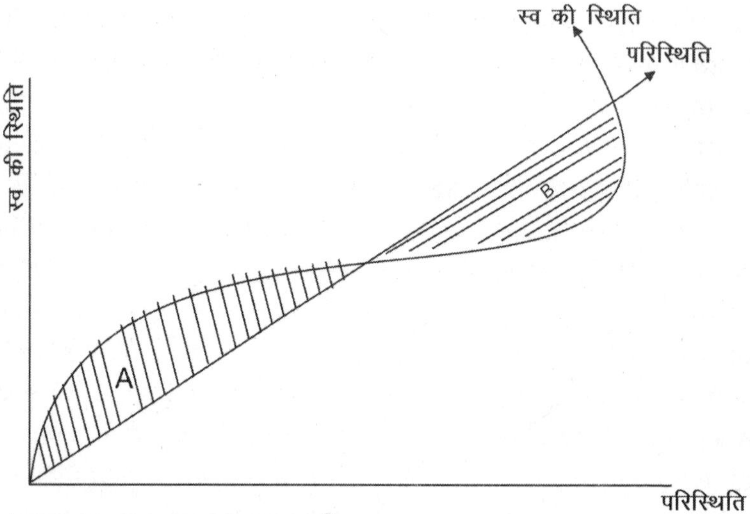


A- समाधान परक, समस्या मुक्त व्यक्ति
B- समाधान मुक्त, समस्या युक्त व्यक्ति

जब स्व की स्थिति परिस्थिति से बड़ी होगी तो हम समस्या से मुक्त हो जाते हैं, हमें समाधान मिलने लगता है, लेकिन यदि परिस्थिति स्व की स्थिति से बड़ी हो जाती है तो हम समाधान से दूर चले जाते हैं और समस्या में जकड़ जाते हैं।

यह ठीक है कि हमारी बाह्य स्थिति आज अच्छी नहीं है, लेकिन हमारे मन और स्व की स्थिति अच्छी होनी आवश्यक है। हमारे मन और स्व की अच्छी स्थिति परिस्थिति को पुनः अच्छा बना देगी। हमने स्वयं को कमजोर बनाकर रखा है। बच्चे के बीमार होने पर माँ को अपने स्व व मन की स्थिति को मजबूत रखना होगा। **हमारा एक विचार हमें समस्या में डालता है तो दूसरा विचार समस्या से निकालता भी है। समस्या पर चिंतन न करें, समाधान पर चिंतन करें। समाधानस्वरूप बनें। हम कहते हैं कि**

**समाधान खोज रहे हो, लेकिन चर्चा समस्या पर करते हैं।** जितनी देर हम समस्या पर चिंतन करते हैं, इसका मतलब है कि हम भूतकाल पर चर्चा कर रहे हैं और हम जानते हैं कि भूतकाल को बदला नहीं जा सकता है। इसलिए समस्या पर चिंतन करना व्यर्थ चिंतन है। इसलिए समाधान पर चिंतन करें, वर्तमान को सुधारें।

जब हम समस्या पर चिंतन करते हैं तो अनावश्यक रूप से अपनी ऊर्जा नष्ट करते हैं, इसलिए हमारे पास समाधान के लिए ऊर्जा शेष नहीं बचती। लोग कहते हैं कि **समस्या के चिंतन से हमें समाधान मिलेगा, परंतु भविष्य में जो समस्या आएगी, उस पर यह मॉडल फिट नहीं होगा। इसलिए हम जितना समस्या पर चिंतन करते हैं, उतना समाधान से दूर हो जाते हैं। इसलिए जितनी जल्दी हो सके, अपने मन को समस्या से समाधान की ओर मोड़ें।** यह समस्या क्यों हुई, कैसे हुई, क्या होना चाहिए था, इन सब पर चिंतन करने से कोई फायदा नहीं होगा। हमें चिंतन करना होगा कि इसका समाधान कैसे होगा और हमें आगे क्या करना होगा?

यदि कमरे में साँप आ जाए तो मैं यह नहीं कहूँगा कि यह कैसे आया, बल्कि इसे तुरंत हटाने का प्रयास करूँगा। जरूरी नहीं है कि सारा दिन हमको वही मिलेगा, जो हमें अच्छा लगे। हमें जो कुछ भी मिले, उसे सहज भाव से स्वीकार करना चाहिए। जो हमारे कंट्रोल में नहीं है, उस पर चिंतन करना व्यर्थ है। अपनी ऊर्जा बचाने के लिए निरंतर सजग रहें। जिसके पास ज्ञान है या जिसकी प्राथमिकता है, वह अपनी ऊर्जा बचाकर चलता है। अपनी ऊर्जा बचाकर रखेंगे तो हमारे पास समस्या झेलने की ताकत रहेगी। **यदि हम अपने संसाधनों का उचित उपयोग नहीं करेंगे तो दिवालिएपन का शिकार हो जाएँगे। जब इंसान का दिमाग कमजोर होता है, तब परिस्थिति समस्या बन जाती है, परंतु जब दिमाग मजबूत होता है तो परिस्थितियाँ अवसर बन जाती हैं।**

मन को कंट्रोल करने का अर्थ है—मन की निगरानी करना। जैसे हम यदि कहीं जाते हैं तो अपनी ड्रेस के चयन के लिए कई बातों को आधार बनाते हैं, हमारे ऊपर कौन सी ड्रेस अच्छी लगेगी, इस ड्रेस का लोगों पर क्या प्रभाव पड़ेगा, लोग इस पर कैसी प्रतिक्रिया देंगे। इसी तरह अपने विचारों के चयन के समय हमें सजग रहना होगा। हम उसी विचार का चयन करें, जो हमें सूट करे। जो विचार सहज, सरल होगा, वह विचार हमारे लिए अच्छा ही होगा। हम जहाँ भी जा रहे हैं, अपने विचारों के कारण पैदा होनेवाली ऊर्जा को भी ले जा रहे हैं। जीवन में अच्छी-बुरी परिस्थितियाँ तो आएँगी ही। **कहीं हम हर्ट होंगे, कहीं हमें बुरा लगेगा, लेकिन महत्त्वपूर्ण यह है कि हर्ट होने और बुरा लगनेवाले विचार के साथ हम कितना लंबा चिंतन करेंगे। इसलिए कोई बात जीवन में आ जाए तो इसे तुरंत रिजॉल्व कर दें।** अपने मन को उत्तर दे दें। सोने से पूर्व अपने मन को उत्तर जरूर दे दें। अपने मुद्दों को रिजॉल्व जरूर कर लें, नहीं तो

ये बातें हमारी नींद में भी चलेंगी।

मान लीजिए, आपको किसी ने शादी में नहीं बुलाया तो आपको बुरा लगेगा। इस परिस्थिति में आप अपने मन को उत्तर दे सकते हैं कि मेरा रिश्ता उनके साथ अच्छा नहीं है, इसलिए उन्होंने नहीं बुलाया होगा। शायद वे मेरी किसी बात से दु:खी होंगे, जिसे मैं बाद में क्लियर कर लूँगा। **हर आदमी अपने दृष्टिकोण के अनुसार ठीक होता है। ठीक ही नहीं, बल्कि समान मात्रा में ठीक होता है। उसके अपने भी तर्क होते हैं,** लेकिन इस बात को समझे बिना हम रट लगाए रहते हैं कि उन्होंने मुझे क्यों नहीं बुलाया, वे अपने आपको क्या समझते हैं? इन सब बातों का चिंतन करके हम अनेक नकारात्मक विचार पैदा कर लेते हैं।

इससे अधिक अच्छा है कि पाँच मिनट समय निकालकर उनसे बात कर लें। पहले चरण में तो अपने अंदर ही बात समाप्त करने का प्रयास करें। यदि हम ऐसा नहीं कर पा रहे हैं तो उनसे पूछकर अपने को संतुष्ट कर लें। हमें यह भी समझना होगा कि यदि हमें कोई नहीं बुलाता है तो उनके पास जबरदस्ती नहीं जाएँगे। हम भी कई बार कई लोगों को नहीं बुला पाते हैं। हमारा मन परेशान है और किसी से बात करने की इच्छा नहीं है, तो इस स्थिति में हम सबको बुला भी नहीं सकते हैं। **यदि कोई बात हमें परेशान कर रही है तो अनुमान लगाने से अधिक अच्छा है कि सामनेवाले से पूछकर मुद्दा पता कर लें। अपने अंदर ईगो न पालें कि मैं ही क्यों पूछूँ।**

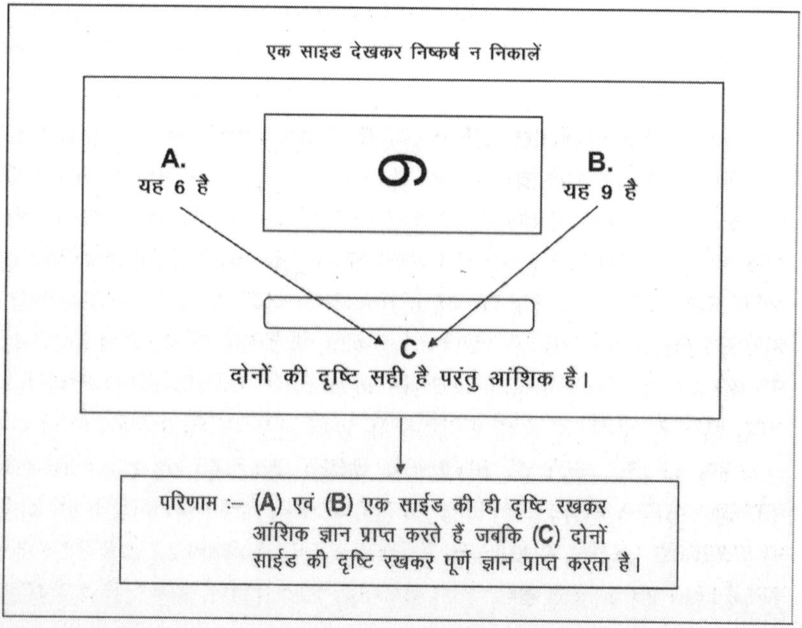

**हमारे जीवन के अधिकांश मुद्दे समाप्त नहीं हो पाते हैं और हम उन्हें ढोते रहते हैं, क्योंकि हम अपने दृष्टिकोण से सही होते हैं और दूसरा अपने दृष्टिकोण से। हम अपने दृष्टिकोण के साथ इतना अटैच हो जाते हैं कि दूसरे के विचारों को सुनने की स्थिति में ही नहीं होते। हम दूसरे की बात समझ नहीं पाते और उसे अपनी ही बात समझाने या मनाने का प्रयास करते रहते हैं। इस प्रयास में पुरानी कई और बातें निकलने लगती हैं, जो हमारी छोटी समस्या को बड़ा बना देती हैं।** हमें क्लियर रहना होगा कि यदि दूसरे से बात करके हम संतुष्ट हो जाते हैं तो बहुत अच्छा। यदि हम संतुष्ट नहीं होते हैं तो भी हमारे लिए यही अच्छा है कि बात को यहीं खत्म कर दिया जाए, क्योंकि जितनी देर तक बात पकड़कर रखेंगे, नुकसान हमें ही होगा। इस नकारात्मक ऊर्जा से हमारा पूरा परिवार तथा बिजनेस प्रभावित होगा।

यदि 10 साल पुरानी बात भी है तो भी इससे हमारे मन में नकारात्मक विचार होगा। हमारा मूड ऑफ होगा और इसका प्रभाव हमारी फीलिंग पर पड़ेगा। हमें निश्चित करना होगा कि किसी नकारात्मक मुद्दे पर कितनी देर तक सोचना है। **यदि हम सोचते-सोचते अन्य लोगों से भी बात करने लगें और वे हमारी गलत बात का समर्थन करने लगें तो यह स्थिति और भी खतरनाक है। स्वाभाविक है कोई भी व्यक्ति ऐसे ही अन्य व्यक्तियों के पास पहुँचेगा, जो उसकी बातों का समर्थन करें। ऐसा व्यक्ति किसी ऐसे संभावित व्यक्ति के पास नहीं पहुँचेगा, जो उसकी बातों का विरोध कर दे।** किसी मुद्दे पर हम कितनी देर तक अपना मूड ऑफ रखेंगे। हम दूसरों का मूड ठीक करते हैं। इसी तरह स्वयं से बात करके अपना मूड भी ठीक कर सकते हैं। इसके लिए सेल्फ काउंसलिंग कर लें।

हर विचार हमारी फीलिंग, एटीट्यूड, वर्क, हैबिट, पर्सनैलिटी और डेस्टिनी को प्रभावित करता है। हम जो विचार वातावरण में छोड़ते हैं, वह आकर्षण के सिद्धांत पर पुनः हमें प्राप्त भी होता है अर्थात् हर विचार हमारे शरीर, संबंध, रिश्ते, बिजनेस तथा हमारे भाग्य पर असर डालता है। **लोग अपने माथे पर हाथ रखकर कहते हैं कि मेरा भाग्य साथ नहीं है। इसका अर्थ यह है कि अपने विचार बदलें, क्योंकि विचार माथे से निकलते हैं। तकदीर उनकी भी होती है, जिनके हाथ नहीं होते हैं। अपने मन को बदलते जाएँ, आपका चेहरा भी बदलता जाएगा। अपने मन को बदलते जाएँ, हाथ की लकीरें बदलती जाएँगी। यह सब हम प्रत्यक्ष देख सकते हैं।**

**हम चीजों को डिटैच होकर इस प्रकार देखते हैं कि कहीं बाहर की परिस्थिति की ऊर्जा हमारी ऊर्जा ही न बन जाए। इससे हमें बचना होगा।** यदि कोई व्यक्ति दूसरे पर अत्याचार कर रहा है तो हम दुःखी हो जाते हैं, बाहर की परिस्थिति के दबाव में आ जाते हैं। देश-दुनिया के दुःख-दर्द देखकर हम दुःखी हो जाते हैं। इसके पूर्व हम अपने

मूल भाव शांति में रहते हैं, लेकिन किसी का दर्द देखकर हम दुःखी हो जाते हैं। हमें प्रयास करना होगा कि बाहर की नकारात्मक ऊर्जा हमारी ऊर्जा न बन जाए।

**हमें सभी चीजों को डिटैच होकर देखना है। यदि हमने किसी का दर्द देखा तो तीन स्थितियाँ बनती हैं। पहली स्थिति में हम न्यूट्रल होकर अपने को उदासीन कर लेते हैं। दूसरी परिस्थिति में हम दुःखी हो जाते हैं। तीसरी परिस्थिति में हम साक्षी भाव, तटस्थ व डिटैच होकर परिस्थिति को स्वीकार करते हैं और दूसरों की मदद करते हैं।** हम किसी की मदद तभी कर सकते हैं, जब दूसरे का दुःख-दर्द देखकर हम स्वयं दुःख-दर्द में न चले जाएँ अर्थात् सामान्य स्थिति में रहकर भी किसी की मदद की जा सकती है। **डिटैच होने का यह अर्थ है कि नकारात्मक परिस्थिति की ऊर्जा मेरी ऊर्जा न बन सके और मेरी स्व की स्थिति परिस्थिति से प्रभावित न हो। इसका हमें निरंतर अभ्यास करना होगा।**

**यदि हमें किसी से दूसरी बार मिलना है तो प्रयास करें कि पूरी तरह मन साफ करके मिलें। दूसरी मीटिंग को पहली मीटिंग से जोड़कर न देखें। सभी चीजों के समान ही मनुष्य भी निरंतर परिवर्तित हो रहा है। आज हम जिस व्यक्ति से मिल रहे हैं, वह पिछली बार से भिन्न व्यक्ति है।** उस व्यक्ति से मिलते समय एहसास करें कि मानो उससे पहली बार मिल रहे हैं। तभी हम उस व्यक्ति का अच्छी तरह से मूल्यांकन कर सकते हैं। यह भी संभव है कि मुलाकात करनेवाले दोनों व्यक्ति कई दिनों से बिल्कुल न बदले हों और दोनों व्यक्ति आपस में मिल रहे हैं। इस परिस्थिति में भी हम साफ मन से पिछली छवि को हटाकर बिना पूर्वग्रह के मिलें, क्योंकि सभी प्रकार के परिवर्तन को हम नहीं देख पाते हैं, जबकि प्रत्येक क्षण प्रत्येक वस्तु व परिस्थिति में परिवर्तन होता रहता है।

**एक नदी कई धाराओं से मिलकर बनती है, इसलिए एक नदी में कोई व्यक्ति दो बार स्नान नहीं कर सकता, क्योंकि नदी की धारा प्रत्येक क्षण बदल जाती है। इसी प्रकार मनुष्य भी प्रत्येक क्षण बदल जाता है। अगले ही क्षण आपकी उसी पुराने व्यक्ति से मुलाकात नहीं होगी, बल्कि एक बदले हुए व्यक्ति से मुलाकात होगी, इतना ही नहीं, अगले क्षण आप स्वयं भी बदल जाएँगे अर्थात् सामनेवाले व्यक्ति की मुलाकात हमारे बदले हुए स्वरूप के साथ होगी।** ऐसा करके हम किसी के साथ भी अपनी मीटिंग को अच्छी स्थिति में ले जा सकते हैं।

अपनी स्थिति पर परिस्थिति का प्रभाव न पड़ने दें। मन को फिल्टर करने से अपने स्व की स्थिति की सफाई हो जाती है। हमारा मन बिल्कुल साफ और शक्तिशाली हो जाता है। अब जैसी स्व की स्थिति होगी, वैसी ही मीटिंग होगी और वैसा ही हमारे बात-व्यवहार में असर दिखेगा। यदि हम फिल्टर किए बिना पूर्वग्रह को लेकर मीटिंग करेंगे

तो हमें अच्छा परिणाम नहीं मिलेगा। **हम सोचते हैं कि मेरा बॉस गुस्सा करनेवाला है, वह अभी हमारे ऊपर गुस्सा करेगा। यह सोचने से पूरी मीटिंग ही बदल जाएगी। पिछला अनुभव लेकर काम करने से हम बदल जाते हैं। यदि रिश्तों में मुझे किसी ने धोखा दिया है तो हम कहते हैं कि अब मैं किसी पर विश्वास नहीं करूँगा।**

परिस्थिति लोगों को गुस्सा दिलाती है, लेकिन जब मामला ठंडा पड़ जाए और परिस्थिति निकल जाए तो इसके बाद उस घटना को देखें तो हम पाते हैं कि गुस्से के स्थान पर प्रेम से काम निकाल सकते थे। यदि हम इससे सीख ले लेते हैं तो जीवन में ऐसी परिस्थितियाँ अनेक बार आती हैं और हम इसका सही उपयोग कर सकते हैं। **ड्राइवर के लेट आने पर हमने गुस्सा कर दिया तो इस सीन के ठंडा होने के बाद देखें तो हम पाते हैं कि गुस्सा करना गलत था, क्योंकि ड्राइवर तो कई बार लेट आएगा। इसलिए अब नकारात्मक की जगह सकारात्मक ऊर्जा का प्रयोग करें।**

हमें अच्छे-बुरे कर्म का फल हमारे द्वारा किए गए कर्म के अनुसार मिलता रहता है। इसके अनुसार हमें कभी समस्या मिलती है, कभी समाधान। कभी समस्या में ही समाधान दिखता है तो कभी समस्या में ही कल्याण दिखता है। यह सब हमारे वर्तमान विचार पर निर्भर करता है। कोई समस्या हमारी समस्या है अथवा नहीं, यह हमारे विचार पर निर्भर करता है। **एक परिस्थिति यह है कि हमारे पास समस्या आती है और हम वर्तमान विचार से उसमें अपना समाधान खोज लेते हैं, जबकि दूसरी परिस्थिति में लोग केवल समस्या पर ही चिंतन करते हैं, समाधान के बारे में सोचते तक नहीं।**

सभी आनेवाली समास्याएँ भूतकाल के कर्म का फल हैं। हमारे विचार ही हमारे भाग्य का निर्माण करते हैं। इसलिए अपनी समस्या के लिए प्रकृति, किसी देवी-देवता या भगवान् अथवा किसी की बुरी नजर को दोष नहीं देना चाहिए। ईश्वर हमें अपना कर्मफल नहीं देता है, बल्कि अभी तक हमने जो कुछ विचार करके कर्म किया है, हम उसी का फल भोगते हैं।

किसी पर दोष देने से अधिक जरूरी है आप अपने आपको शक्तिशाली बनाएँ, ताकि उस दोष से आनेवाली समस्या से आप बाहर निकल सकें। **प्रकृति, परिस्थिति, लोगों की सोच और ग्रहों का प्रभाव हमारे ऊपर तभी पड़ता है, जब हमारी वर्तमान सोच और स्व की स्थिति अच्छी नहीं होती है। जब हम परिस्थिति से विचलित हुए बिना अपनी स्व की स्थिति को मजबूत कर लेते हैं तो हमारे ऊपर ग्रहों, लोगों की बुरी नजर और बुरी परिस्थिति अपना प्रभाव नहीं डाल पाएगी।** इसलिए हम अपनी बुरी या अच्छी परिस्थिति के लिए ईश्वर को जिम्मेदार न मानें। यदि आप इसके लिए ईश्वर को जिम्मेदार मानते हैं तो आप अपने अंदर डर या असुरक्षा की भावना पैदा करते हैं और परिस्थिति का सामना करने में असफल रहते हैं।

**यदि घर में बेटी का जन्म या बहू का आगमन होता है तो कुछ लोग इसे लकी या अनलकी मानते हैं। बेटी-बहू अनलकी या लकी नहीं होती, बल्कि हमारे किए गए कर्म लकी या अनलकी होते हैं।** यदि कोई बेटी या बहू अच्छे कर्म करके और सकारात्मक ऊर्जा लेकर घर में प्रवेश करती है और दूसरी तरफ हम अपनी नकारात्मक सोच और नकारात्मक ऊर्जा से बाहर निकलने के लिए तैयार नहीं हैं, इस स्थिति में हम बेटी-बहू की सकारात्मक ऊर्जा को ग्रहण करने में असफल रहते हैं। इस परिस्थिति में जो बेटी-बहू आपके लिए लकी होनी चाहिए, वही अनलकी हो जाती है। इसके विपरीत स्थिति होने पर विपरीत प्रभाव होगा। यदि हम अपने सोच-विचार में बदलाव लाते हैं तो हमारे कर्म में विचार आएगा और तभी हमारे भाग्य में भी बदलाव आएगा।

**जीवन में इंटेंशन और अटेंशन रखकर किसी पर दोष देने की जगह जिम्मेदारी लेना सीखें। यदि कोई संत या महात्मा अच्छे भाव विचार रखकर हमें आशीर्वाद देते हैं तो हम उस विचार या भाव को जब तक पूरी तरह से ग्रहण नहीं करते, तब तक वह आशीर्वाद फलीभूत नहीं होता है।** यदि घर में कोई बच्चा मानसिक रूप से कमजोर है तो पूरा परिवार उसके प्रति चाहे जितना अच्छा सोच ले, कोई संत-महात्मा चाहे जितना अच्छा आशीर्वाद दे दे, वह बच्चा ठीक नहीं हो सकता या उसका भाग्य नहीं बदल सकता। वह तभी ठीक होगा, जब वह स्वयं शक्तिशाली बनेगा और अच्छे विचारों को रखकर अपने को बदलेगा अर्थात् जब तक कोई बदलाव के लिए तैयार नहीं होता है, तब तक उसके भीतर बदलाव नहीं आएगा।

अच्छे विचार से अच्छा विचार पैदा होता है अर्थात् सकारात्मक विचार के लिए सकारात्मक विचार होना भी जरूरी है। सकारात्मक विचार हमारे लिए तभी सहायक होगा, जब हम सकारात्मक विचार को ग्रहण करने के लिए तैयार हों। सकारात्मक विचार को ग्रहण करने की शक्ति मेडिटेशन से आएगी। जब तक हम सकारात्मक विचार ग्रहण नहीं करते हैं, सारे सकारात्मक विचार देनेवाले लोग हमारे भाग्य को नहीं बदल सकते। **भगवान् से कुछ भी माँगने व लेने से पहले खुद को सुपात्र बनाना होगा। सुपात्र बनने से ही काम नहीं चलेगा, आपको सकारात्मक विचार लेने के लिए भी तैयार होना पड़ेगा। हम जैसा विचार रखते हैं, वही हमारा भाग्य बनता है।** आपके चारों तरफ का ऑरा या प्रभाव आपको बुरे विचारों से बचाता है और सकारात्मक विचारों को समीप लाता है और ग्रहों की तथा लोगों की बुरी नजर से भी बचाता है।

जब दो लोगों में विवाद होता है तो विवाद का प्रमुख कारण लोगों को यह लगता है कि मैं सही हूँ और सामनेवाला गलत है। बेटी और सास के संबंध में देखें अथवा माँ-बेटी के संबंध में देखें तो सभी के अपने-अपने संस्कार हैं और सभी अलग-अलग संस्कार रखकर विचार करते हैं। एक गुस्से का संस्कार रखता है, दूसरा शांति का। इस कारण

विचारों में मतभेद आ जाता है। माँ-बेटी के संबंध में देखें तो उनके बीच लगाव व प्रेम का संबंध इतना गहरा होता है कि विचारों के मतभेद के कारण भी बेटी को स्वीकार कर लिया जाता है। यह मेरी ही बेटी है, कोई बात नहीं है, लेकिन **जब यही लड़की दूसरे के घर बहू बनकर जाती है और ऐसे घर में जाती है जहाँ दूसरे प्रकार का संस्कार है, तो उस घर के संस्कार के अनुसार सही और गलत होने की परिभाषा उस बेटी से मेल नहीं खाती। दोनों परिस्थिति में अंतर तो आएगा ही, क्योंकि बेटी पच्चीस साल से अलग प्रकार के संस्कारवाले परिवार में रहकर आई है। हम अपने संस्कार के अनुसार सही या गलत की परिभाषा गढ़ लेते हैं।** यह परिभाषा दूसरे संस्कार की सही-गलत परिभाषा से मेल नहीं खाती। हमारे संस्कार के अनुसार दूसरे के संस्कार की अपेक्षा रखना हमारे दुःख का कारण है।

जब कोई बेटी दूसरे घर में भिन्न प्रकार का संस्कार लेकर जाती है तो उसकी आदत को भिन्न प्रकार की आदत-संस्कार न मानकर लड़की को ही गलत ठहरा दिया जाता है। अलग प्रकार का संस्कार मानना स्वीकार भाव है, लेकिन किसी व्यक्ति को गलत मानने से समस्या आ जाती है। गलत और भिन्न शब्द में अंतर है। **भिन्न या अलग रहकर आप सही हो सकते हैं, लेकिन गलत रहकर आप कभी भी सही नहीं हो सकते हैं। यदि कोई 25 साल की बेटी शादी के बाद 8 बजे सुबह उठने का संस्कार लेकर घर जाती है और ससुरालवालों का संस्कार सुबह 5 बजे उठने का है तो समस्या पैदा हो जाती है। उस बेटी का संस्कार ही नहीं, उसकी बॉडी क्लॉक की सेटिंग भी 8 बजे सुबह तक सोकर उठने की होती है। अब अचानक 5 बजे सुबह उठने का संस्कार तुरंत कैसे बन सकता है अर्थात् 5 बजे सुबह सोकर उठने का संस्कार बनने में कुछ समय लगेगा।**

हम जो कुछ करते हैं, उसके पीछे तर्क रखते हैं। **यदि हम सबसे बड़ा पाप भी करते हैं तो उसके पीछे तर्क रखते हैं और मानते हैं कि यह सौ प्रतिशत सही है। जब कोई दूसरा व्यक्ति सही को गलत सिद्ध करता है तो हम विचलित हो जाते हैं।** जब 5 बजे सुबह उठने के संस्कारवाले परिवार में कोई बहू अपने संस्कार के अनुसार सुबह 8 बजे उठती है तो हम दोनों संस्कार को अलग-अलग न रखकर **बहू को गलत साबित करने लग जाते हैं। इससे बहू में भी इनटॉलेरेंस आती है और वह मानने लगती है कि जो लोग 5 बजे सुबह सोकर उठते हैं, वे लोग ही गलत हैं।**

**चिंता हमारी ऊर्जा को नष्ट करती है। चिंता चिता के समान है। चिंता और चिता में एक बिंदु मात्र का अंतर है। जितना हम चिंता करते हैं, उतने ही चिता के समीप जाते हैं।** इसलिए बिना चिंता के अभी तक हुए कार्यों के परिणाम को स्वीकार कर और अधिक अच्छा प्राप्ति के लिए आगे बढ़ते रहें। स्वीकार करना और संतुष्ट

रहने का तात्पर्य यह नहीं है कि हमें आगे कुछ नहीं चाहिए, बल्कि इसका यह अर्थ है कि अभी तक हमें जो कुछ मिला, उससे हम संतुष्ट और खुश हैं। जब हम संतुष्ट और खुश रहकर अपना कार्य करते हैं, तभी हम अपना सबसे अच्छा रिजल्ट दे सकते हैं।

हर घटना परफेक्ट और कल्याणकारी है। हम ईश्वर से प्रार्थना करते हैं कि परिणाम हमारे अनुसार हो जाए और जब परिणाम हमारे अनुसार नहीं होता तो हमारा ईश्वर से विश्वास भी उठने लगता है। हमें ईश्वर से यह कहना चाहिए कि जो भी हो रहा है और जो भी होगा, उसके परिणाम को स्वीकार करने की शक्ति हमें दें, क्योंकि हर चीज हमारे अनुसार ही घटित नहीं होगी। हाँ, यह जरूर हो सकता है कि जितना हमने अपेक्षा की थी, हमें उससे भी अधिक मिल जाए।

जब हमारा मोबाइल कहीं छूट जाता है तो हम डिस्टर्ब हो जाते हैं, इसका मतलब है कि हम मोबाइल के गुलाम हो चुके हैं। **आज मोबाइल हमारा नहीं है, बल्कि हम मोबाइल के हो चुके हैं। इसी तरह हमें ध्यान रखना होगा कि हम बिजनेस को कंट्रोल करें, न कि बिजनेस हमें कंट्रोल करे।**

जब तक हम दूसरों को और परिस्थिति को किसी कार्य के लिए जिम्मेदार मानेंगे और स्वयं जिम्मेदारी नहीं लेंगे, हम सफल नहीं हो पाएँगे। हम प्रतीक्षा करते हैं कि जब तक दूसरे नहीं बदलेंगे, तब तक हम नहीं बदलेंगे। जब दूसरे लोग, परिस्थिति और समय बदल जाएँगे, तभी हम बदलेंगे। जब तक हम ब्लेम-गेम से बाहर नहीं आएँगे, हमारे जीवन में परिवर्तन नहीं हो सकता। **हम अच्छे काम की जिम्मेदारी तो ले लेते हैं, लेकिन बुरे काम से कन्नी काट लेते हैं। हमारी पहली जिम्मेदारी है कि सही फील करें, सही सोचें, सही बोलें और सही व्यवहार करें,** लेकिन आज हम इन सबकी जिम्मेदारी दूसरों पर डाल देते हैं। हमें अपने सोच, अपने शब्द, कर्म और फीलिंग में ईमानदार होना ही होगा, लेकिन हमने दूसरों को ठीक करने का, दूसरों को सलाह देने का ठेका ले लिया है।

हमारे अंदर एक पूरी फैक्टरी है और हम इसके मालिक हैं। हमें अपनी फैक्टरी की जानकारी होनी चाहिए। पूरी जानकारी के बिना हम अपनी फैक्टरी नहीं चला सकते हैं। हमारे अंदर कच्चा माल जाता है और तैयार माल बनकर बाहर आता है। हम अपने तैयार खराब माल की जिम्मेदारी बाहर से लिये गए कच्चे माल पर डाल देते हैं। इसकी जगह हमें खराब कच्चे माल की जगह अच्छे कच्चे माल का प्रयोग करना होगा और अच्छा तैयार माल बाहर भेजना होगा। लोग अपनी जिम्मेदारी ग्रहों पर डाल देते हैं और कहते हैं कि ग्रहों का वैज्ञानिक प्रभाव है, इसलिए मेरी स्थिति खराब है। कौन किस पर कितना प्रभाव डालेगा, यह प्रत्येक पक्ष की शक्ति पर निर्भर करता है। **हम इतने कमजोर क्यों हो जाते हैं कि लोगों की छोटी-छोटी बातों और परिस्थितियों का**

**प्रभाव हमारे ऊपर पड़ने लगता है?**

हमारी कमजोर स्थिति पर ग्रहों का प्रभाव आसानी से पड़ता है। चार तरह के लोग अलग-अलग तरह से जिम्मेदारी लेते हैं। पहले लोग हैं, जो बिना कहे अपना काम कर देते हैं। दूसरे वे लोग हैं, जो कहने पर अपना काम कर देते हैं। तीसरे वे लोग हैं, जो बार-बार याद दिलाने पर अपना काम करते हैं और चौथे वे लोग हैं, जो कभी अपना काम नहीं करते हैं। हमारी भी स्थिति ऐसी ही हो गई है। जैसे अलग-अलग लोगों का जिम्मेदारी लेने का तरीका अलग-अलग था, उसी तरह **हम अपने मन के प्रति भी व्यवहार करने लगते हैं और बहाने खोजते रहते हैं। हमें बिना कहे ही अपना काम करते हुए जिम्मेदार बनना है।** हम परिस्थितियों के मालिक बनें, गुलाम नहीं। हमें परिस्थिति पर हावी होना है, न कि परिस्थितियों को खुद पर हावी होने देना है।

जो कमजोर है या कामचोर है, वह काम न करने के बहाने खोजता रहता है, लेकिन इससे उसकी शक्ति घटती है, कमजोरी बढ़ती जाती है। फलतः हम जिम्मेदारी लेने से डरने लगते हैं। मन की स्थिति को मजबूत बनाकर परिस्थिति पर हावी रहें, न कि मन की स्थिति को कमजोर कर परिस्थिति को अपने ऊपर हावी होने दें। **यदि हम छोटी-छोटी चीजों से बचकर जिम्मेदारी से बचेंगे तो हमारा मन और कमजोर होगा। अब सही और सकारात्मक विचार करना प्रारंभ करें। समस्या पर नहीं, समाधान पर फोकस रखें। यदि हम ऐसा करते हैं तो परिस्थिति समस्या से समाधान की ओर मुड़ना शुरू कर देगी।**

जब बाहरी परिस्थिति पैदा होती है, तब हम प्रतिक्रिया देते हैं। हम कैसी प्रतिक्रिया देंगे, यह हमारे ऊपर निर्भर है। हम जो प्रतिक्रिया देंगे, पहले उसका विचार आएगा, फिर फीलिंग होगी, फिर हम एक्शन में काम करते हैं। यदि एक्शन के रूप में दर्द पैदा हुआ तो इसे हमने ही पैदा किया। इस दर्द का प्रभाव परिस्थिति पर पुनः पड़ता है। अब वही परिस्थिति बड़ी होकर हमारे सामने आती है। पुनः दर्द का विचार पैदा होता है। **यह दुश्चक्र चलता रहता है और हमारा ध्यान परिस्थिति में उलझकर रह जाता है, हमें यह नहीं समझ में आता है कि हमारा रोल क्या है। हमारा रोल क्या है, तभी समझ में आएगा, जब हमारा मन स्थिर होगा।**

हम यह मानकर बैठ गए हैं कि परिस्थिति आने पर हमारी प्रतिक्रिया ऑटोमेटिक होती है। यह नेच्युरल रिएक्शन है, लेकिन हम यहाँ सोच-समझकर प्रतिक्रिया नहीं करते हैं। हम जिस तरफ ध्यान देते हैं, हमारी पूरी ऊर्जा उसी तरफ जाती है। हमें अपना पूरा ध्यान परिस्थिति को बदलने या समस्या के समाधान पर रखना चाहिए। **यदि कोई स्वाइन फ्लू जैसी बीमारी फैलती है, जिसका वायरस कंट्रोल के बाहर होता है तो वायरस को कंट्रोल करने से अच्छा है कि अपना बचाव किया जाए। हमने अपनी**

**बीमारी पर ध्यान नहीं दिया** और परिस्थिति को कंट्रोल करने का प्रयास किया और हमारी बीमारी बढ़ती गई।

डिटैचमेंट का अर्थ यह है कि यदि आप स्टेज पर शो कर रहे हैं तो अपने को ऑडियंस की तरफ से देखें। हम अपना ही रोल करें, दूसरे के रोल के बारे में न सोचें। हम एक एक्टर हैं और हमारा रोल अलग-अलग है। डिटैचमेंट में हम अपने को एक्टर समझने लगते हैं और हमें समझ में आ जाता है कि हम अलग हैं और हमारा रोल अलग है। हमें जीवन में बहुत से रोल करने हैं, लेकिन किन्हीं दो रोलों को मिक्सअप न करें। हमें यह भी देखना होगा कि दूसरा रोल हम पर इतना हावी न हो जाए कि हम अपना रोल ही न कर पाएँ। हमें अपना ध्यान अपने रोल पर देना होगा। जिस दिन कोई एक्टर दूसरे के रोल पर ध्यान देता है तो उसका प्ले खराब हो जाता है। **हम जीवन में समझौता करते हैं, लेकिन समझौता बाहर करते हैं, अपने अंदर नहीं करते हैं। हम अपने को ऊपर से ही मेंटेन करने में लगे हैं और अपनी बिल्डिंग खड़ी करने में लगे हैं।**

**डिटैचमेंट का मतलब परिस्थिति से भागना नहीं है, बल्कि परिस्थिति में रहकर, परिस्थिति का स्व की स्थिति के सहारे मुकाबला करना होता है।** यदि आप परिस्थिति से अटैच होते हैं तो आपको परिस्थिति सही रूप में दिखाई नहीं देती, बल्कि बड़ी दिखाई देती है। जब हम परिस्थिति से डिटैच हो जाते हैं तो हमें समय मिल जाता है कि हमें आगे क्या करना है। परिस्थिति को विभिन्न दृष्टिकोण से देखने पर वही समस्या हमें अवसर दिखने लगती है। डिटैचमेंट से ब्लेम-गेम समाप्त हो जाता है।

स्व-निर्भरता पर बल दें। दूसरों पर निर्भरता को घटाएँ। आप अपना रिमोट कंट्रोल अपने पास रखें। दूसरों की बोलचाल, व्यवहार इत्यादि से प्रभावित न हों। यदि टी. वी. का रिमोट मेरे पास होगा तो मैं वही देखूँगा, जो मैं चाहूँगा। आज की परिस्थिति में एक अजनबी भी हमको मानसिक हलचल देकर चल देता है। **आपको परिस्थिति को स्वीकार करना ही है। इससे आप बच नहीं सकते हैं। यह अलग बात है कि इस परिस्थिति को स्वीकार करने में आपको कितना समय लगता है, यह हमारी शक्ति पर निर्भर करता है।**

कौन सी शक्ति हमारे पास तथा कौन सी शक्ति दूसरों के पास है, इसे समझना होगा। दूसरों के पास बाहरी शक्ति है तथा हमारे पास आंतरिक मन की शक्ति है। दूसरे अपनी शक्ति को चाहे जैसे प्रयोग करें, लेकिन हम अपनी शक्ति को जैसा चाहेंगे, वैसा ही उपयोग करेंगे। दूसरे चाहे हमारा जितना बड़ा भौतिक, आर्थिक नुकसान कर दें, लेकिन हमारी इच्छा के विरुद्ध हमारे मन को नुकसान नहीं पहुँचा सकते हैं। हमारे पास एक ही शक्ति है—मन की शक्ति। हमें इसे महसूस करना होगा।

बाहर की स्थिति हमारे हाथ में नहीं है अर्थात् बाहर की स्थिति अनिश्चित है।

लेकिन यदि इसके साथ हमारे अंतर्मन की स्थिति भी अनिश्चित हो जाए तो सबकुछ अनिश्चित हो जाएगा। **आज हम मान लेते हैं कि यदि बाहर सबकुछ ठीक-ठाक है तो हमारा मन भी ठीक-ठाक रहेगा, लेकिन बाहर की स्थिति बिगड़ने से मन की स्थिति बिगड़ जाती है। यदि इस समीकरण को उलटा करके देखें, यदि बाहर सबकुछ अनिश्चित हो भी जाए और मन की निश्चितता बनी रहे तो भी हमारी खुशी कहीं नहीं जाएगी।** हम जीवन में यह समीकरण मानकर बैठ गए हैं कि जीवन में खुशी तभी मिलेगी, जब बाहर या मन के अंदर निश्चितता होगी, लेकिन आज जीवन में खुशी इसलिए नहीं है, क्योंकि बाहर भी अनिश्चितता है और मन के अंदर भी। बाहर की स्थिति हमारे नियंत्रण में नहीं है। हमारे नियंत्रण में है तो हमारे मन की स्थिति। इसलिए मन में निश्चितता लाकर जीवन की खुशी प्राप्त कर सकते हैं।

जिस इमोशन को हम अपनी ताकत समझते हैं, वह हमारी चेतन ऊर्जा का डिस्टरबेंस है। यह हमारे एजीटेडेट माइंड की स्टेज है। डिटैच होकर क्रिकेट मैच देखने से हमें कोई नुकसान नहीं होता, लेकिन हम मैच को अटैच होकर देखते हैं। मैच के उतार-चढ़ाव की मन को आदत पड़ जाती है। इससे जो उत्तेजक कैमिकल निकलता है, इसकी शरीर को आदत पड़ जाती है। एक लंबे समय तक इमोशनल डिस्टरबेंस के लिए हमारा मन अभ्यस्त हो जाता है। जब यह कई बार होता है तो हमें पता चलता है कि हमारे इमोशन को बाहरी लोग पैदा कर रहे हैं। बाहरी परिस्थिति हमारे इमोशन को प्रभावित करती है।

जब हम डिटैच होकर मैच या मूवी देखते हैं तो इमोशनल डिस्टरबेंस नहीं होता है, क्योंकि हमें इस बात का ज्ञान होता है कि मैच और मूवी ही देख रहे हैं, वास्तविक दुनिया नहीं। हमें अपने इमोशन और फीलिंग पर कंट्रोल करना होगा। अभी तक की धारणा थी कि हमारे इमोशन और फीलिंग को बाह्य परिस्थितियाँ कंट्रोल करती हैं, लेकिन मन की स्व स्थिति महत्त्वपूर्ण है। **गुस्सा, तनाव, चिंता, डिप्रेशन जैसे इमोशन हमें नुकसान पहुँचाते हैं। घटना बाहर होती है, उसका प्रभाव अंदर होता है।** जिस चीज से अटैचमेंट है, यदि उसे हिला दिया जाए तो हम भी हिल जाते हैं। अटैचमेंट की स्थिति में मेरा कार्य आगे चलकर स्वयं का काम होने की धारणा में बदल जाता है।

जीवन में हमें खुशी चाहिए, स्टेटस चाहिए, आसपास के लोगों की स्वीकारोक्ति भी चाहिए, लेकिन यदि हमारे अंदर कोई दर्द या खालीपन है या कोई पियर-प्रेशर है, जिसके कारण हमारे आत्मविश्वास व स्वमान में कमी हो सकती है, ऐसा व्यक्ति ही किसी विशेष चीज को स्टेटस सिंबल बनाता है, वह लोगों से झूठी प्रशंसा लेने की इच्छा रखता है। जैसे लोग **पार्टियों में शराब इसलिए स्वीकार करते हैं कि यदि नहीं लेंगे तो लोग क्या सोचेंगे! जो व्यक्ति ऐसा सोचता है कि लोग मेरे बारे में क्या सोचेंगे,**

**उसके अंदर सेल्फ कॉन्फिडेंस और सेल्फ स्टीम या स्वमान की कमी होती है।**

इसलिए समस्या को हल करने के लिए हमें दर्द के स्थान पर प्यार देना होगा। जब कोई बच्चा दर्द में होता है तो उसे और दर्द न दें। **कोई झूठ क्यों बोलता है? वह डर की वजह से झूठ बोलता है, इसलिए उसका डर खत्म करें।** पहले से ही बहुत अधिक दर्द में रहनेवाले बच्चे को हम प्यार की जगह दर्द ही देते हैं, क्योंकि हमें यह पता नहीं होता है कि हमारा बच्चा दर्द और भय में है।

हमें जीवन में वही लोग या वही चीजें नहीं मिलतीं, जैसा हम चाहते हैं। इसलिए हम अपनी प्राथमिकता तय कर लें कि हमें अपना जीवन अच्छी तरह चलाना है। हमारे जीवन की पहली प्राथमिकता है खुशी और प्यार, लेकिन यह तभी होगा, जब हमारा रिश्ता अच्छा होगा। यदि किसी को आपकी ड्रेस अच्छी नहीं लगती है तो यह बताया जा सकता है कि आपकी ड्रेस अच्छी नहीं है, लेकिन यह अपेक्षा नहीं रखनी चाहिए कि आप इसे तुरंत बदल ही देंगे। यह आपके हित के लिए सुझाव दिया गया है। अपनी खुशी के लिए नहीं, बल्कि आपकी खुशी के लिए सुझाव दिया गया है।

**गलत रास्ते पर तेज दौड़ने से कोई फायदा नहीं है। यदि आप सही रास्ते पर धीरे-धीरे भी चलते हैं, तब भी आप अपने गोल पर पहुँच सकते हैं। बारिश की बूँद भले ही छोटी हो, परंतु छोटी-छोटी बूँदों से ही सागर बनता है। इसी प्रकार आपके प्रयास भले ही छोटे हों, परंतु सही और निरंतर प्रयास करने से गोल की प्राप्ति हो जाती है। बिना कड़ी मेहनत के सफलता नहीं मिलती है। प्रकृति चिड़िया को खाने अवश्य देती है, लेकिन प्रकृति चिड़िया के घोंसले में खाना नहीं डालती है।**

जिसने अपनी आंतरिक स्थिति सुधारने के लिए पर्याप्त कार्य कर लिया है, उसे दूसरों की अटेंशन और प्रशंसा की आवश्यकता नहीं रहती है, क्योंकि वह अंदर से पूरी तरह से भरा है। अपने ऊपर ध्यान देने के बाद **हम अपने भीतर झाँककर देखें कि हम कितनी मात्रा में लोगों पर निर्भर हैं, तब हम पाते हैं कि अब लोगों की निर्भरता के प्रभाव की तीव्रता कम होने लगती है। हमें यह भी देखना होगा कि यदि किसी ने प्रशंसा की जगह हमारी आलोचना कर दी है तो उसका हमारे मन पर क्या प्रभाव पड़ेगा अथवा हमारे मन की स्थिति कितनी मात्रा में दूसरों की राय पर निर्भर करती है।**

हमारी इमेज से दूसरों की इमेज जब मैच नहीं करती है, तो हम नाराज हो जाते हैं। नाराज वही होता है, जो राज नहीं जानता है। दुनिया हमारे अनुसार या हम दुनिया के अनुसार नहीं चल सकते। इसलिए अपनी नाराजगी को छोड़ दें। **जब आप अपनी नाराजगी रिलीज करेंगे तो आपकी डिजीज समाप्त हो जाएगी। उनका नजरिया उनका है और हमारा नजरिया हमारा है। वह उनके जीवन जीने का तरीका है और**

**यह हमारे जीवन जीने का तरीका है।** सामनेवाले के नजरिए को जितना हम स्वीकार करते जाएँगे, उतना ही हमारा रिश्ता मजबूत होगा और सामनेवाले के नजरिए से जितना हम एक्सपेक्ट करते जाएँगे, उतना ही हम परेशान होंगे।

**हम किसी की परिभाषा के साथ नहीं चलेंगे और न ही दूसरे लोग हमारी परिभाषा के साथ चलेंगे। हमें जीवन में पहले जो सही लगता था, वह अब गलत लगता है अथवा पहले जो गलत लगता था, अब वह हमें सही लगता है। जब हमारे अनुसार ही सही-गलत की परिभाषा बदल रही है तो दूसरों की परिभाषा से हमारी परिभाषा ठीक-ठीक कैसे मेल खा सकती है?** दूसरों का नजरिया हमारे लिए महत्त्वपूर्ण नहीं है, बल्कि हमारा नजरिया हमारे लिए ही महत्त्वपूर्ण है। इसलिए दूसरों के नजरिए से हमें डिस्टर्ब नहीं होना चाहिए। हमें अपने नजरिए को दूसरों के सामने गुस्से से नहीं, बल्कि प्यार और स्वीकार भाव से सामने लाना होगा।

मैं किसी को मुक्ति नहीं दे सकता और न ही कोई मुझे मुक्ति दे सकता है। हम केवल अपने मन के दर्द या अपने को मुक्त कर सकते हैं। जो दर्द हमने मन में पकड़कर रखा है, इस दर्द से हम अपने को स्वयं ही मुक्त कर सकते हैं। यदि हम किसी को माफ नहीं करते तो यह नफरत में बदल जाता है। नफरत आदमी को खोखला कर देती है। यदि आप गहरे दर्द में हैं और लगातार सोचते जा रहे हैं तो आपका दर्द बढ़ता ही जाएगा, **लेकिन मात्र 30 सेकंड के लिए उसका नजरिया भी देख लें कि उसने ऐसा क्यों किया होगा तो दर्द से छुटकारा पाना आसान हो जाता है।**

डिटैच होकर, साक्षी भाव, तटस्थ होकर जीवन की मूल समस्याओं का समाधान करें। ये सभी भाव दो स्तरों पर लाने होंगे। हम मान लें अंदर और बाहर की दुनिया एक रंगमंच है। यहाँ हम दर्शक हैं और रंगमंच पर सभी अपना-अपना रोल अदा कर रहे हैं। कोई हीरो का, कोई विलेन का, कोई कॉमेडी का रोल अदा कर रहा है। हमें किसी के रोल से प्रभावित नहीं होना है, क्योंकि एक्टर रंगमंच से प्रभावित नहीं होता है। हमें देखना होगा कि सभी का रोल और सभी एक्टर अलग-अलग हैं। रोल के साथ एक्टर को मिलाकर न देखें।

सभी अपना पार्ट अच्छी तरह कर रहे हैं। किसी को किसी के रोल के परिवर्तन की आवश्यकता नहीं है, क्योंकि ऐसा होते ही रंगमंच का मजा खराब हो जाएगा। अब हम बाहरी दुनिया से डिटैच हो गए हैं। अगले चरण में अंदर की दुनिया से डिटैच होना है। हमारे अंदर विचार, इमोशन, फीलिंग आते-जाते रहते हैं। ये सभी अंदर के रंगमंच पर एक्टर की भाँति रोल अदा कर रहे हैं। **हम यहाँ दर्शक हैं। अंदर डिटैच होकर हम इन्हें समझ पाएँगे कि मैं स्वयं विचार, इमोशन, फीलिंग नहीं हूँ। हम स्वयं विचार, इमोशन, फीलिंग को पैदा कर रहे हैं। यदि हमने इन्हें पैदा किया है तो इनपर नियंत्रण**

**भी हम प्राप्त कर सकते हैं।**

लेकिन जब दूसरे की बात पूरी तरह सुनी जाती है तो लगता है कि इसकी बात भी पूरी तरह ठीक है, लेकिन समस्या यह है कि दोनों व्यक्ति अपने-अपने नजरिए से अपनी बातों को देखते हैं। दोनों ही एक-दूसरे के नजरिए को नहीं देख पाते हैं। **काउंसलर का यह काम है कि जो नजरिया उन दोनों को दिखाई नहीं दे रहा है, उस नजरिए को एक-दूसरे को दिखाना होता है अर्थात् अपनी पोजीशन से हटकर उसकी पोजीशन में अपने आपको रखकर अपने को देखने के लिए कहा जाता है। हम अपनी साइड पर बैठकर अपनी बात को सही ही नहीं मानते, बल्कि इसे सत्य भी मानते हैं और किसी के द्वारा इसे गलत कहने पर हम इस मुद्दे को लेकर जीवन भर बहस कर सकते हैं।**

**धूल चेहरे पर थी और मैं हमेशा आईना बदलता रहा।**

यदि दूसरी साइड हमें न भी दिखाई दे तो दूसरी साइड को सम्मान देते हुए यह मान लें कि आप सच सोच रहे हैं, क्योंकि यदि आप दूसरे को सम्मान नहीं देंगे तो आपको दूसरे की सोच समझ में नहीं आएगी। अपनी सोच या नजरिए से दूसरों का विश्लेषण न करें, बल्कि दूसरों के मन में जाकर देखें कि वह क्या सोचता है। हमें यह तय करना है कि हमें जीवन के कनफ्लिक्ट खत्म करने हैं या बढ़ाने हैं। हमें हमेशा यह बात याद रखनी होगी, यदि मैं सही हूँ तो दूसरा आदमी भी सही रहता है। हमें दूसरे के प्रति स्वीकार भाव रखना होगा। वह जो भी है, जैसा भी है, ठीक है।

एक माँ का अपने बच्चे के प्रति स्वीकार भाव सर्वोच्च स्तर का होता है। हमारा मन एक बच्चे के समान है और हम स्वयं बच्चे की माँ के समान हैं। हमें मनरूपी बच्चे को स्वीकार भाव से लेना होगा, फिर उसे सुझाव देकर सकारात्मक रूप से मोड़ना होगा। यह प्रयोग सबसे पहले अपने मन के साथ करें, फिर दूसरे के मन के साथ इसका प्रयोग करें। जब हम अपने मन के साथ घृणा करते हैं तो हम दूसरे के साथ भी ऐसा ही करते हैं। **एक ऑफिस में यदि दो लोगों के बीच विवाद हो जाता है तो जो व्यक्ति अपनी बात पहले कहेगा, उसकी बात सच लगती है, इसलिए कभी भी एक पक्ष की बात सुनकर निर्णय नहीं सुनाना चाहिए। ऐसा करने पर यह अपने प्रति ही नहीं, दूसरे के प्रति भी अन्याय होगा। इसलिए हमेशा दूसरी साइड को भी देखकर जीवन में निर्णय लेना चाहिए।**

हमें हमेशा सतर्क रहना होगा कि जो हमारा है, वह हमारे ऊपर इतना हावी न हो जाए कि हम उसके गुलाम हो जाएँ। कौन कितना हावी है, यह डिटैचमेंट पर निर्भर करता है। डिटैचमेंट का अर्थ किसी से किनारा करना नहीं है, बल्कि दूसरों की भावनाओं से प्रभावित हुए बिना अपना कार्य करना है। यदि डिटैचमेंट को हम सही तरीके से नहीं

समझें तो हमारा ही नुकसान है। **डिटैचमेंट का अर्थ भौतिक एवं भावनात्मक अलगाव नहीं है, बल्कि इसका अर्थ है कि परिस्थितियों एवं व्यक्तियों से प्रभावित हुए बिना अपने कार्य को सर्वश्रेष्ठ परिणाम दें। डिटैचमेंट का यह अर्थ कतई नहीं है कि परिवार, नौकरी, व्यापार को छोड़कर संन्यास ग्रहण कर लिया जाए।**

वास्तव में इस जीवन में जो कुछ मिला है, वह उपयोग या भोग के लिए मिला है। यदि शरीर ही मन पर हावी हो जाए तो सबकुछ उलटा हो जाता है। हमें अपने मन से शरीर को चलाना है। शरीर या दूसरी चीजें भोग के लिए ही मिली हैं। मन भोगनेवाला है, लेकिन शरीर और अन्य चीजें मन को प्रभावित करने लगें तो इसका मतलब हम सही रास्ते पर नहीं हैं। हमारा मन बहुत चीजों का गुलाम हो चुका है। जहाँ गुलामी होती है, वहाँ अटैचमेंट होता है। अटैचमेंट से किसी चीज के छूटने का डर आ जाता है, जबकि डिटैचमेंट का अर्थ है, अपने मन को स्थिर करके अपने परिवार, कार्य, बिजनेस का अच्छी तरह ध्यान रखना और प्रगति करना।

**यदि हम दूसरों को चैलेंज देंगे तो कभी-न-कभी हार जाएँगे, लेकिन स्वयं को चैलेंज देंगे तो हम रोज जीतेंगे। हम कौन सा जूता पहनते हैं, इस पर हमारी सफलता निर्भर नहीं करती है, बल्कि हम कौन सा कदम उठाते हैं, इस पर हमारी सफलता निर्भर करती है। यदि हम सकारात्मक दृष्टिकोण रखकर कार्य करते हैं तो परिस्थितियों पर नियंत्रण पाना आसान हो जाता है। बगैर किसी से कंपीटिशन किए, यदि हम जीवन की यात्रा करते हैं तो हमारे लिए सफलता की कहानी सिद्ध होती है।**

□

# सफलता–कंपीटिशन

*जब तक आप जो कर रहे हैं, उससे संतुष्ट नहीं होंगे, तब तक आप सफलता प्राप्त नहीं कर सकते हैं।*

***—डेल कार्नेगी***

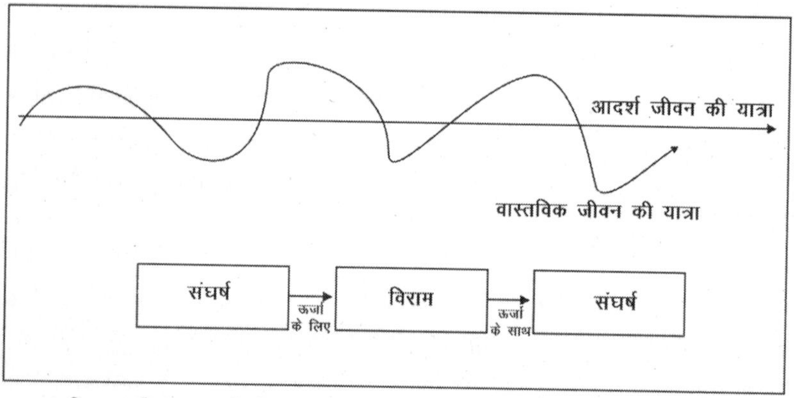


**जीवन की यात्रा सीधी सरल रेखा में नहीं चलती है, बल्कि जीवन में उतार-चढ़ाव आता रहता है। जीवन में संघर्ष होता है, फिर ऊर्जा के लिए विराम किया जाता है, पुनः ऊर्जा के साथ संघर्ष किया जाता है अर्थात् संघर्ष-विराम-संघर्ष के आधार पर जीवन चलता है।**

व्यक्ति के संपूर्ण जीवन अथवा जीवन के किसी बिंदु पर सफल होने के कुछ तत्त्व होते हैं, जिनके बिना सफलता की परिकल्पना व्यर्थ है। ईमानदारी, स्वीकार भाव, अपने अनुभव पर भरोसा, दृढविश्वास, अहंकारशून्यता, परंपरा और आधुनिकता का उचित अनुपात, कठोर परिश्रम इत्यादि सफलता के तत्त्व हैं। इन तत्त्वों में से अधिकांश पर हमें विश्वास करके पालन भी करना होगा। सफलता के लिए **सबसे पहले हमें स्वयं**

**के साथ ईमानदार रहना पड़ेगा और आत्म-प्रवंचना से बचना होगा। दो प्रकार के झूठ बोले जाते हैं। एक झूठ, जो दूसरे व्यक्ति से बोला जाता है और दूसरा, जो स्वयं से बोला जाता है, इसे आत्म-प्रवंचना कहते हैं। सबसे बड़ा हानिकारक झूठ आत्म-प्रवंचना है। ऐसा करते हुए हम स्वयं के साथ छल-कपट करते हैं और अपनी जिम्मेदारी से बचते हैं।**

सफलता के लिए कठोर परिश्रम और दृढसंकल्प की अनिवार्यता है, इनका दूसरा विकल्प नहीं है। दृढसंकल्प और कठोर परिश्रम का सहारा लेकर हम असंभव कार्य भी कर जाते हैं। सफलता के मार्ग में अहंकारशून्यता होनी चाहिए अर्थात् स्वयं में कभी भी अहंकार को प्रवेश न करने दें। **अहंकार से लिया गया निर्णय प्रायः गलत साबित होता है। अहंकार के पिछले दरवाजे से प्रवेश करने की संभावना अधिक रहती है। इस बात को लेकर हमें सदैव सजग रहना होगा। मनुष्य में अहं स्वाभाविक है, परंतु विनम्रता सीखनी पड़ती है।** विनम्रता वह गुण है, जिसके आधार पर गुरु-शिष्य की परंपरा मजबूत होती है। बिना गुरु के ज्ञान के जीवन में सफल नहीं हुआ जा सकता है। गुरु का आशीर्वाद व ज्ञान तभी संभव है, जब आप अहंकारशून्य और विनम्र होंगे।

**सफलता के लिए आवश्यक है कि परिस्थितियों के दबाव में आकर हम तनावग्रस्त न हों अर्थात् परिस्थितियाँ हम पर भारी न पड़ें। परिस्थितियों का दबाव हमारे लक्ष्य पर निरंतर पड़ता रहता है। इस दबाव के कारण हमारा लक्ष्य निरंतर छोटा होता जाता है। हमें अपना लक्ष्य इतना मजबूत व केंद्रित रखना चाहिए कि यह परिस्थितियों से प्रभावित न हो, बल्कि हम परिस्थितियों पर इस प्रकार दबाव डालें कि लक्ष्य के सामने परिस्थितियाँ छोटी लगने लगें।** व्यक्ति को सदैव अपना लक्ष्य बड़ा रखना चाहिए। लक्ष्य बड़ा रखने के साथ ही हमें अपनी उपलब्धियों से संतुष्ट रहना चाहिए। यहाँ संतुष्ट रहने का अर्थ यह नहीं है कि अब हमें कुछ नहीं चाहिए, बल्कि यहाँ संतुष्ट रहने का अर्थ यह है कि अभी तक जो भी, जितना भी हमें मिला है, उससे हम खुश हैं और खुश रहकर आगे भी प्रयास करेंगे। **लक्ष्य बड़ा रखने का फायदा यह होगा कि यदि हम पूर्ण लक्ष्य प्राप्त नहीं भी कर पाते तो भी हम उस मंजिल तक पहुँचेंगे, जो तुलनात्मक रूप में वर्तमान से बेहतर होगी।**

यदि हमारे अंदर इच्छा होती है कि हमें कुछ बनना है और यह संकल्प लेकर हम आगे बढ़ते हैं, हमारे जीवन का गलत बिलीफ सिस्टम इसमें बाधा के रूप में खड़ा हो जाता है। **सफलता का बाधक तत्त्व स्वयं का व्यक्तित्व है। हमारा व्यक्तित्व, जो कि डर, अविश्वास, हीन-भावना, दूसरों के जैसे बनना, दूसरों की नकल करना से मिलकर बना है। आप जो भी लक्ष्य रखते हैं, वह बन सकते हैं; लेकिन इसके लिए शर्त है कि आपमें दृढ इच्छाशक्ति होनी चाहिए, समझौता न करने की प्रवृत्ति,**

**दृढता की शक्ति होनी चाहिए। अपनी इन सभी आंतरिक शक्तियों का प्रयोग करके सफलता प्राप्त कर सकते हैं** अर्थात् सफलता इस बात पर निर्भर नहीं करती है कि आप क्या चाहते हैं, बल्कि इस बात पर निर्भर करती है कि आप सफलता के लिए क्या कर सकते हैं। यदि आप सफलता के जरूरी गुण पैदा करते हैं और सही रास्ते पर चलते हैं तो आपको सफलता अवश्य मिलेगी।

आज विश्वास, दृढ इच्छाशक्ति, लगाव, प्रतिबद्धता से ही हमारा भाग्य बनता है। मात्र किसी चीज को पाने की इच्छा रखने ही से हमारा काम नहीं चलेगा। हमें उसको पाने हेतु आवश्यक गुणों को भी पैदा करना होगा। **मैं क्या चाहता हूँ, सफलता इस बात पर निर्भर नहीं करती, बल्कि सफलता इस बात पर निर्भर करती है कि मैं आज क्या कर रहा हूँ और आज क्या हूँ? प्रतिभा और कौशल एक-दूसरे के कारक हैं, हम इन्हें स्वयं के प्रयास से विकसित कर सकते हैं,** लेकिन सफलता के लिए यह मूल बात जरूरी है कि हम आंतरिक रूप से दृढ इच्छाशक्ति रखते हैं और साथ ही आत्मविश्वास, शांति, प्रेम, आनंद, लगाव और प्रतिबद्धता के साथ अपना कार्य करते हैं।

हमें यह बात हमेशा याद रखनी होगी कि हमारा भाग्य हमारे विचारों से ही बनता है, न कि हमारी इच्छा हमारे भाग्य की निर्माता है। **हमारी प्रतिभा और कौशल भी हमारे भाग्य का निर्माता नहीं हैं। इसीलिए सफलता के लिए जरूरी है कि विचारों की सफाई की जाए। हमें अपने विचारों पर निगरानी करनी होगी।** यदि हमें जीवन में कुछ बदलाव लाना है तो किसी के पास जाने की आवश्यकता नहीं है, बल्कि अपने विचारों के पास जाएँ। **हमारे विचार ही हमारे भाग्य के निर्माता हैं। हमारा भाग्य हमारी अपनी रचना है।**

**मुझे किसी अन्य से कंपीटिशन नहीं करना चाहिए, बल्कि स्वयं अपनी रेस से कंपीटिशन करना चाहिए अर्थात् मुझे किसी दूसरे से अच्छा नहीं बनना है, बल्कि मुझे स्वयं को पहले से अधिक अच्छा बनाना है।** कभी भी अपनी तुलना किसी दूसरे से न करें, क्योंकि प्रत्येक व्यक्ति सबसे अलग और विशिष्ट है। अत: अपने सकारात्मक गुणों का विस्तार करके इनमें वृद्धि करें। यदि आप ऐसा करते हैं तो आप स्वयं का बेहतर वर्जन या रूप बन सकते हैं अर्थात् हम किसी से कंपीटिशन नहीं कर सकते हैं, यदि हम कंपीटिशन कर सकते हैं तो अपने आपसे कर सकते हैं।

हमने अपना पूरा जीवन, कंपीटिशन बनाकर रख दिया है। इससे कोई भी मुक्त होने को तैयार नहीं है। हमें नंबर एक पर जाना है, परंतु हमें पता है कि टॉप इज ऑलवेज वैकेंट अर्थात् सर्वोच्च स्थान किसी के लिए आरक्षित नहीं हो सकता है। हमारा पुराना बिलीफ सिस्टम नई बात को स्वीकार करने को तैयार नहीं होता। स्वीकार करने का मतलब यह नहीं है कि इसे अपना लिया जाए, बल्कि स्वीकार करने का अर्थ है कि इसे

एक बार प्रयोग कर देखा जाए। प्रयोग करने के बाद जब आप परिणाम प्राप्त करेंगे तो इसे स्वत: ही स्वीकार कर लेंगे।

**जीवन एक कंपीटिशन है, इस कथन का ठीक उलटा कथन है मेरा किसी से कंपीटिशन नहीं है। इतना स्वीकार करते ही हम कुछ हद तक फ्री हो जाते हैं। हमें देखना होगा कि सारे दिन किस-किस से कंपीटिशन है।** आज कंपीटिशन सिर्फ प्रोफेशनल लाइफ में ही नहीं है, बल्कि यह हमारे घरेलू संबंधों में भी आ चुका है। इसलिए हम यह महसूस ही नहीं कर पाएँगे कि हमारा किससे कंपीटिशन है। जीवन, स्कूल, कॅरियर, बिजनेस में जीवन का टारगेट अपनी पूरी क्षमता का प्रयोग करके और अपने टारगेट से ज्यादा प्राप्त न करके, हम केवल दूसरों से आगे जाने की होड़ में लगे हुए हैं। यदि हम अपना टारगेट 60 नंबर से आगे 80 नंबर रखते हैं और 70 नंबर तक ही पहुँचकर नंबर एक पोजीशन हासिल कर लेते हैं तो खुश रहते हैं, लेकिन यदि हम 80 नंबर टारगेट से अधिक 85 नंबर पाकर नंबर एक की पोजीशन प्राप्त नहीं कर पाते हैं तो दु:खी हो जाते हैं।

यदि हमारा फोकस औरों से अधिक आगे निकलना न होकर केवल अपना टारगेट पाना या टारगेट पर पहुँचना हो तो इसका परिणाम तुलनात्मक रूप से अधिक सकारात्मक व अच्छा मिलेगा। आज लोग अपने-अपने रास्ते पर चलते हुए अपनी क्षमता, अपने मूल्य, अपने सिद्धांत व तरीकों का प्रयोग करते हैं, लेकिन जब बाधा आती है तो लोग अपने मूल सिद्धांत से समझौता भी कर लेते हैं। **जब बीच में बाधा आती है तो लोग अपने-अपने तौर-तरीके से बाधा हटाते हैं, कोई बाधा को उखाड़ फेंकता है तो कोई बाधा को मार डालता है, कोई बाधा से अपने को बचाकर बच निकलता है। यह उनके जीवन जीने का तरीका है और यह मेरे जीवन जीने का तरीका है।** क्या आप सभी के साथ प्रतियोगिता कर सकते हैं ? वास्तव में यदि आप प्रतियोगिता कर सकते हैं तो अपने आपसे।

**एक साधारण सी रेस में भी सिखाया जाता है कि एकदम सीधा देखना चाहिए, क्योंकि आपको अपने टारगेट तक पहुँचना है। आपको इधर-उधर नहीं देखना है। रेस में दूसरों को देखने से ध्यान ही भंग नहीं होता है, बल्कि डर व असुरक्षा की भावना भी आती है।** यह इमोशन हमारी क्षमता को कम कर देता है। लोग कंपीटिशन की भावना रखकर नंबर एक की पोजीशन तो प्राप्त कर लेते हैं, लेकिन साथ में डर और असुरक्षा की भावना भी पैदा कर लेते हैं, इसलिए लोग सबकुछ पाकर भी खुश नहीं रहते हैं। **जिस स्टूडेंट को फर्स्ट रहने की आदत पड़ जाती है, वह फर्स्ट रहकर भी खुश नहीं रहता है, क्योंकि उसके मन में सेकंड आने का डर और असुरक्षा की भावना रहती है।** इस स्थिति में लोगों की खुशी का पैमाना प्राप्त ज्ञान,

अंक, लाभ, लक्ष्य न होकर केवल नंबर एक पोजीशन पर टिके रहना ही होता है। इन स्थितियों में अब डर और असुरक्षा की भावना जीवन की साथी बन जाती है। इससे अब हमारे अंदर नई भावना ईर्ष्या भी पैदा होती है। औरों से आगे जाने की होड़ में हम अपना नकारात्मक कार्मिक एकाउंट बना लेते हैं, जिसका बुरा परिणाम हमें भविष्य में मिलता है।

यदि हमने किसी को धोखा दिया, झूठ बोला, किसी का शोषण किया है तो कार्मिक अकाउंट व आकर्षण के नियम के अनुसार यह हमें वापस मिलेगा। हो सकता है कि भौतिक रूप में हम सफल भी हो जाएँ, लेकिन हम रिश्तों में, इमोशनल हेल्थ में और अपनी अंतरात्मा के रूप में कमजोर होंगे। यदि हमने सबकुछ पा भी लिया है, लेकिन हमने इसे पाने का गलत तरीका अपनाया है तो हमें आंतरिक खुशी नहीं मिलेगी। आज हम कंपीटिशन की होड़ में रिश्तों में भी कंपीटिशन करने लगे हैं, यहाँ तक कि पति-पत्नी भी आपस में कंपीटिशन करने लगे हैं। यह हमारा संस्कार बन जाता है। पहले हम ऑफिस में गुस्सा करते हैं, फिर इसे घर लेकर आते हैं और फिर घर का गुस्सा ऑफिस में ले जाते हैं, यह गुस्सा हमारे व्यक्तित्व का हिस्सा बन जाता है।

**आज कंपीटिशन धीरे-धीरे परिवार में भी आ गया है। घर में भी देखा जाता है कि नौकर किसका कहना अधिक मानता है—पति का या पत्नी का। सास-बहू में देखा जाता है कि घर में किसकी बात अधिक सुनी जाती है।** कंपीटिशन एक प्रकार का खेल है, लेकिन हमारा जीवन खेल नहीं है। खेल में भी यह सिखाया जाता है कि हम अपना सर्वोत्तम प्रयास करें। दो लोगों में तुलना संभव नहीं है। हम तुलना तब कर सकते हैं, जब दोनों के पैरामीटर एक समान हों। दुनिया में कोई भी दो चीजें एक समान नहीं बनाई गई हैं। बिजनेस में कोई कल्पना करे कि एक ही वस्तु एक जगह, एक समय, एक गुणवत्ता की हो, यह संभव नहीं है अथवा एक माता-पिता के जुड़वाँ बच्चे एक समान गुणवाले हों, यह संभव नहीं है। अब दो लोगों के बिजनेस अथवा जुड़वाँ बच्चों को चेक करें। बाहरी पैरामीटर को समान रखा गया है। दोनों में समान ईमानदारी, मेहनत, लगन, दृढता, बिजनेस प्रोडक्शन अथवा परिणाम एक सा नहीं होगा। आप इसका प्रयोग कर सकते हैं।

बच्चे के प्रति अच्छी भावना से किए गए गुस्से को हम प्यार नहीं कह सकते हैं, क्योंकि हम जितनी देर गुस्सा करते हैं, बच्चे के प्रति प्यार की ऊर्जा को ब्लॉक कर देते हैं। यदि कोई कंप्यूटर किसी बच्चे से गिरकर टूट जाए, तब भी गुस्सा करने के स्थान पर आपको यह देखना चाहिए कि कहीं बच्चे को चोट तो नहीं लगी। यहाँ गलती बच्चे की नहीं है, बल्कि बच्चे ने जो गलत कार्य किया, वह कार्य गलत है। **गुस्सा आने पर हम गलत काम पर कम बात करते हैं और व्यक्ति को गलत ठहराने में ही अपनी ऊर्जा लगाते हैं। इस प्रक्रिया में हमारे सामने पुरानी से पुरानी बातें भी सामने आने**

**लगती हैं।** इसलिए हमें हमेशा अपने विचारों को चेक करते रहना चाहिए। गुस्सा करने से नकारात्मक ऊर्जा अधिक निकलती है, जिससे दूसरों का कम और अपना अधिक नुकसान होता है।

अनुशासन होना चाहिए, लेकिन अनुशासन हमेशा बना रहे, यह भी जरूरी नहीं। हम दूसरों को बदलने की गारंटी नहीं ले सकते हैं। हम किसी मनुष्य के साथ रहते हैं, किसी मशीन के साथ नहीं। **मशीन भी पूरी तरह से हमारे अनुसार नहीं चलती है। मशीन भी अपने नियम से ही चलती है। आज तो हम मशीन पर भी गुस्सा निकालने लगे हैं। इंटरनेट क्यों नहीं कनेक्ट हो रहा है, धीमा क्यों चल रहा है, इत्यादि। कोई व्यक्ति या मशीन अपनी क्षमता के अनुसार ही काम कर सकता है। सब लोग हर समय हमारी बात मानेंगे, यह जरूरी नहीं है।** गुस्सा हमें तब आता है, जब कोई बात हमारी चाहत के अनुसार नहीं होती है। हमें नकारात्मक ऊर्जा से बचना चाहिए। हम हर बात के लिए अपनी सकारात्मक ऊर्जा को ब्लॉक नहीं कर सकते। यदि नकारात्मक ऊर्जा के कारण सकारात्मक ऊर्जा ब्लॉक रहने लगे तो डिप्रेशन जैसी बीमारियाँ हो सकती हैं। यदि मन में ब्लॉकेज है तो यह विचार शरीर में भी ब्लॉकेज बनाता है। नकारात्मक विचार हमारे व्यवहार और शरीर में ब्लॉकेज बनाएगा। अत: ब्लॉकेज से बचकर सकारात्मक ऊर्जा बनाए रखें।

आजकल के बच्चे कम नंबर आने पर सुसाइड कर रहे हैं और डिप्रेशन में जा रहे हैं। एक घटना के अनुसार, एक बच्चा 98 प्रतिशत का टारगेट रखकर परीक्षा देता है और आगे के तमाम पहलुओं पर अंकगणित लगा लिया कि इतना तो मुझे मिलेगा ही, परंतु रिजल्ट आने पर उसने 96 प्रतिशत प्राप्त किया। इस नंबर को पाकर वह इतना हतोत्साहित हुआ कि उसने सुसाइड कर लिया। इस प्रकार की घटनाएँ निरंतर बढ़ती जा रही हैं। जीवन के मात्र एक गलत कदम से लोग सुसाइड करने लगे हैं या डिप्रेशन में चले जा रहे हैं।

**हमारी यह जिंदगी एक क्रिकेट खेल की तरह है। इस खेल में जिंदगी आपके पास एक के बाद एक गेंद डालती जाएगी। अब आप पर निर्भर करता है कि इसे कितनी खूबसूरती से खेलते हैं। लंबे स्कोर का पीछा करते हुए यह जरूरी नहीं है कि हर गेंद पर चौका-छक्का मारा जाए। खेल के दौरान आपसे कई गेंदें मिस भी होंगी। यदि कोई गेंद आपसे मिस होगी तो क्या आप सुसाइड कर लेंगे? ऐसी स्थिति में क्या पैरेंट्स को बच्चों से कहना चाहिए कि तुम हार गए हो, तुम फेल हो गए हो, तुम जिंदगी में कुछ नहीं कर सकते? यह जिंदगी है। जिंदगी वह नहीं है, जो आप सोच रहे हैं, बल्कि जिंदगी आपकी सोच से बहुत आगे है। जो गेंद आपसे मिस हो गई, वह केवल एक अवसर मात्र थी। जिंदगी में ऐसे अवसर बहुत**

**मिलेंगे। एक बॉल मिस होने पर या एक अवसर मिस होने पर जिंदगी समाप्त नहीं हो जाती है। हो सकता है, जिसे आप बड़ा अवसर समझ रहे हैं, वह छोटा हो और जिसे आप छोटा अवसर समझते हैं, वह बड़ा अवसर हो। आप दुनिया की नजर में फेल हो सकते हैं, लेकिन अपनी नजर में फेल न हों, क्योंकि आप यह जान चुके हैं कि एक गेंद मिस होने से या अवसर मिस होने से जिंदगी समाप्त नहीं हो जाती। आपको कोई आउट नहीं कर सकता, जब तक आप पिच पर मौजूद हैं। आपको कोई हरा नहीं सकता, जब तक आप मैदान में डटे हैं। भारत को कोई हरा नहीं सकता, जब तक धोनी जैसा अच्छा क्रिकेटर पिच पर हो।**

आप अपना काम करिए, परिणाम की चिंता न करिए। **ऑस्ट्रेलिया दौरे के दौरान भारत के कप्तान के रूप में सीरीज गँवाने के बाद तेंदुलकर ने अपने एक साक्षात्कार में कहा था कि जब आप अच्छा खेलते हैं तो हो सकता है कि विरोधी टीम आपसे और अधिक अच्छा खेले, इसके परिणामस्वरूप आप पराजित हो जाएँगे, लेकिन जब आप बुरा खेलते हैं तो हो सकता है कि विरोधी टीम और अधिक बुरा खेले, इसके परिणामस्वरूप आप जीत जाएँगे।**

एक कहानी के अनुसार, एक राजा का मंत्री बहुत आशावादी था। वह हमेशा राजा से कहता था कि जो कुछ होता है, उसमें कल्याण निहित होता है। अचानक एक दिन राजा की छोटी अँगुली कट गई। मंत्री ने कहा—चलो अच्छा हुआ। यह सुनकर राजा नाराज हुआ और मंत्री को कारावास में डाल दिया। एक दिन राजा शिकार खेलने गया और भटक गया। जंगल के आदिवासियों ने उसे पकड़ लिया और देवी के पास बलि चढ़ाने के लिए ले गए, लेकिन खंडित अँगुली के कारण राजा बलि के अयोग्य पाया गया। इससे राजा जीवित बच निकला।

हम किसी भी घटना का मूल्यांकन तत्काल ही करते हैं और नफा तथा नुकसान देखते हैं, लेकिन **किसी घटना का मूल्यांकन तत्काल व वर्तमान में किया ही नहीं जा सकता। किसी घटना का मूल्यांकन भूत, वर्तमान, भविष्य तीनों के आधार पर होना चाहिए।** आज लोगों में आपसी तुलना करना तनाव का प्रमुख कारण बनता जा रहा है। यदि आपको तुलना करनी ही है तो कम योग्यतावाले व्यक्ति से करिए। **एक कहावत है कि आपकी कार उस समय पुरानी हो जाती है, जब आपका मित्र नई कार ले लेता है।**

हमेशा दूसरों की अपेक्षा स्वयं को महत्त्व दीजिए। इससे आपका आत्मविश्वास बढ़ा हुआ मिलेगा। जब आपको यह विश्वास हो जाए कि आप मूल्यवान हैं तो आप अपना समय व्यर्थ कार्यों में नहीं गँवाएँगे। आप स्वयं अनुशासित रहेंगे। व्यक्ति को हमेशा साफ-सुथरा और फ्रेश रहना चाहिए। **डॉ. गिरीश पटेल का कहना है, ''मैं**

**एक महिला को जानता हूँ, जिसकी आयु 80 वर्ष से अधिक है, परंतु वह प्रतिदिन अच्छे वस्त्र पहनकर तैयार हो जाती है। ऐसा लगता है कि वह किसी दावत में जा रही है। पूछने पर वह बुढ़िया कहती है कि मैं सुबह अपने ऊपर आधा घंटा देती हूँ, इससे मेरे चौबीसों घंटे अच्छे व्यतीत होते हैं। इसी प्रकार अपने लिए आपको प्रतिदिन आधा घंटा अवश्य देना चाहिए।**

अधिकांश निराश व्यक्ति स्वयं को नहीं सँभाल पाते हैं और तनाव लिये रहते हैं। इसलिए स्वयं को सँभालने के लिए स्वयं को ही बाध्य करना चाहिए। एलेक्जेंडर उल्फ **मनोचिकित्सक के अनुसार, "मेरे पास दो प्रकार के रोगी आते हैं, एक वे, जो कुँवारे हैं तथा निराश होकर सदा पत्नी की ही तलाश करते रहते हैं और दूसरे जो शादीशुदा हैं, लेकिन तलाक लेना चाहते हैं।"** हमारी समस्या ट्रैफिक रेड लाइट के समान है, यदि हम थोड़ी देर प्रतीक्षा कर लें तो यह हरी हो जाएगी। हमें हमेशा यह ध्यान रखना होगा कि कठिन समय हमेशा नहीं बना रहता, परंतु हम लोग हमेशा बने रहते हैं। यदि आप समस्या का समाधान नहीं करते हैं तो आप भी समस्या का एक हिस्सा हैं।

**कभी भी अपनी तुलना किसी दूसरे से न करें, क्योंकि प्रत्येक व्यक्ति सबसे अलग और अपने आपमें विशिष्ट है। अतः अपने सकारात्मक गुणों का विस्तार करके इसमें वृद्धि करें। यदि आप ऐसा करते हैं तो आप स्वयं अपने आपका बेहतर वर्जन या स्वरूप हो सकते हैं अर्थात् हम किसी से कंपीटिशन नहीं कर सकते हैं, यदि कंपीटिशन कर सकते हैं तो अपने आपसे।**

हम परिस्थिति से डिटैच होकर परिस्थिति को देखें, ताकि परिस्थिति हमारे ऊपर हावी न होने पाए। डिटैचमेंट का मतलब है कि एक मिनट का पॉज या मौन ले लें। **ठीक ही कहा गया है कि सोच-समझकर बोलें और सोच-समझकर कार्य करें। इससे परिस्थिति के प्रति हमारी प्रतिक्रिया एकदम नपी-तुली होगी।** अगर हम डिटैच नहीं होते हैं तो परिस्थिति को अपनी साइड से देखते हैं। डिटैचमेंट के बाद हम परिस्थिति को दूसरी साइड से भी देखने लगते हैं। जब हम अपने से अटैच रहते हैं तो हमें अपना ही विचार सही लगता है, लेकिन डिटैच होने पर हमें दूसरे की बात भी समझ आने लगती है।

जिसके मन में हीनभावना होती है, वह बड़ी जल्दी यह स्वीकार कर लेता है कि ठीक है, आप ही सही हैं और मैं गलत हूँ। ये लोग अंदर से भी फील करते हैं कि मैं गलत हूँ। दूसरी तरह के वे लोग हैं, जो कहते हैं कि आप गलत हैं, मैं सही हूँ। जब पति-पत्नी के बीच संबंध बिगड़ने पर उनकी काउंसलिंग की जाती है, काउंसलर दोनों को अलग-अलग बुलाता है। पहले एक की बात पूरी तरह सुनी जाती है, तो लगता है कि उसकी बात एकदम ठीक है।

आज हम जो सुनते हैं, पढ़ते हैं और सूचना ग्रहण करते हैं, उसी के आधार पर

अनुमान लगा लेते हैं कि ऐसा ही होगा। यह अनुमान हम अपने संस्कार, आंतरिक स्थिति और ज्ञान के आधार पर लगाते हैं। यदि हमारी आंतरिक स्थिति कमजोर होगी तो हमारा अनुमान भी गलत होगा और हम बाहर की स्थिति के आधार पर गलत फैसले लेते रहेंगे। यदि हमारे मन की स्थिति मजबूत होगी तो दूसरे व्यक्ति क्या कह रहे हैं, कर रहे हैं, इससे प्रभावित हुए बिना हम अपना काम करते रहेंगे। हमारी अपनी इमेज वही बनकर आती है जैसा लोग सोचते हैं या कहते हैं, लेकिन जो दूसरे लोगों ने हमारे बारे में राय बनाई है, वह उनकी क्षमता, योग्यता और व्यक्तिव के आधार पर है। दूसरे लोगों ने जो स्वयं की इमेज बनाई, वह भी उनकी क्षमता, योग्यता और व्यक्तित्व पर निर्भर होती है **अर्थात् दूसरे भी अन्य लोगों की राय से अपनी इमेज बनाते हैं। हमने अपनी इमेज अपने अनुसार न बनाकर दूसरों की राय के अनुसार बनाई है। यह भी दूसरों की अपनी मौलिक राय नहीं है, बल्कि उन्होंने यह राय उधार ली है।**

लोग अपनी राय भी देते हैं और जो लोग राय देते हैं, वे विरोधी स्वभाव के होते हैं। एक ही व्यक्ति के बारे में अलग-अलग व्यक्तियों की अलग-अलग राय होती है। आपकी एक स्थिति को देखकर पाँच लोग पाँच तरह की राय रखते हैं। हमारे बारे में हमसे अधिक कोई नहीं जान सकता। अपने बारे में जानने के लिए मेडिटेशन का सहारा लिया जाता है।

**दूसरों से कंपीटिशन करना सफलता में बाधा पैदा करता है। हम किसी दूसरे से कंपीटिशन नहीं कर सकते हैं, हम कंपीटिशन कर सकते हैं तो स्वयं अपने आपसे। यदि आप दूसरों से कंपीटिशन करते हैं तो आप अपने जीवन में तनाव उत्पन्न करते हैं। अतः तनाव से बचने के लिए दूसरों से कंपीटिशन करने की जगह स्वयं से कंपीटिशन करें। इसके परिणामस्वरूप आप प्रत्येक दिन स्वयं के बेहतर वर्जन या मॉडल के रूप में सामने आते रहेंगे। यदि आप दिन-प्रतिदिन बेहतर होंगे तो सफलता आपके कदम चूमेगी। यदि हम अपना पूरा जीवन कंपीटिशन बनाकर रख देते हैं, तब खुशी-शांति के स्थान पर तनावपूर्ण जीवन जीने के लिए बाध्य हो जाते हैं।**

□

# स्ट्रेट–तनाव

*यदि समस्या है तो समाधान है, यदि समाधान नहीं है तो यह कोई समस्या नहीं है।*

***—समकालीन भाषायी दार्शनिक विटगेंस्टाइन***

तनाव हमें संदेश देता है कि हमें अपने भीतर परिवर्तन करना चाहिए। यदि हम अपनी जीवनशैली में परिवर्तन नहीं लाते हैं तो तनाव व दर्द के साथ जीवन जीने की आदत पड़ जाती है। यह दर्द स्वाभाविक नहीं है, लेकिन लंबे समय तक रहनेवाला यह दर्द व तनाव जीवन का स्वाभाविक अंग बन जाता है। अभी तक हमें यह नहीं बताया गया कि हमारे ऊपर हर विचार का असर होता है।

हर एक नकारात्मक विचार हमारे इम्यून सिस्टम को कमजोर करता है। युवा समय में मजबूत इम्यून सिस्टम के कारण हमें तनाव के दुष्प्रभाव का पता नहीं चलता, लेकिन आयु बढ़ने पर शुगर व बी.पी. की समस्या बढ़ने लगती है। तनाव को सामान्य दिनचर्या का अंग मान लेना गलत है। आजकल माता-पिता अपने बेटे के साथ और ऑफिस का बॉस अपने कर्मचारियों के साथ ऐसा व्यवहार करते हैं कि तनाव पैदा हो। **ये सभी तनाव को मोटिवेटर के रूप में मानते हैं, लेकिन तनाव एक नकारात्मक भाव है। एक नकारात्मक भाव मोटिवेटर का कार्य नहीं कर सकता है, बल्कि यह डिमोटिवेटर का कार्य करता है।**

**दबाव और तनाव दो अलग-अलग चीज हैं। कल तक काम समाप्त करना है। यह दबाव या प्रेशर है, लेकिन नकारात्मक भाव से सोचते हुए कार्य करना तनाव है।** कार्य को टारगेट करके कार्य पर फोकस किया जाएगा तो कार्यक्षमता बढ़ जाएगी, लेकिन तनाव में कार्य करने से कार्यक्षमता घट जाएगी। कार्य करने के बीच में तनाव नहीं आना चाहिए। तनाव दूर करने के लिए लोग सुझाव देते हैं कि छुट्टी लेकर आराम कर लिया जाए, लेकिन यदि शरीर आराम करेगा तो आवश्यक नहीं है कि मन को भी आराम

मिलेगा। ठीक इसके विपरीत मन के आराम से शरीर को आराम अवश्य मिल जाएगा।

**बीस वर्ष पहले चिंता शब्द तो था, परंतु स्ट्रेस या तनाव जैसे शब्द नहीं थे, लेकिन आज हर बच्चा स्ट्रेस को जानता है। आज का स्ट्रेस डिप्रेशन में बदल रहा है, क्योंकि परिवर्तन बहुत तेजी से हो रहा है।** आनेवाले समय में और तेज परिवर्तन होगा और हमारे सामने एक नया नकारात्मक शब्द पैदा होगा। आज जो कुछ परिवर्तन हो रहा है और इसके प्रति हमें जो सही रिस्पॉन्स करना चाहिए, यह गैप बढ़ता जा रहा है। आज हम महसूस कर रहे हैं कि हमारे अंदर परिवर्तन का सामना करने की शक्ति नहीं है। इससे हमारे अंदर कमजोरी की फीलिंग या नकारात्मक विचार आने लगते हैं। इस विचार के कारण हम परिस्थिति के प्रति सही रिस्पॉन्स नहीं कर पाते हैं और अपनी असफलता की जिम्मेदारी दूसरों पर डाल देते हैं।

भौतिक विज्ञान के अनुसार, जब किसी पदार्थ पर बल लगाया जाता है तो यह पदार्थ प्रतिरोधस्वरूप एक आंतरिक बल पैदा करता है, यह स्ट्रेस या तनाव कहलाता है। इसी प्रकार हमारे शरीर में भी प्रतिक्रिया होती है। जब बाह्य परिस्थितियाँ हम पर दबाव डालती हैं तो इसका सामना करने के लिए हमारा आंतरिक बल कार्य करता है। यही आंतरिक बल स्ट्रेस या तनाव है।

स्ट्रेस या तनाव के बाद हमारे अंदर खिंचाव उत्पन्न होगा। इसके कारण के रूप में यदि हम देखें तो बीसवीं सदी के अंतिम दो दशक में सूचना क्रांति का दौर था। आज स्थिति यह है कि उच्च टेक्नोलॉजी के जरिए आधुनिक युग में जो भी सूचना हमें मिलती है, वह आठ वर्षों में दोगुनी हो जाती है। इस परिवर्तन का सामना करने के लिए हमें जबरदस्त मानसिक और बौद्धिक क्षमता व योग्यता की आवश्यकता होती है। आज के युग में नवीन सूचनाएँ व ज्ञान हमारी आवश्यकता बन गई है। पुरानी जानकारी के आधार पर हम आगे नहीं बढ़ सकते हैं, लेकिन इसके दुष्परिणाम भी दिखाई पड़ते हैं। इसके दुष्परिणाम हमारे सामने मानसिक तनाव, डर, क्रोध, हताशा, कुंठा, पलायन, दर्द के रूप में आ रहे हैं।

जीवन के सफलता-संबंधी सूत्र : तनाव के लिए विज्ञान में एक साधारण सूत्र—

1. सामान्य रूप में माना जाता है कि जितना बाह्य दबाव होगा, उतना ही जीवन में तनाव होगा।

   अर्थात् तनाव = दबाव।

   लेकिन सही समीकरण है

   तनाव = दबाव/लोच या ताल-मेल बैठाने की क्षमता।

इस समीकरण में हम आसानी से लोच या ताल-मेल बैठाने की क्षमता की तरफ ध्यान नहीं देते हैं अर्थात् जितना अधिक लोच या ताल-मेल बैठाने की क्षमता होगी,

बाह्य दबाव होने के बावजूद जीवन में तनाव कम होगा।

अपनी आवश्यकता सीमित करें तभी सुखी रहेंगे।

$$\frac{1}{\text{आवश्यकता}} = \text{सुख या खुशी}$$

अर्थात् जितना ही हमारी आवश्यकता कम रहेगी, उतना ही हम खुश रहेंगे।

उपभोग दुःख का सीधा समानुपाती है अर्थात् अधिकतम
उपभोग अधिकतम दुःख और न्यूनतम भोग, न्यूनतम दुःख।
उपभोग $\propto$ दुःख

**हमें देखना होगा कि जब एक जहाज सागर में गुजरता है तो उसके बाहर की स्थिति व आकार के कारण अथाह जल-सागर उसका कुछ नहीं बिगाड़ सकता। जब जल अंदर प्रवेश करने लगता है, तभी जहाज डूबता है। इसी प्रकार बाहरी समस्याएँ व उथल-पुथल व्यक्ति को परेशान नहीं कर सकती हैं। समस्या तब उत्पन्न होती है, जब बाधाएँ व्यक्ति के अंदर प्रवेश कर जाती हैं।** यह ठीक उसी प्रकार है जैसे हजारों लोग आपकी आलोचना क्यों न करें, परंतु जब तक आप इसे स्वीकार न करें, आलोचना आपका कुछ नहीं बिगाड़ सकती है। जब आलोचना आपके अंदर पहुँच जाती है, तब आप परेशान हो जाते हैं।

लोग अपने तनाव के लिए विभिन्न लोगों को दोषी मानते हैं। इंग्लैंड के प्रसिद्ध क्रिकेट खिलाड़ी **इयान बॉथम का कहना है कि तनाव का मुख्य कारण यह सोच है कि आप तनाव में हैं।** चूँकि 21वीं सदी के दबाव और आवश्यकताओं में हम ज्यादा परिवर्तन नहीं कर सकते हैं, इसलिए यह आवश्यक हो जाता है कि हम अपनी मानसिक स्थिति को मजबूत करें। यदि हमारे मन में तनावपूर्ण परिस्थिति के दौरान शांति, खुशी व सकारात्मक मानसिक स्थिति का अनुभव हो जाए तो हम तनाव से छुटकारा पा सकते हैं। जिस प्रकार हम स्वेच्छा अनुसार अपना हाथ ऊपर उठा सकते हैं, उसी प्रकार हम स्वेच्छा से सकारात्मक विचार भी ला सकते हैं। यह सही है कि फालतू बैठकर हम अपनी समस्या के प्रति कुछ नहीं कर सकते हैं। **यदि हमें समस्या दूर करनी है तो कुछ-न-कुछ करना ही होगा। कहा जाता है कि जब आप स्वयं का सम्मान करेंगे तो दूसरे लोग भी आपका सम्मान करेंगे। विपरीत परिस्थितियों में हमें यह विचार बार-बार दोहराना चाहिए कि मैं एक शांतस्वरूप व्यक्ति हूँ और मैं खुश हूँ।**

समस्या के प्रति—थ्री (ए) का फॉर्मूला—

1. विश्लेषण करना (एनालिसिस)—समस्या कितनी ही बड़ी क्यों न हो, उसका ठीक-ठीक विश्लेषण करें। दूसरों पर दोष न दें। समस्या को व्यापक नजरिए से देखें। समस्या में कमियाँ देखें तो खूबियाँ भी देखें।
2. स्वीकार करना (एक्सेप्ट)—समस्या के प्रति आँख मूँद लेने की अपेक्षा उसे उसी रूप में स्वीकार कर लेना चाहिए और समस्या के प्रति अपनी जिम्मेदारी भी स्वीकार करना चाहिए।
3. कार्य में लगना (एक्शन)—समस्या को केवल बैठे-बैठे देखते ही न रहिए। कुछ ठोस कार्य करिए। समस्या को अवसर के रूप में मानें। जिसे आप छोटा अवसर समझते हैं, हो सकता है वह बड़ा हो और जिसे आप बड़ा अवसर समझते हों, हो सकता है कि वह छोटा हो।

**तनाव दूर करने के लिए आज डॉक्टर भी दवा के स्थान पर योग-मेडिटेशन पर बल दे रहे हैं। तनावरहित होकर ही आप जीवन के सही निर्णय लेते हैं। इसके अतिरिक्त हम जीवन के बेहतर मूल्य को अपना सकते हैं। हम अपने मूल्यों के सहारे पर ही जीवन में आगे बढ़ते हैं और लोगों की कॉपी-पेस्ट या नकल से बचते हैं।**

□

# वैल्यू–मूल्य

*आप थोड़ा झुकते हैं तो दूसरों को भी झुकने के लिए मजबूर कर देते हैं।*

*—सिस्टर शिवानी*

**हम जीवन में कॉपी-पेस्ट पर विश्वास करते हैं। हम लोगों के व्यवहार की नकल करते हैं। यदि किसी ने हमसे प्यार से बात नहीं कि तो हमने भी नहीं की। यदि किसी ने हमारे बारे में बुराई की और हमें पता चला तो हम भी चार लोगों को खोजकर उसकी बुराई करते हैं। उसने हमें 1000 रुपए का गिफ्ट दिया है तो हम भी उसे 1000 रुपए का गिफ्ट देंगे।** इतना ही नहीं, हम जीवन में नकारात्मक ही नहीं, सकारात्मक बातों की भी नकल करते हैं, लेकिन नकल करने से नकारात्मक बातों की मात्रा बहुत अधिक बढ़ जाती है। यह कॉपी–पेस्ट टेनिस मैच की तरह होता है। यह एक प्रकार की नकारात्मक ऊर्जा का खेल बन जाता है।

हम नकल इसलिए करते हैं, क्योंकि हमें मेहनत नहीं करनी पड़ती। नकल से बचने के लिए हमें सजग रहना पड़ता है और प्रयास करना पड़ता है। **सड़क पर यदि सभी लोग गलत साइड से गाड़ी चला रहे हैं तो कॉपी-पेस्ट करके आप भी गलत साइड से गाड़ी चलाने लगते हैं। जब कोई सड़क पर गलत साइड से गाड़ी चला रहा है तो उनके बीच से और दूसरों को बचाते हुए अपने को सुरक्षित रखते हुए सही साइड से गाड़ी चलाएँ।** आज लोगों के पास समय नहीं है, इसलिए लोग सजग नहीं हैं और मेहनत करने को तैयार नहीं हैं। जीवन में कॉपी–पेस्ट करना आसान हो गया है।

**प्रश्न उठता है कि जब हम कॉपी-पेस्ट करते हैं तो हमारी अपनी प्रतिभा, रचनात्मकता और कौशल का क्या होगा? यदि आप किसी महान् व्यक्ति की नकल करते हैं तो आप महान् तो बन सकते हैं, लेकिन आप वह नहीं बन पाएँगे, जो आप मौलिक रूप में हैं।** आपका जो मूल व्यक्तित्व है, वह दब जाएगा। हमें हमारे मूल व्यक्तित्व से ही खुशी मिलती है, तभी हम जीवन में संतुष्ट रहेंगे। नकल हम एक

व्यक्ति की करते हैं तो एक व्यक्ति जैसा भी बन जाते, लेकिन दस लोगों की नकल से दस लोगों की खिचड़ी बन जाते हैं और वास्तव में कुछ भी नहीं बन पाते हैं। हमें हमेशा ध्यान रखना होगा कि हमें किसी की नकल नहीं करनी है। हमें वही करना है, जो हमें अच्छा लगे और जो लोगों को अच्छा लगे। स्वाभाविक रूप से हमारे इस व्यवहार की लोग नकल करेंगे।

यदि दो लोगों में किसी बात को लेकर बोलचाल बंद है और इनमें से कोई पहली बार दूसरे से प्रेम से बोलता है तो दूसरा भी इसकी नकल करेगा और उससे प्रेम से बात करेगा, क्योंकि **यदि आप थोड़ा झुकते हैं तो आप दूसरों को अंदर से झुकने के लिए मजबूर कर देते हैं।** यदि आपका कोई परिचित पार्टी में आपसे बात नहीं करता तो हम बुरा मान जाते हैं, लेकिन इसके पीछे कई कारण हो सकते हैं। हो सकता है कि उसने आपको देखा न हो या देखकर भी आप पर ध्यान नहीं दे पाया या उसका मूड ठीक नहीं था। हो सकता है वह आपसे नाराज हो या सोचता है कि वह स्वयं बहुत बड़ा आदमी हो गया है और बात करना जरूरी नहीं अर्थात् बात न करने के कई कारण हो सकते हैं, लेकिन हमारे लिए यह जरूरी है कि हम उसके गलत व्यवहार की नकल करना न शुरू कर दें, बल्कि प्यार से बात करें।

अगर हम रिश्तों में नकल नहीं करते हैं तो हमारे बहुत से रिश्ते बचे रह सकते हैं। हम जो कुछ दूसरों से चाहते हैं, पहले स्वयं पालन करें। जब हम पहले अच्छा व्यवहार करते हैं तो 99 प्रतिशत लोग हमारी कॉपी-पेस्ट करके अच्छा व्यवहार करेंगे। अतः किसी की नकल से बचें। स्वयं अपनी पहचान बनाएँ। यदि आप के साथ कोई बुरा करता है तो उसकी नकल न करें। आप वह सब करें, जो आप दूसरों से चाहते हैं। यदि आप ऐसा करते हैं तो आपके अच्छे व्यवहार की लोग नकल करेंगे। आप खुश रहेंगे, आपके रिश्ते बचे रहेंगे। आपका थोड़ा सा झुकना ही दूसरों को अंदर से झुका देता है।

**आदमी पैसे से गरीब नहीं होता है, बल्कि आदमी दिल से गरीब होता है। एक व्यक्ति कपड़े की दुकान पर जाकर कहता है कि मुझे सबसे सस्ती साड़ी दिखाओ, आज मेरे नौकर की बेटी की शादी है। कुछ दिनों बाद वही नौकर कपड़े की दुकान पर जाकर कहता है कि मुझे सबसे महँगी साड़ी दो, आज मेरे मालिक की बेटी की शादी है।** आज दो प्रकार की एज्युकेशन की आवश्यकता है, जो हमें सिखाता है कि आपको क्या करना है और दूसरा हमें यह सिखाता है कि आपको कैसे करना है। प्राचीन समय में गुरुकुल में बताया जाता था कि एक राजा को क्या करना है और उस लक्ष्य की प्राप्ति करने में कौन से तरीके अपनाने होंगे और राजा को किन गुणों से युक्त रहना चाहिए अर्थात् गुरुकुल परंपरा में बताया जाता था कि राजा को किन मूल्यों के सहारे युद्ध और प्रशासन करना है।

आज हमें यह सिखाया जा रहा है कि बच्चों को डॉक्टर या इंजीनियर बनना है, लेकिन यह नहीं सिखाया जा रहा है कि डॉक्टर या इंजीनियर बनकर लोगों के साथ कैसा व्यवहार करना है। योग्य राजा वही माना जाता था, जिससे जनता प्यार करे। **आज डॉक्टर को सिर्फ ट्रीटमेंट करना सिखाया जाता है, मरीज से प्यार करना नहीं सिखाया जाता है। आज का एज्यूकेशन सिस्टम हमें यह बताता है कि धन कैसे कमाया जाए, लेकिन यह नहीं बताया जाता है कि धन कमाने के लिए कौन से तरीके अपनाए जाएँ।** वर्तमान एज्यूकेशन सिस्टम से हम एक-दूसरे से दूर होते जा रहे हैं और अंदर से खाली होते जा रहे हैं। इससे हमारी इमोशनल और मेंटल हेल्थ खराब हो रही है। आज दो डॉक्टरों का व्यवसाय एक हो सकता है, लेकिन उनके जीवन जीने का तरीका अलग है। हमें सजग होकर देखना होगा कि जीवन जीने के तरीके में हम कौन सा मूल्य अपना रहे हैं। हमारे जीवन जीने के निर्णय का आधार हमारा मूल्य है।

यदि हमारी प्राथमिकता निश्चित नहीं होगी तो हमें निर्णय लेने में समय लगेगा। इसलिए अपनी प्राथमिकता में मूल्यों को पहला स्थान दें। ऐसी स्थिति में आपको निर्णय लेने में एक सेकंड का समय लगेगा और निर्णय लेने में किसी सुझाव की भी आवश्यकता नहीं पड़ेगी। **हमें यह निश्चित करना होगा कि कौन सा मूल्य अपनाया जाए, जिससे हमारा जीवन सुंदर व शांतिपूर्ण हो और हमें नींद भी अच्छी आए, इसके साथ ही हमारे रिश्ते अच्छे बने रहें।**

हमारे पास मूल्यमापक कंपास है, जिसके आधार पर जीवन की दशा और दिशा देखकर जीवन में आगे बढ़ा जा सकता है, लेकिन आज यह कंपास काम नहीं कर रहा है, क्योंकि हमें मूल्य के अंतर्गत यह बताया जा रहा है कि जिसके पास धन है, वही सुखी है। हम एक साथ दो तरह का एज्यूकेशन देकर लोगों को कन्फ्यूज कर रहे हैं। **जीवन के दबाव के चलते हम उस कंपास को छोड़ देते हैं, जो मूल्य के सहारे हमें दिशा देता है। हमें जीवन जीने के तरीके में यह देखना होगा कि किसी भी परिस्थिति में यह कंपास हमसे अलग न हो पाए। इसलिए हम अपने मूल्यों की लक्ष्मण रेखा को पहचानें।**

आज हम लोगों के पास अधिक पैसा देखकर विचलित हो जाते हैं। यह सही बात है कि धन और स्टेटस जीवन में जरूरी है, लेकिन इससे अधिक जरूरी है हमारी खुशी। इसलिए अपनी प्राथमिकता सूची को सही करना होगा, क्योंकि हम सभी काम खुशी पाने के लिए ही करते हैं, लेकिन इस प्रयास में हम गलत रास्ते पर भी निकल जाते हैं। धन कमाने के लिए घर से दूर चले जाते हैं। 12 की जगह 16 घंटे काम करते हैं। सुबह घर से निकलते समय बच्चे सोते हैं और रात को घर पहुँचने पर भी बच्चे सोते मिलते हैं। **धन कमाने की दौड़ में लोग हमसे आगे निकलने लगे तो हमने भी अपने कंपास**

**और मूल्य को छोड़कर दूसरों के जैसा जीवन जीने के तरीके अपनाने शुरू कर दिए, क्योंकि हमें अधिक धन कमाना है।** जीवन की इस यात्रा में हम तनाव, एंग्जाइटी, ईर्ष्या और गिल्ट पैदा करते हैं, फिर भी धन कमाना बंद नहीं करते हैं।

**हमारे पास न तो एक्सरसाइज और मेडिटेशन के लिए और न ही बच्चों के लिए समय है। इसलिए हमें अपनी प्राथमिकता सूची को सही करना होगा और खुश रहकर कमाना सीखना होगा,** क्योंकि यदि हम ऐसा नहीं करते हैं तो जीवन के रास्ते में सबकुछ पाने के बाद भी खुश नहीं रह सकते। यदि जीवन में सबकुछ ठीक-ठाक चलता है और अचानक हमें एक बड़ा आकर्षक प्रस्ताव मिलता है, जिसमें नेम, फेम और पैसा अधिक है, लेकिन साथ में घर से दूर रहना है, सिरदर्दी भी अलग तो उस अवसर को हमें चेक करना होगा।

हमें यह चेक करना होगा कि कहीं पैसा कमाने के चक्कर में हम अपनी खुशी तो नहीं गँवा रहे हैं। काम करते हुए चेक करें कि हमारे मन की स्थिति कैसी है? खुश रहने के लिए काम न करें, खुश रहकर काम करें। जो कुछ मेरे पास है, उससे मैं खुश हूँ और उससे अधिक पाने के लिए तैयारी में लगा रहता हूँ। जब हम खुश रहकर आगे बढ़ते हैं तो दूसरों के आगे बढ़ने से हमें परेशानी नहीं होती और हम अपनी स्वाभाविक चाल से आगे बढ़ते रहते हैं।

**जब कोई व्यक्ति धन को ही प्राथमिकता देता है तो वह लालची होकर अंधा हो जाता है। वह अपने धन को ही अपना सबकुछ मान लेता है, इसलिए किसी को एक पैसा देना नहीं चाहता है, क्योंकि वह सोचता है कि हमें और अधिक धन चाहिए।** जितनी मात्रा में हमें किसी चीज की चाहत होगी, उतनी ही मात्रा में हमें उस चीज की कमी भी महसूस होती रहेगी। **धन को सबसे ऊँची प्राथमिकता देनेवाला व्यक्ति सोचता है कि मेरे पास पहले से ही धन कम है, मैं दूसरों को कैसे दे दूँ? कुछ व्यक्ति कम धन होते हुए दूसरों की मदद करते हैं, लेकिन कुछ लोग अधिक धन रखते हुए भी दूसरों को एक पैसा भी नहीं देना चाहते है। ऐसे लोग खुश व संतुष्ट नहीं रह सकते हैं, लेकिन जो खुश व संतुष्ट हैं, वे सोचते हैं कि हमारे पास पर्याप्त धन है, इसलिए दूसरों को दिया जा सकता है।**

आदमी जीवन में संतुष्ट नहीं है, जीवन में शांति व खुशी नहीं है, क्योंकि व्यक्ति अंदर से खाली है। आदमी ने बाहर का धन कमाने पर बल दिया और अंदर का धन कमाना भूल गया। **बाहर के धन से उसे भौतिक चीजें मिलेंगी, जो थोड़े दिन में नष्ट हो जाएँगी, लेकिन अंदर का धन कमाने से हमें सकारात्मक ऊर्जा मिलेगी, यह नष्ट नहीं होगी। बाहर कमाए हुए धन से हमें खुशी नहीं मिलेगी अर्थात् हम पैसे से खुशी नहीं खरीद सकते।** दो दोस्त हैं, दोनों ने बिजनेस में समान लाभ कमाया। पहला

सोचता है कि जितना सोचा था, उससे कम लाभ मिला। दूसरा सोचता है कि मैंने ठीक-ठाक लाभ कमा लिया है। पहला दोस्त उसी लाभ को देखकर नकारात्मक भाव रखता है, जबकि दूसरे दोस्त ने उसी लाभ को देखकर सकारात्मक सोच पैदा की। दोनों ने जो पैदा किया, वही कमाया। दोनों ने ही बाहर धन पैदा किया और धन कमाया, लेकिन अंदर की संतुष्टि व धन दूसरे दोस्त ने कमाया।

हम बाहर मेहनत करके धन कमा रहे हैं, लेकिन अंदर भी मेहनत करके हमें अंदर का धन कमाना चाहिए, क्योंकि बाहर का धन हमें अंदर की खुशी नहीं दे सकता। इसलिए अगर आपको खुशी चाहिए तो खुशी कमानी होगी। **एक व्यक्ति कम धन से भी अपने अंदर खुशी पैदा कर ले रहा है तो दूसरा व्यक्ति अधिक धन से भी खुश नहीं रहता। पहले हमें छोटा घर भी बड़ा लगता था, लेकिन आज बड़ा घर भी छोटा लगता है,** क्योंकि लोगों के सोचने का तरीका बदल गया है। जैसी सोच पैदा होगी, उसी के अनुसार खुशी मिलेगी।

यदि हमें खुशी पानी है तो खुशी पैदा करनी होगी। इसके लिए हमें मान लेना होगा कि यह मेरी नौकरी है, यह मेरा वेतन है और इसी परिस्थिति में ही मुझे खुश रहना है। हमारे पास आज जो कुछ है, यदि हम उससे संतुष्ट नहीं हैं तथा और अधिक पाने की इच्छा रखते हैं, तब हमें वह चीज मिल भी जाए तो भी हम संतुष्ट नहीं रह सकते हैं। **यदि कुछ मिलने के बाद आज हम संतुष्टता का विचार पैदा नहीं कर पा रहे हैं तो अगली इच्छा पूरी होने के बाद भी हम संतुष्टिता का विचार पैदा नहीं कर पाएँगे। मतलब संतुष्टि और इच्छा पूरी होने का आपस में कोई संबंध नहीं है।**

यदि आप सही हैं और आप पर कोई गलत दोषारोपण करता है, तो आप विचलित हुए बिना अपने को सही मानें तथा उसकी बात स्वीकार न करें। उसकी बात को सच न मानें, क्योंकि आप किसी के चश्मे को न बदल सकते हैं, न तोड़ सकते हैं। यदि आप ऐसा करते हैं, तो आपका ही चश्मा टूट जाएगा और आप दूसरों से प्रभावित होकर कार्य करने लगेंगे। ऐसा करने से आपका अपना चश्मा कार्य करना बंद कर देता है।

**गरमी में बर्फबारी नहीं होगी, इसे स्वीकार किए बिना हम मसूरी घूमने चले जाते हैं और जब वहाँ बर्फबारी नहीं होती है तो हमें दुःख होता है। हमें दुःख इसलिए हुआ कि हम बर्फबारी की अपेक्षा रखकर वहाँ घूमने गए थे।** इसी तरह सभी लोग हमारे अनुसार चलेंगे, यह अपेक्षा रखना उसी प्रकार है जैसे हम गरमी में बर्फबारी होने की अपेक्षा करते हैं। लोग रोज हमारी आलोचना करेंगे। हम रोज दुःखी होंगे।

हर पल, हर समय हमें कुछ-न-कुछ सीखने को मिलता है। जब हम कुछ नहीं सीख रहे होते हैं, तब भी कुछ-न-कुछ सीख रहे होते हैं, लेकिन यह हमारे मन के ऊपर है कि हम क्या सीख रहे हैं। मन को जो अच्छा लगता है, वह ग्रहण कर लेते हैं,

वह चाहे अच्छा हो या बुरा, लेकिन यदि मन को चेक किए बिना हम अपने अंदर कुछ डालेंगे तो इसके अनुसार ही हमें परिणाम भी मिलेगा। इसी तरह शरीर में भी बिना कुछ चेक किए डालेंगे तो यह शरीर के लिए हानिकारक है। इसलिए मन की बात सुनें और विचार करें कि क्या सही है और क्या गलत है। विवेक हमें सही रास्ता दिखाता है।

**अंदर एक आवाज है, जो हमें गाइड करती है। यदि अंदर की आवाज हम दबाते रहेंगे तो अंदर की आवाज दब जाएगी और अंदर से आवाजें आनी बंद हो जाएँगी। यदि कोई हमें राय देता है और हम उसे नहीं मानते हैं तो धीरे-धीरे राय देनेवाला राय देना बंद कर देता है।** हमें पता है कि फास्ट फूड नुकसानदायक है, फिर भी हम इसे खाते हैं, क्योंकि इसे हम शरीर के लिए नहीं, अपनी खुशी के लिए खाते हैं। हमें देखना होगा कि हम टेस्ट के लिए खा रहे हैं या भूख के लिए। यदि भूख के लिए खा रहे हैं तो यह हेल्दी फूड लें और यदि टेस्ट के लिए खा रहे हैं तो इसे कम मात्रा में लें, क्योंकि इसे अधिक मात्रा में खाने से इसका हर अगला डोज हमें कम मात्रा में संतुष्टि प्रदान करेगा।

**यदि हम छोटी-छोटी चीज खाना-पीना, उठना-बोलना इत्यादि को अपने नियंत्रण में नहीं कर पाते हैं तो बड़ी-बड़ी चीजों पर कैसे नियंत्रण करेंगे? छोटी चीजों पर नियंत्रण न करने से हमारी शक्ति घटती है।** इसीलिए सकारात्मक विचार हमें यह सिखाता है कि लाइफ स्टाइल, खान-पान के संबंध में हमारी मर्यादा हो। जब खान-पान में हमारा नियंत्रण नहीं होगा तो हमारी सोच में कैसे नियंत्रण होगा! **यदि घर से निकलने पर रेड लाइट चौराहे पर हम परेशान हो जाते हैं और अपना रास्ता बदलने को सोचते हैं तो हमें यह देखना होगा कि दूसरे रास्ते से जाने पर कितना अधिक समय लगेगा। यदि हम बार-बार जीवन का रास्ता बदलते हैं तो अपना लक्ष्य प्राप्त करने में बहुत देरी लगेगी और यदि रास्ता बदलना ही है तो छोटे-छोटे मुद्दों पर रास्ता न बदलें, किसी बड़े मुद्दे पर रास्ता बदलने के लिए सोचें।**

मन की तुलना में शरीर पर नियंत्रण करना आसान होता है। यह कैसे संभव कि हम चाय पर अपनी निर्भरता समाप्त नहीं कर पा रहे हैं और लोगों पर अपनी निर्भरता समाप्त करने की सोच रहे हैं। **जिस प्रकार खिलाड़ी अपने खेल की रोज प्रैक्टिस करता है, उसी प्रकार जीवन में संयम और नियम की प्रैक्टिस नहीं करेंगे तो आप आउट ऑफ फार्म हो जाएँगे। जीवन का एक लक्ष्य होना चाहिए कि हमें प्रैक्टिस पर जाना है, क्योंकि प्रैक्टिस पर न जाने के आपको अनेक बहाने मिलते हैं।** किसी भी फील्ड में संयम और नियम के बिना बड़ी सफलता मिलना मुश्किल है। अपना निर्णय लेने में हजार बार सोचें, लेकिन यदि एक बार निर्णय ले लें तो लाख मुश्किलें आ जाएँ, परंतु अपने निर्णय पर अडिग रहें।

यदि हम अपनी क्षमता का अधिकतम स्तर प्राप्त करना चाहते हैं तो जीवन में संयम और नियम आवश्यक है। यदि आप सिंगर हैं और आपकी आवाज भी अच्छी है, फिर भी आपको रियाज करना ही होगा। इसी प्रकार यदि हमारा बिजनेस का बैकग्राउंड बहुत अच्छा है और हम हार्ड-वर्क भी करते हैं, लेकिन संयम-नियम का पालन नहीं करते हैं तो हमें हमारी क्षमता के अनुसार वांछित सफलता नहीं मिलेगी। **यदि आप हार्ड-वर्क करते हैं और संयम-नियम से नहीं रहते हैं तो परिश्रम अधिक होगा और रिजल्ट कम मिलेगा। संयम और नियम हमारी इच्छाशक्ति को बढ़ाता है। संयम और नियम से हम असंभव को भी संभव बना सकते हैं।**

हम खाने-पीने-सोने के लिए भी बहाने ढूँढ़ते हैं, अधिक धन कमाने के कारण घर देर से आते हैं। इस जीवनशैली से हमें बाहरी दुनिया में तो सफलता मिलेगी, लेकिन अंदर की दुनिया में नहीं। ऐसी स्थिति में हमारे पास पैसा अधिक होगा और खुशी कम। हमें अपने अंदर अनुशासन पैदा करना होगा। वास्तव में हमारे अंदर अनुशासन तो होता ही है, बस कुछ करने की अच्छी आदत नहीं रहती है। हमें बस निरंतर अपने आपको चेक करना है कि हमारी आदतें सही राह पर हैं या नहीं। **यदि हमें जिद करनी ही है तो अच्छी चीज के लिए करें, न कि बुरी चीज के लिए।**

अलग-अलग लोग, अलग-अलग आदमी की अलग-अलग वैल्यू लगाते हैं। इसलिए अपनी सही वैल्यू प्राप्त करने के लिए अपनी वैल्यू स्वयं लगाएँ। अपनी वैल्यू के लिए दूसरों से न पूछें। यदि हमें अपनी वैल्यू का पता नहीं होगा और दूसरों से प्रभावित होकर अपनी वैल्यू को स्वीकार करेंगे तो यह हमारी गलत वैल्यू होगी। **हमें सेल्फ रेस्पेक्ट रखकर दूसरों का रेस्पेक्ट करना है। हमें पहले स्वमान में रहना है, फिर दूसरों का सम्मान करना है। इसकी कमी होगी तो अभिमान और अपमान होगा। आज स्वमान की कमी के कारण अभिमान आ रहा है या हम अपमान महसूस कर रहे हैं।**

जब हममें अभिमान और अपमान की फीलिंग होगी तो हम सामनेवाले को सम्मान नहीं दे सकेंगे। हमने इन शब्दों को आपस में मिक्स कर दिया है। **अभिमान क्या है? अपमान क्या है, और सम्मान क्या है—इन सभी का अर्थ समझना होगा। स्वमान का अर्थ है कि स्व अर्थात् अपने को मान देना। जब हम अपने स्व को मान नहीं देते हैं, तब स्व का मान जानने के लिए बाहर प्रयास करते हैं और बाहर हमें स्वमान का अलग-अलग मूल्य बताया जाता है। जब यह मूल्य अपेक्षा से कम बताया जाता है तो हम परेशान हो जाते हैं।** जब तक हम स्व को नहीं जानेंगे, तब तक उसका सही मान नहीं निकाल पाएँगे। स्व का सही मान मिलने से हम पहले से अधिक सेल्फ रेस्पेक्ट में रहते हैं और सेल्फ रेस्पेक्ट करते हैं।

यदि लोग हमारे बारे में बहुत अच्छा सोचते हैं, लेकिन हम स्वयं के बारे में अच्छा

नहीं सोचते हैं तो हमें कोई फायदा नहीं होगा। दूसरी तरफ, यदि लोग हमारे बारे में अच्छा नहीं सोचते हैं, लेकिन हम अपने बारे में अच्छा सोचते हैं तो दूसरों की सोच का हमारे ऊपर कोई प्रभाव नहीं पड़ेगा। हम अपनी वैल्यू जानकर इसके अनुरूप व्यवहार करें, लेकिन सेल्फ रेस्पेक्ट भी करें। हमने अपनी रेस्पेक्ट की निर्भरता दूसरों पर बना रखी है। **यदि हम सेल्फ रेस्पेक्ट नहीं करते हैं और अपनी रेस्पेक्ट के लिए दूसरों पर निर्भर रहते हैं तो हमें रेस्पेक्ट कभी नहीं मिल सकता है। इसलिए रेस्पेक्ट पाने के लिए किसी और पर अपनी निर्भरता समाप्त करें और सेल्फ रेस्पेक्ट पर बल दें।**

**समाज में उसे रेस्पेक्टेड माना जाता है, जिससे लोग अच्छा व्यवहार करते हैं, लेकिन वास्तव में वही रेस्पेक्टेड है, जो सेल्फ रेस्पेक्ट करता है और दूसरों की भी रेस्पेक्ट करता है।** यदि दूसरे लोग उसके साथ अच्छा व्यवहार नहीं करते हैं तो भी उसका सेल्फ रेस्पेक्ट प्रभावित नहीं होगा और उसे रेस्पेक्ट मिलता रहेगा। **सेल्फ रेस्पेक्ट न करने पर कितनी बार हम रेस्पेक्ट बाहर खोजेंगे और रेस्पेक्ट हमें नहीं मिला तो दुःख होगा। जब हम दुःखी होंगे तो कमजोर होंगे और हमारा सेल्फ रेस्पेक्ट कम हो जाएगा।** यह एक दुश्चक्र के समान है। हमारे सेल्फ की एक वैल्यू है। **जब हमें अपनी वैल्यू की जानकारी नहीं होती है तो हम इस वैल्यू को बाहर खोजते हैं। जब हमें इसकी सही वैल्यू नहीं मिल पाती तो हमारे सेल्फ रेस्पेक्ट की वैल्यू घट जाती है।**

**स्वमान में रहनेवाले व्यक्ति में अभिमान और अपमान नहीं रहता है। जितना ही व्यक्ति में अभिमान और अपमान की मात्रा कम होगी, हमारे में स्वमान की मात्रा अधिक होगी।** हमें समाज की बनाई गई सभी मर्यादाओं का पालन करना होता है। यदि कोई दूसरा इसका पालन नहीं करता है तो हमें परेशान नहीं होना चाहिए। अभिमान का मतलब अहंकार है। जब हम स्व को मान देंगे तो दूसरों को मान देना आसान हो जाता है। रिगार्ड या प्रोटोकॉल बाह्य भाव है, लेकिन रेस्पेक्ट आंतरिक भाव है। जो लोग रिगार्ड या प्रोटोकॉल पाते हैं, जरूरी नहीं कि रेस्पेक्ट प्राप्त करें। **स्वमान में रहें, सम्मान दें, तो हमें सम्मान अपने आप मिल जाएगा। सम्मान माँगने से सम्मान नहीं मिलता है। जब सम्मान नहीं मिलता है तो हमारा स्वमान कम हो जाता है, हम कमजोर हो जाते हैं।** यदि हम छोटी-छोटी चीजों से डिस्टर्ब नहीं होते हैं, इसका मतलब सेल्फ रेस्पेक्ट बढ़ गया है। इसी प्रकार हमें अपनी सेल्फ रेस्पेक्ट निरंतर बढ़ाते रहना है। जब हमारा सेल्फ रेस्पेक्ट बढ़ेगा तो हमारा सेल्फ कॉन्फिडेंस भी बढ़ेगा।

हम स्वयं को दुआ देते हैं या बददुआ देते हैं, यह भाव हमें प्रभावित करता है। जो जल्दी बीमार पड़ता है, वह शारीरिक रूप से कमजोर है और जो जल्दी डिस्टर्ब हो जाता है, वह मानसिक रूप से कमजोर है। इस रूप में अपने को चेक करें कि हम पहले कैसे थे, अब कैसे हैं और किस रास्ते पर जा रहे हैं? यदि हम मानसिक रूप से अपने

को कमजोर पाते हैं या जल्दी डिस्टर्ब हो जाते हैं तो हमें अच्छी फीलिंग नहीं होगी। **जीवन में बड़ी बातें कभी-कभी आती हैं, साल में एक-आध बार, लेकिन जितनी बड़ी बातें साल में एक बार आती हैं, उतनी छोटी बातें एक दिन में आकर चली जाती हैं।** छोटी बात बड़ी तभी प्रभाव में आती है, जब हम कमजोर हो जाते हैं। यदि कोई छोटी-छोटी बातों पर ध्यान देता है, तब उसके सामने बड़ी-बड़ी बातें नहीं आएँगी। ठोकर पत्थर से ही लगती है, पहाड़ से नहीं।

यदि हम अच्छे मूड में हैं, तब हम शक्तिशाली होते हैं, इसलिए हम सभी बातों को स्वीकार कर लेते हैं। जब हम खराब मूड में होते हैं, तब हम कमजोर होते हैं। इसलिए कुछ भी स्वीकार करने की स्थिति में नहीं होते हैं। हम जितना ही कमजोर होंगे, उतना अधिक ईगो होगा। जितना हममें ईगो अधिक होगा, उतना ही सेल्फ रेस्पेक्ट कम होगा। जितना सेल्फ रेस्पेक्ट कम होगा, उतनी मात्रा में हम दूसरों से रेस्पेक्ट की चाहत रखेंगे।

मर्यादा, रीति-रिवाज, रिगार्ड और प्रोटोकॉल—ये सभी रेस्पेक्ट से भिन्न होते हैं। रेस्पेक्ट मन से होता है। यह आंतरिक भाव है। प्रोटोकॉल, मर्यादा, नियम किसी व्यक्ति की पोजीशन से निर्धारित होते हैं। यह बाह्य भाव है। वह घमंड ही था कि जिसने देवताओं को दुष्टों में बदल दिया। वह नम्रता ही थी, जिसने दुष्टों को देवता में बदल दिया।

**कोई काम संभव है या असंभव, यह प्रयास करने के बाद ही पता चलेगा। प्रयास के पूर्व ही किसी काम को असंभव कहना उचित नहीं है, क्योंकि दुनिया में कोई काम असंभव नहीं है, इसलिए प्रयास करने पर सफलता मिलने की संभावना रहती है।** हम कंफर्ट जोन में रहना चाहते हैं, लेकिन हमें हर प्रकार के परिवर्तन के लिए तैयार रहना होगा। प्रत्येक परिस्थिति में परिवर्तन समस्या के रूप में नहीं होता, बल्कि यह मात्र परिवर्तनस्वरूप होता है। जो कुछ परिवर्तन होता है, वह बाहर होता है, लेकिन हम मन में इसको अच्छा-बुरा मानने लगते हैं।

हमें देखना होगा कि क्या हमारे कंट्रोल में है और क्या नहीं है। हम बाहर की चीजों को या बाहरी परिस्थिति को कंट्रोल नहीं कर सकते हैं, लेकिन हम मन को कंट्रोल कर सकते हैं। **जीवन में हमें 95 प्रतिशत ऐसी परिस्थिति मिलती है, जो हमारे कंट्रोल में नहीं है। 5 प्रतिशत परिस्थिति जो हमारे कंट्रोल में है, उसी के कारण हम कंफर्ट जोन में बैठे होते हैं।** इसमें थोड़ा सा डिस्टरबेंस आने पर, हम डिप्रेशन में चले जाते है, क्योंकि चीजें हमारे कंट्रोल में नहीं हैं। **हम अपना ध्यान समस्या पर ही फोकस करते हैं, जबकि हमें अपना ध्यान समाधान पर फोकस करना चाहिए। ऐसी कोई समस्या नहीं है, जिसका समाधान न हो, यह अलग बात है कि हमें समाधान मिलने में कितना समय लगता है।**

हमें समाधान भी तभी मिलेगा, जब हमारा मन स्थिर होगा। जब हमारा मन स्थिर

होगा तो हम मजबूत होंगे। जब हम दर्द में होते हैं तो हमें केवल समस्या ही दिखाई देती है। जितना ही दर्द बढ़ता जाता है, उतनी ही समस्या बढ़ती जाती है और हम समाधान से दूर होते चले जाते हैं। समस्या को समस्या न मानकर एक चुनौती माना जाए। **जीवन परिवर्तन का नाम है और यह मेरे सोचने या बोलने से रुकनेवाला नहीं है। इसलिए यदि आप कंफर्ट जोन में हैं तो परिवर्तन के लिए तैयार रहें। जीवन में परिवर्तन हमेशा अच्छा होता है, लेकिन यह तभी अच्छा होता है, जब इसे समस्या के रूप में न देखकर अवसर के रूप में देखें।**

**यदि हम कॉपी-पेस्ट या लोगों की नकल का सहारा न लेकर, सकारात्मक रहकर अपने जीवन का मूल्य स्वयं तय करते हैं तो हम निरंतर आंतरिक रूप से सुंदर हो जाते हैं। बाह्य सुंदरता हमें भ्रम में डालती है और आंतरिक सुंदरता हमें स्पष्ट दृष्टि देती है।**

□

# इनर ब्यूटी–आंतरिक सुंदरता

*क्या हम यह नहीं जानते हैं कि आत्मसम्मान आत्मनिर्भरता के साथ आता है।*

***—ए.पी.जे. अब्दुल कलाम***

आज तक हम किसी व्यक्ति की सुंदरता का आकलन उसकी स्किन या शारीरिक सुंदरता के आधार पर करते रहे हैं। इस सुंदरता के लिए हम लोगों की स्वीकृति या प्रशंसा चाहते हैं और लोगों से अपनी तुलना भी करते हैं। जीवन की अधिकांश समस्याएँ लोगों से तुलना करने के कारण ही पैदा होती हैं। यदि आप किसी की तुलना में अच्छे हो भी गए तो आपसे अधिक अच्छे व्यक्ति के पाए जाने की संभावना बनी रहेगी। इससे आपके अंदर हमेशा ईर्ष्या, हीनभावना, डर व असुरक्षा बनी रहेगी। इसीलिए आप जीवन में उपलब्धियाँ तो पा रहे हैं, परंतु अंदर से अच्छा फील नहीं कर रहे हैं, जबकि हमारा मूल उद्देश्य अंदर से अच्छा फील करना या खुश रहना है। हर व्यक्ति अपने आपमें भिन्न और विशिष्ट है। **किसी भी व्यक्ति का फिंगर प्रिंट और सिर का एक भी बाल किसी दूसरे व्यक्ति से मेल नहीं खाता है। इसीलिए किन्हीं दो व्यक्तियों में तुलना संभव नहीं है।**

हम तुलना इसलिए करते हैं कि दूसरों की प्रशंसा प्राप्त कर सकें और उनकी स्वीकृति ले सकें। यदि हमें सब चीजें नहीं मिल रही हैं तो हम उन लोगों से तुलना करने लगते हैं, जिन्हें ये प्राप्त हैं। यह सही है कि बाहरी सुंदरता भी जीवन में मायने रखती है, लेकिन हमें समझना होगा कि बाहर की चीजें हमारे नियंत्रण में नहीं हैं, जबकि अंदर की स्थिति या स्व पर नियंत्रण हमारे बस में है। इसलिए बाहर की स्थिति देखकर दुःखी न हों। अच्छा फील करना हमारे नियंत्रण में है। यदि हम बाहर की चीजों पर नियंत्रण करने का प्रयास करते हैं तो हमारे अंदर की चीज, खुशी, जो हमारे नियंत्रण में है, उसे भी गँवा देते हैं। **इसीलिए हमें बाहर की चीजें प्राप्त करने का प्रयास तो करना चाहिए,**

**लेकिन अंदर की स्थिति का भी खयाल रखना चाहिए।**

यदि आंतरिक स्थिति अच्छी होगी तो बाह्य स्थिति स्वतः अच्छी होगी, क्योंकि नकारात्मक विचार से केमिकल पैदा होता है, जिसका बुरा प्रभाव शरीर पर पड़ता है। मोटे तौर पर **लोगों को 80 प्रतिशत आंतरिक और 20 प्रतिशत बाह्य सुंदरता पर बल देना चाहिए। यदि आप आंतरिक सुंदरता 80 प्रतिशत के लिए प्रयास करते हैं तो शेष 20 प्रतिशत बाह्य सुंदरता के लिए बहुत प्रयास नहीं करना पड़ेगा।** यदि कोई व्यक्ति शारीरिक रूप से देखने में सुंदर है और उसका व्यवहार गंदा है तो लोग उसे पसंद नहीं करेंगे। हम उसी व्यक्ति को पसंद करते हैं, जिसका व्यवहार और संस्कार अच्छा है। यदि हम बाह्य सुंदरता के लिए परेशान हैं तो हममें हीनभावना होगी और यदि किसी पार्टी में जाते हैं तो हम नकारात्मक ऊर्जा ही देंगे।

हमें लगता है कि शारीरिक सुंदरता के अभाव में लोग हमें अस्वीकार कर रहे हैं, लेकिन वास्तव में हमें लोग इसलिए अस्वीकार करते हैं कि हम हीनभावना रखते हैं और नकारात्मक ऊर्जा देते हैं। इस स्थिति में हमारी आंतरिक स्थिति वह नहीं है, जो लोगों को आकर्षित कर सके। इसलिए हमेशा लोगों को आकर्षित करनेवाली आंतरिक स्थिति में रहें। हमें लोगों ने नहीं, बल्कि हमने अपने आपको अस्वीकार कर दिया है। इसलिए पहले अपने आपको स्वीकार करें, तभी लोग हमें स्वीकार करेंगे। **जब स्वयं को स्वीकार कर लेते हैं तो आत्मविश्वास से भर जाते हैं। तब हमें इस बात की चिंता नहीं होती कि लोग हमारे बारे में क्या सोचेंगे।** ऐसे में हम जब दूसरों से मिलते हैं तो सकारात्मक ऊर्जा ही देते हैं, जिससे लोग आकर्षित होते हैं।

यदि आप स्वयं को स्वीकार किए बिना ही लोगों से मिलेंगे तो आप नकारात्मक ऊर्जा देंगे और लोग आपसे दूर होते जाएँगे। हर जगह अपनी संतुष्टि का भाव रखें, चाहे वह आपका कार्य हो, कॅरियर या शारीरिक बनावट हो। आप अपनी जीवन की यात्रा में जहाँ भी पहुँचे हैं, उससे संतुष्ट व खुश रहकर अगली यात्रा प्रारंभ करें, क्योंकि यदि आप बिना संतुष्टि या खुश रहकर अपनी 100 प्रतिशत यात्रा पूरी कर भी लेते हैं तो भी आपको खुशी नहीं मिलेगी। इसलिए अंदर से संतुष्ट रहकर बाहर प्राप्ति के लिए प्रयास करें। असंतुष्ट रहकर बाहर के लिए प्रयास करेंगे तो जीवन में कभी भी खुश नहीं रह पाएँगे। ऐसी स्थिति में आप सही समय पर सही काम नहीं कर पाएँगे, न ही कोई नवीन या सृजनात्मक कार्य कर पाएँगे।

**आदमी जितना मेहनत करता है, उतना तो प्राप्त कर ही लेता है, लेकिन जीवन में क्वांटम जंप लेने के लिए अंदर से संतुष्ट रहकर ही कार्य करना होगा।** एक गुब्बारे बेचनेवाला उड़नेवाला गुब्बारा बेच रहा था। **एक काले लड़के ने पूछा कि क्या काले रंग का गुब्बारा भी उड़ सकता है, गुब्बारेवाले ने कहा कि गुब्बारे का रंग**

**महत्त्वपूर्ण नहीं है, बल्कि इसके अंदर जो कुछ भी है, वह महत्त्वपूर्ण है। आंतरिक सुंदरता ही हमें सफल बनाती है। यदि आप अंदर से संतुष्ट व खुश रहेंगे तो शरीर में अच्छा हार्मोन निकलेगा। इसका सकारात्मक प्रभाव हमारी स्किन और शरीर पर भी पड़ता है।** अपने आपमें विश्वास होना सफलता की पहली सीढ़ी है। जीवन के दो दिन हैं, एक दिन आपके हक में तो दूसरा दिन आपके खिलाफ। जब दिन आपके हक में हो तो गुरूर न करना और जब खिलाफ हो तो सब्र जरूर करना।

आंतरिक सुंदरता या इनर ब्यूटी का मतलब है कि अंदर की दुनिया भी सुंदर होनी चाहिए अर्थात् हमारे विचार, मूल्य, एटीट्यूड, आत्मविश्वास और स्वमान भी सुंदर होना चाहिए। **जैसे हम बाहर से स्लिम और ट्रिम होना अच्छा मानते हैं, उसी प्रकार अंदर भी स्लिम, ट्रिम बनकर हलका होना चाहिए। बाहर की तुलना में अंदर का उजलापन बढ़ाएँ। बाहर ही से नहीं, अंदर से भी मुसकराहट आनी चाहिए।**

कुछ लोग न तो अपने आपको जानते हैं और न ही अपनी कमजोरियों को। ऐसे व्यक्ति कभी सफल नहीं हो सकते हैं। कुछ व्यक्ति अपने को तो जानते हैं, लेकिन अपनी कमजोरियों को नहीं ऐसे व्यक्ति कभी सफल हो भी सकते हैं और कभी नहीं भी। **कुछ लोग अपने को भी जानते हैं और अपनी कमजोरियों को भी और अपनी कमजोरियों को दूर करते रहते हैं। ऐसे व्यक्ति हमेशा सफल रहते हैं। बाहरी सुंदरता दिखाई देती है, लेकिन आंतरिक सुंदरता को फील किया जाता है। फील करने के बाद हमसे सकारात्मक ऊर्जा निकलती है।**

**यदि हम अपनी इनर ब्यूटी पर ध्यान दें तो हमसे लोगों को आकर्षित करनेवाली सकारात्मक ऊर्जा निकलेगी। बाहरी सुंदरता में हमें प्रशंसा मिलेगी, लेकिन यह प्रशंसा झूठी होगी। इस प्रशंसा के कारण लोगों में ईर्ष्या होगी, जिससे वे अच्छा फील नहीं करेंगे, लेकिन इनर ब्यूटी में लोगों की अंदर से प्रशंसा मिलेगी, जो कि सच्ची प्रशंसा होगी।** बाह्य सुंदरता पर बल देने के कारण व्यक्ति बनावटी प्रशंसा सुनने का आदी हो जाता है। वह एक भी शब्द निंदा का सुनने को तैयार नहीं होता और अपनी प्रशंसा के लिए दूसरों पर निर्भर रहेगा, जबकि इनर ब्यूटी में अच्छा फील करने के लिए दूसरों पर निर्भर नहीं रहना पड़ेगा।

**बाहरी सुंदरता हमारी शक्ति को कम करती है और आंतरिक सुंदरता इसे बढ़ाती है। बाहरी सुंदरता के कारण प्रशंसा पाने की चाहत का बुरा प्रभाव हमारे रिश्तों पर भी पड़ता है, क्योंकि यदि कोई कल तक आपकी प्रशंसा करता था और आज नहीं करता है तो रिश्ते प्रभावित होंगे।** इसलिए रिश्तों में डर और असुरक्षा की भावना होगी। आंतरिक सुंदरता से हमें प्यार, सम्मान, शुभकामना मिलेगी और यही सब पाने के लिए हम बाहरी सुंदरता पर बल देते हैं। आज बाहरी सुंदरता को आंतरिक

सुंदरता से अधिक महत्त्व देने के कारण वैवाहिक संबंध असफल हो रहे हैं।

**आंतरिक सुंदरता हमें आत्मनिर्भरता प्रदान करती है और हमें अंदर से मजबूत भी बनाती है। आंतरिक सुंदरता के कारण हम अपने निर्णय पर अडिग रहते हैं। हम अपना निर्णय नहीं बदलते हैं, चाहे कोई हमारा साथ दे या न दे। आंतरिक सुंदरता से परिपक्वता आती है।** इससे आप सही निर्णय लेंगे। आंतरिक सुंदरता हमें भावनात्मक रूप से मजबूत बनाती है और जीवन में आनेवाली समस्याओं के प्रति सहिष्णु बनाती है। कोई चीज हमें कहाँ तक लेनी है, कहाँ तक छोड़नी है, यह हमें आंतरिक सुंदरता ही बताती है। यह हमें आंतरिक सुरक्षा देती है और सामाजिक रूप से सजग बनाकर हमें कैसी प्रतिक्रिया देनी है, यह सिखाती है।

जब हम कहते हैं कि वह व्यक्ति बहुत अच्छा है तो इसका अर्थ है कि उस व्यक्ति का व्यक्तित्व बहुत अच्छा है। आज तक हम अपने को न जान पाए हैं, न पहचान पाए हैं, इसलिए दूसरों के पैमाने पर अपना मूल्यांकन करने लगते हैं, जबकि वास्तविकता है कि हर व्यक्ति किसी भी चीज को अपने अपने दृष्टिकोण से ही देखता है। किसी के दृष्टिकोण का आपके कार्य पर प्रभाव नहीं पड़ना चाहिए। जैसे यदि आप अपना कार्य पूरी ईमानदारी से करते हैं और आप इस बात को भी जानते हैं कि बॉस का स्वभाव संदेह करने का है, तब भी आपके ऊपर बॉस के स्वभाव का फर्क नहीं पड़ेगा। **अपने आपको न जानने के कारण हमारे लिए अपेक्षाकृत यह अधिक महत्त्वपूर्ण हो जाता है कि लोग हमारे बारे में क्या सोचेंगे या क्या कहेंगे। लोग अपने व्यक्तित्व के अनुसार ही हमारे व्यक्तित्व का मूल्यांकन करते हैं, इसलिए अपने को जानें। अंदर किसी की भी सोच कैसी है, यह किसी को नहीं पता।**

आपको जहाँ किसी को एडजस्ट करने की आवश्यकता है, वहाँ एडजस्ट करें, लेकिन केवल बाहर से ही नहीं, भीतर से भी लोगों को एडजस्ट करें। मतलब दुःखी होकर मजबूरी में एडजस्ट न करें। यदि बॉस को अपनी प्रशंसा सुनने की आदत है और हम बॉस को पसंद भी नहीं करते हैं, फिर भी यदि हम बॉस की प्रशंसा करते हैं तो हम बॉस की प्रशंसा वास्तव में न करके अपना काम निकालने के लिए करते हैं। **यह दोहरापन आंतरिक सुंदरता नहीं कहलाता है। हमें अपने बॉस के स्वभाव की जानकारी है, इसलिए उनकी बात का बुरा माने बिना भी उनका काम करते रहें। हमारी आंतरिक सुंदरता इसमें है कि हम अपने बॉस में गुणों को खोजें।**

सबके अंदर कुछ-न-कुछ सुंदरता या विशेषता होती है, इसे पहचानें। हमें ही यह चुनना है कि हमारी जीवन-यात्रा कैसी होगी। इसलिए एडजस्टमेंट अपने बॉस के लिए नहीं, बल्कि स्वयं के लिए करते हैं। जैसे वर्षा आने पर छाता निकालते हैं तो यह वर्षा के लिए नहीं, बल्कि अपने बचाव के लिए निकालते हैं। **हमारे पास दो ही विकल्प हैं, या**

**तो नौकरी छोड़ दें या करें। जब नौकरी करनी ही है तो हमें एडजस्ट करके नौकरी करनी चाहिए। इसके लिए हमें एडजस्ट करने का आंतरिक कौशल विकसित करना होगा। नौकरी को तो आप एक बार छोड़ भी सकते हैं, लेकिन परिवार को तो आप छोड़ भी नहीं सकते हैं।** जो लोग एडजस्टमेंट को छोड़कर बार-बार अपनी नौकरी बदलते हैं, वे कभी सफल नहीं हो सकते हैं, क्योंकि आप जिस भी नौकरी में जाएँगे, वहाँ आपको एडजस्टमेंट का कौशल सीखना पड़ेगा।

एडजस्टमेंट का अर्थ यह नहीं है कि कोई हमें लगातार दबाता रहे या हमारा शोषण करे। जो व्यक्ति अंदर से किसी को एडजस्ट करेगा, वह मजबूती और दृढता से अपनी बात को कहेगा भी। ऐसा आदमी अंदर से घुटता नहीं है। एडजेस्टमेंट का अर्थ है कि बाहर के मौसम के खराब होने पर हमारा स्वास्थ्य खराब न हो। यदि नौकरी और परिवार के लिए थोड़ा त्याग भी करना पड़े तो यह सभी के लिए अच्छा होगा। **तेंदुलकर की पत्नी अंजली को क्रिकेट में रुचि नहीं थी, लेकिन उसने जीवन में एडजस्ट किया और अपने व परिवार की खुशी के लिए क्रिकेट में रुचि पैदा की और एक समय तो उसने अपना जॉब भी छोड़ दिया। उसने यह बात समझी कि हमारे लिए रिश्ता महत्त्वपूर्ण है।** हम सजगतापूर्वक परिस्थितियों को देखें और परिवर्तन के लिए देखें। यदि आप अपने में परिवर्तन लाने को सजग हैं तो इससे आपको ही फायदा है। आंतरिक शक्ति के लिए योग और मेडिटेशन करें। सकारात्मक ऊर्जा दें, पीठ पीछे निंदा न करें, लेकिन किसी की पीठ पीछे प्रशंसा अवश्य करें। **रेस्पेक्ट वह नहीं है, जो कुछ आपके मुँह के सामने बोला जाता है, बल्कि रेस्पेक्ट वह है, जो आपके पीठ पीछे बोला जाता है।** यदि किसी एक के साथ भी आप यह प्रयोग करते हैं तो अन्य के साथ यह आसान हो जाता है।

आंतरिक सुंदरता को समझें और इस पर काम करते जाएँ। जब तक संभव हो, तब तक अपने को एडजस्ट करने का प्रयास करें। **आप ही दूसरों को एडजस्ट नहीं करते, बल्कि दूसरे भी आपको एडजस्ट करते हैं,** लेकिन हमें अपना ही एडजेस्टमेंट दिखता है। आपके अंदर कुछ आदतें होंगी, जो मुझे अच्छी नहीं लगेंगी और मेरे अंदर कुछ आदतें होंगी, जो आपको अच्छी नहीं लगेंगी।

जब हम आंतरिक सुंदरता पर कार्य करते हैं, तब हमारी आंतरिक हलचलें बंद हो जाती हैं। इसका सबसे पहले परिणाम हमें ही पता चलता है। जब हम आंतरिक रूप से स्थिर होते हैं, तब हम इस बात पर ध्यान नहीं देते हैं कि लोग हमारे बारे में क्या कहेंगे। लोग हमारे बारे में क्या सोचते हैं, यह महत्त्वपूर्ण नहीं है, बल्कि हम अपने बारे में क्या सोचते हैं, यह महत्त्वपूर्ण है। ऐसी स्थिति में हमारा विश्वास और आत्मनिर्भरता बढ़ जाती है। **हमें लोगों के साथ ही रहना है, लेकिन बिना लोगों पर निर्भर हुए रहना है। हमें**

**दूसरों की प्रशंसा, स्वीकृति और अटेंशन अच्छी लगती है, क्योंकि हम अपने अंदर से भरे नहीं होते हैं।** हम अपने ऊपर पर्याप्त ध्यान नहीं दे पाते, इसलिए खालीपन है। थोड़ा-बहुत खालीपन चल भी जाता है, लेकिन जब खालीपन की मात्रा बढ़ जाती है तो लोग डिप्रेशन में चले जाते हैं।

**आंतरिक सुंदरता पर कार्य कर पाना कठिन होता है। आंतरिक सुंदरता के मार्ग में आनेवाली कठिनाई से बचने के लिए हमें आध्यात्मिक मूल्यों का सहारा लेना होगा।**

□

# अध्यात्म के विभिन्न आयाम

मनुष्य ने अभी तक जो भी तरक्की की है, चाहे वह विज्ञान के क्षेत्र में हो या कंप्यूटर अथवा गणित के क्षेत्र में, ये सब उपलब्धियाँ तभी प्राप्त की गई हैं, जब मानव ने बाह्य जगत् को समझने के लिए अपने मन को बाहरी वस्तुओं पर एकाग्र किया। **देखने में यह संसार जितना बाहरी रूप में विशाल है, उतना ही मनुष्य के भीतर भी विशाल है, लेकिन अंतर्जगत् का यह पूरा क्षेत्र गुप्त है। इस अंतर्जगत् को समझने के लिए भारत में प्राचीन काल से ही योग अथवा राजयोग हमारा सही मार्गदर्शन करता रहा है। इसीलिए भारतीय संस्कृति एवं परंपरा में कहा गया है कि अपने को जानें, अपने को पहचानें।**

प्रश्न उठता है कि आध्यात्मिकता के इस ज्ञानपरक पहलू में हमारी जीवनशैली का कोई समाधान छिपा है या नहीं, क्योंकि आज का मानव किसी भी नई चीज में तभी रुचि लेगा, जब उसे बड़ी उपलब्धि की आशा होगी। आज का जीवन भी एक संघर्ष है, जहाँ हर वक्त मनुष्य को युद्ध करना पड़ता है। जीवन के कई संघर्षों पर तो वह विजय प्राप्त कर लेता है, लेकिन अनेक चुनौतियों के सामने हार जाता है, निराश हो जाता है और डिप्रेशन का शिकार हो जाता है। ऐसी परिस्थिति में आध्यात्मिक ज्ञान ही वह ज्ञान है, जो हमारे मन से भय व तनाव को दूर कर हमें शक्ति-संपन्न बनाता है। जीवन की हर परिस्थिति पर विजय पाने के लिए हमें अपने आत्मबल को मजबूत करना होगा। राजयोग में आत्मा के सात मौलिक गुण बताए गए हैं—

**1. ज्ञान, 2. पवित्रता, 3. प्रेम, 4. शांति, 5. सुख, 6. आनंद, 7. शक्ति।**

कहा जाता है कि संसार में ज्ञान की कमी नहीं है, परंतु आध्यात्मिक ज्ञान की कमी है। **सारी दुनिया की ज्ञान-विज्ञान की पुस्तकों की यदि होलिका जलाई जाए तो उसमें से गरमी अधिक निकलेगी, किंतु प्रकाश कम। आज मनुष्य ने जो थोड़ा-बहुत ज्ञान प्राप्त कर लिया है, उससे अभिमान की गरमी अधिक पैदा हो गई है, लेकिन मनुष्य को सही रोशनी नहीं मिल पाई है।** आज का सबसे बड़ा अज्ञान मानव

का अहंकार है, जो हमारे बाह्य और आंतरिक स्तर की टूटन का कारण है। ज्ञान का सही अर्थ है—हमारी समझ या विवेक। आध्यात्मिक ज्ञान मानव के अहंकार को नष्ट कर देता है और उसे अंदर से मजबूत बनाता है।

ज्ञान की शक्ति से मन, वाणी, कर्म में पवित्रता आ जाती है। मनुष्य को वही अच्छा लगता है, जिसमें विचार, भावना और आचरण की शुद्धता होती है। **जब कोई व्यक्ति अंदर से कुछ और तथा बाहर से कुछ और अर्थात् दोहरे चरित्रवाला होता है तो सभी लोग कहते हैं कि यह व्यक्ति बहुत खतरनाक है। ऐसे व्यक्ति से दूर रहना ही अच्छा है।** आज सभी लोग ऐसे व्यक्ति को पसंद करते हैं, जो पवित्र और सच्चा हो। जहाँ पवित्रता होगी, सुख-शांति स्वत: ही आ जाएगी। पवित्रता की पहचान यह है कि वहाँ सदैव खुशी मिलेगी।

आज हर व्यक्ति प्रेम पाना चाहता है, किंतु दुनिया का कोई व्यक्ति यदि प्रेम से बात करता है तो अविश्वास के कारण अगला व्यक्ति तनाव में आ जाता है, क्योंकि उसको लगता है कि प्रेम से बोलकर कहीं वह धोखा तो नहीं दे रहा है। मनुष्य को निस्स्वार्थ प्रेम चाहिए। जहाँ भावनाओं-विचारों में अहंकार, स्वार्थ, अशुद्धि है, वहाँ संबंधों में कभी प्रेम नहीं पनप सकता। जहाँ प्रेम है, वहाँ जीवन जीने का सच्चा आनंद है।

शांतस्वरूप रहना और सभी को शांति देना है। सिर्फ श्मशान घाट की शांति नहीं, बल्कि वातावरण की शांति, जिससे व्यक्ति का मन प्रसन्नतापूर्ण रहे और जहाँ कोई परेशानी या तनाव न हो। इसीलिए **सभी मनुष्य कहते हैं कि हमें महल नहीं चाहिए, छोटा घर या झोंपड़ी चलेगी, परंतु जीवन में शांति चाहिए।** यह शांति कोई विश्व-शांति सम्मेलन करने से प्राप्त नहीं होगी। शांति का आधार आध्यात्मिक ज्ञान या विवेक है।

आज का मनुष्य सुख को वास्तविक रूप में नहीं समझ पाया है। वह सुख को बाह्य भौतिक साधनों में ढूँढ़ रहा है। इसीलिए सभी प्रकार की सुख-सुविधाएँ होते हुए भी जीवन में सच्चे सुख का अनुभव नहीं किया जा रहा है। मनुष्य को सुखद पलंग पर भी चैन की नींद नहीं आ रही है। सुख के लिए मनुष्य इतनी भागदौड़ कर रहा है, लेकिन इससे उसे सुख के स्थान पर दु:ख ही मिल रहा है। इसीलिए **मनुष्य कहता है कि सादा भोजन चलेगा, परंतु उसे सुख चाहिए। शरीर को भोजन की तो आवश्यकता है, परंतु उससे अधिक आत्मिक सुख की आवश्यकता है।**

जहाँ ज्ञान, पवित्रता, प्रेम, शांति और सुख होंगे, वहाँ पर जीवन की सर्वोच्च स्थिति 'आनंद' स्वत: प्राप्त हो जाएगा। मनुष्य आज आनंद से इतना दूर हो गया है कि उसे आनंद को खोजना पड़ रहा है। कुछ लोगों ने आनंद की खोज में घर-बार छोड़ दिया, कुछ ने अपने नाम के साथ आनंद जोड़ लिया। इनका मात्र उद्देश्य है कि कहीं हम आनंद से विचलित न हो जाएँ, परंतु **आज आनंद की बात तो बहुत दूर की है, मनुष्य के जीवन**

**में खुशी तक नहीं है। इसके लिए मनुष्य को हास्य क्लब से जुड़ना पड़ रहा है।**

आत्मा को चेतना शक्ति कहा गया है। आत्मा के मौलिक गुण मानव जीवन में जब सक्रिय नहीं रहते हैं तो आत्मा की शक्ति कमजोर पड़ जाती है। जो शक्तियाँ अंदर हैं, उसे मनुष्य बाहर खोजने लगता है, लेकिन जब बाहर ये शक्तियाँ प्राप्त नहीं हो पाती हैं तो हमारे अंदर सात अवगुण दिखाई देते हैं—**1. काम, 2. क्रोध, 3 लोभ, 4. मोह, 5. अहंकार, 6. आलस्य, 7. ईर्ष्या।**

जब हमारी आत्मा अथवा हम कमजोर हो जाते हैं तो हम अपने से अधिक दूसरों पर भरोसा करने लगते हैं। हम दूसरों से अपेक्षाएँ रखने लगते हैं। लेकिन **जैसे हमारी आत्मा की बैटरी डिस्चार्ज हो चुकी है, वैसे ही दूसरों की बैटरी भी डिस्चार्ज हो चुकी है। इसलिए जिस शांति, प्रेम, खुशी, आनंद की चाहत दूसरों से रखी थी, वह हमें नहीं मिल पाती है।** वास्तव में ये चीजें तो हमारे अंदर ही हैं, लेकिन हम इन्हें पहचान नहीं पाते हैं। आत्मा में शक्ति भरने के लिए हमें ध्यानयोग पर बल देना होगा, लेकिन इसकी जगह पर बाह्य कर्म पर बल देने लगते हैं। जब हमारी आत्मा सातों गुणों से संपन्न हो जाती है तो हमें तीन बड़े फायदे मिलते हैं—

1. **हम परिस्थिति को बदल सकते हैं।**
2. **हम लोगों की मनोवृत्ति बदल सकते हैं।**
3. **हम आसपास के पूरे वातावरण को बदल सकते हैं।**

दुनिया में जितने भी महान् व्यक्ति हुए हैं, उनकी महानता का आधार उपरोक्त सातों गुण ही हैं। इनमें स्वामी विवेकानंद, महात्मा बुद्ध, महावीर स्वामी, ब्रह्माकुमारी ईश्वरीय विश्वविद्यालय की मुख्य प्रशासिका दादी जानकी इत्यादि ने अपने अंदर इन सातों गुणों को मन, वचन और कर्म से धारण कर लोगों को दिखाया है। इन्होंने दुनिया में अनेक लोगों के जीवन को प्रभावित किया है और उसमें परिवर्तन किया है।

आत्मा अपने सातों गुणों का अनुभव तीन शक्तियों के माध्यम से कर सकती है—

- 1. मन, 2. बुद्धि, 3. संस्कार। आत्मा के सोचने की शक्ति को मन कहते हैं। उन विचारों को बुद्धि द्वारा आत्मा परखती है और जब ये विचार कर्म-व्यवहार में आ जाते हैं तो आत्मा पर एक छाप छोड़ते हैं, जिसे संस्कार कहते हैं।

कहा जाता है कि मन तो चंचल घोड़े के समान है, जो अनेक दिशाओं में भागता है; लेकिन मन का दूसरा पहलू भी है। मन की क्षमता को यदि समझा जाए तो यह लौकिक तथा पारलौकिक बड़ी-से-बड़ी उपलब्धियाँ दिला सकता है। कहा जाता है कि **मनुष्य अपने मन की क्षमताओं का केवल 5 प्रतिशत ही उपयोग कर पाया है और**

**दुनिया के प्रसिद्ध बुद्धिमान व्यक्ति भी अपनी क्षमता का केवल 15 प्रतिशत तक ही उपयोग कर पाए हैं।** हमारा मन परेशान इसलिए होता है, क्योंकि हम मन के विषय में जानकारी नहीं रखते हैं। हमारी जीवनशैली इस प्रकार की बन गई है कि मन किस तरफ चल रहा है, इसको जानने के लिए हमारे पास समय ही नहीं बचा है।

हमारे मन में निरंतर विचार उत्पन्न होते हैं। मन में एक मिनट में 25 से 30 विचार पैदा होते हैं। इनमें सकारात्मक विचार, नकारात्मक विचार, आवश्यक विचार और व्यर्थ के विचार प्रमुख हैं। व्यर्थ विचार पैदा होने का कारण है—व्यर्थ दुःख मोल लेना, भविष्य की चिंता करना, भूतकाल की घटनाओं का चिंतन करना। **विशेषज्ञों के अनुसार 80 प्रतिशत विचार भूतकाल की घटनाओं के संबंध में होते हैं और 15 प्रतिशत विचार भविष्य की चिंताओं के होते हैं अर्थात् हम केवल 5 प्रतिशत विचारों के साथ ही वर्तमान में जीते हैं,** जबकि वर्तमान हमारे लिए बहुमूल्य उपहार है, इसका सदुपयोग करना चाहिए।

भूतकाल की घटनाओं में उलझकर वर्तमान के सुख को नहीं खोना चाहिए। यदि हमारे अंदर भविष्यकाल की चिंता और भूतकाल की घटना जैसे व्यर्थ विचार चलते रहेंगे, तो यहाँ सकारात्मक विचार ठहर ही नहीं सकते। तनाव के युग में यदि हम विश्लेषण करें, हमारे अंदर या तो व्यर्थ विचार चलते हैं या तो नकारात्मक विचार। जो आवश्यक विचार चलते भी हैं, वे भी स्वार्थ के कारण नकारात्मक हो जाते हैं। आज का मनुष्य भगवान् को याद भी करता है तो स्वार्थवश। इसलिए भगवान् को याद करनेवाला विचार भी नकारात्मक विचार हो जाता है। **मनुष्य कभी भगवान् के साथ सौदेबाजी करने लगता है जैसे यदि मेरा काम हो जाएगा तो 10 किलो लड्डू चढ़ाऊँगा।**

मनुष्य में नकारात्मक विचारों का प्रभाव बढ़ता जा रहा है। इससे मनुष्य अशांत व परेशान है। किसी काम में उसका मन नहीं लगता है और रात में नींद नहीं आती है, लेकिन जब सकारात्मक विचार का प्रभाव बढ़ता है तो मन शांत और प्रसन्न हो जाता है, सभी कार्यों में मन लगता है और रात को नींद अच्छी आ जाती है।

आत्मा की दूसरी महत्त्वपूर्ण शक्ति है—बुद्धि। यदि मन में सोचने की शक्ति है तो बुद्धि में समझने की शक्ति। इसीलिए कहा जाता है कि सोच-समझकर बोलें। सोचने का काम मन तथा समझने का कार्य बुद्धि करती है। मन घोड़ा है तो बुद्धि उसकी लगाम है। यदि बुद्धि-रूपी लगाम को पकड़े बिना घुड़सवारी की जाएगी तो पश्चात्ताप करना पड़ेगा। बुद्धि आत्मा की वह आंतरिक आँख है, जिसके द्वारा वह हर बात को देखती, समझती है। मन के सारे विचार बुद्धि के पास आते हैं। मन में विचार उत्पन्न होता है और सीधे बुद्धि के पास आता है। बुद्धि इन विचारों का एक चित्र खींचती है। यह चित्र जितना स्पष्ट होगा, उतनी ही हमारी समझने की शक्ति अधिक होगी। **बुद्धि की इन आंतरिक**

**आँखों द्वारा हम बाह्य भौतिक वस्तुओं के साथ-साथ सूक्ष्म मानवीय भावनाओं को भी देख सकते हैं। बुद्धि की दो प्रमुख विशेषता है। पहली विवेक, दूसरी स्वतंत्रता।**

विवेकयुक्त बुद्धि से व्यक्ति सही और गलत को परख सकता है और स्वतंत्र होकर वह अपने कार्य के लिए खुद जिम्मेदार होता है। व्यक्ति के कर्म का जिम्मेदार ईश्वर नहीं होता। बुद्धि हर बात को अपनी आंतरिक आँखों से देखती व समझती है और फिर उसका विश्लेषण करती है और इसी आधार पर हम यथार्थ निर्णय लेते हैं। **जिस तरह वकील अपना तर्क देता है, परंतु जज को हर तर्क को परखकर ही निर्णय लेना होता है। इसी प्रकार मन भी एक वकील की तरह कार्य करता है, जो अपने विचारों को मूर्त रूप देने के लिए या कर्म में लाने के लिए तर्क देता रहता है, परंतु बुद्धि एक जज के समान होती है, जो हर तर्क को परखकर उसकी सच्चाई जानकर निर्णय लेती है।**

यदि केवल वकील के तर्क से जज प्रभावित हो जाए तो अपना सही निर्णय नहीं दे सकता है। इसी तरह जब बुद्धि हमारे मन कें तर्कपूर्ण विचारों के प्रभाव में आ जाए तो अपना सही निर्णय नहीं ले सकती है। **इसीलिए हमें महसूस होता है, जब-जब हमारे द्वारा सही निर्णय लिया जाता है तो हमें सुकून का अनुभव होता है और जब-जब गलत निर्णय लिया जाता है तो आत्मा अंदर से कचोटती है।** आज के मनुष्य की बुद्धि कमजोर होने के कारण निरर्थक व नकारात्मक विचारों के प्रभाव में आ गई है। इसलिए हम सही निर्णय नहीं ले पाते हैं। बुद्धि को ही अंतरात्मा की आवाज कहते हैं, जो कभी गलत नहीं होती, बस हमें उसको सुनने की क्षमता विकसित करनी होती है।

दुनिया में सफल व्यक्ति वही होता है, जो दूरदर्शी होता है। कहा जाता है कि यदि आप देख सकते हैं, तो आप पा भी सकते हैं। यदि आपका दृष्टिकोण सही है तो कुछ भी हासिल करना बड़ी बात नहीं है। **जब हमारा लक्ष्य और लक्षण एक हो जाते हैं तो एकाग्रता विकसित होती है। एकाग्रता आने पर कोई भी कार्य असंभव नहीं है।** राजयोग के अभ्यास से मन शक्तिशाली और बुद्धि स्पष्ट हो जाती है। बुद्धि जितनी शक्तिशाली होगी, उतना ही हमारा निर्णय सही होगा।

नकारात्मक और व्यर्थ विचार हमारी अंतर दृष्टि को धुँधला कर देते हैं। इस कारण हमें स्पष्ट दिखाई नहीं पड़ता है। इस अवस्था में लिया गया निर्णय गलत साबित होता है और बार-बार गलत निर्णय लेने से हमारा आत्मविश्वास हिल जाता है। आध्यात्मिक ज्ञान से हमारा मनोबल मजबूत होता है और बुद्धि में सही निर्णय लेने की क्षमता विकसित होती है। **राजयोग के अभ्यास से बुद्धि इतनी शक्तिशाली हो जाती है कि कई बार हमें भविष्य की घटनाओं का पूर्वाभास होने लगता है। 'भगवद्गीता' में कहा गया है कि योग से कर्म में कुशलता आ जाती है।**

मनुष्य अपने मन में पैदा हुए विचारों को बुद्धि-विवेक की शक्ति से परखकर जब

स्वतंत्र इच्छा से कर्म करने लगता है, तब वह कर्म आत्मा पर अपना प्रभाव या छाप छोड़ता है। इसे हम संस्कार कहते हैं। इस कर्म का प्रभाव हमारी स्मृति में आ जाता है। इससे हमारे संपूर्ण व्यक्तित्व का निर्माण होता है। बार-बार किया जानेवाला कर्म हमारी आदत के रूप में बदल जाता है और यह अर्द्धचेतन मन में पहुँच जाता है। चाहे हम अच्छा कर्म करते हैं, चाहे बुरा कर्म इसी के अनुसार हमें परिणाम मिलता है।

**दृढसंकल्प द्वारा व्यक्ति अपने संस्कार को बदल सकता है। मानव का व्यक्तित्व एक बर्फ की शिला के समान है, जिसका 90 प्रतिशत भाग अंदर होता है और 10 प्रतिशत भाग ऊपर होता है। इसी रूप में आत्मा में अथाह क्षमता व शक्ति है। हम इसको सही या गलत दिशा में चैनलाइज कर सकते हैं।**

हमारे विचार परिस्थितियों को आकर्षित करते हैं। सुख और दुःख भाव के उत्पन्न होने का आधार हमारे विचार ही हैं। मात्र एक विचार हमें सुख या दुःख देता है। जब नदी बहती है तो अपना रास्ता बनाती चलती है, इसी प्रकार हमारे विचार ब्रह्मांड में अपने अनुरूप अपना रास्ता बनाते हैं और रास्ता बन जाने के पश्चात् उसी प्रकार की ऊर्जा रास्ते में प्रवाहित होने लगती है।

पूर्व के अध्यायों में हमने कड़ी-दर-कड़ी यह जानने का प्रयास किया है कि 'आत्मदीप' कैसे बनें। आत्मदीप बनने के लिए हम अपने बौद्धिक संतुलन को बनाकर, आकर्षण के सिद्धांत का पालन करते हुए सकारात्मकता ग्रहण करते हैं और निरंतर अपना कार्मिक अकाउंट अच्छा करते जाते हैं। इस प्रकार हम क्रोध जैसे नकारात्मक भाव को दूर करते जाते हैं। स्वीकार भाव की स्थिति प्राप्त कर लेते हैं और अपनी जिम्मेदारी को स्वीकार करना भी सीख जाते हैं। ऐसी स्थिति में पहुँचकर हमारे लिए सभी को माफ करना सरल हो जाता है।

इस प्रकार हम एक सकारात्मक बिलीफ सिस्टम को अपनाकर जीवन के पूर्वग्रहों को त्याग देते हैं। सकारात्मक बिलीफ सिस्टम को अपनाकर हम स्वयं की तथा अपने बच्चों की पैरेंटिंग या परवरिश अच्छी तरह करने के परिणामस्वरूप शांति व खुशी भी प्राप्त करते रहते हैं।

सकारात्मक बिलीफ सिस्टम को अपनाकर हम हर परिस्थिति में सकारात्मक दृष्टिकोण के सहारे डिटैच भाव से कार्य कर सकते हैं। डिटैच रूप में रहने पर हमारी प्रतियोगिता किसी दूसरे से न होकर, स्वयं से होती है, जिसके फलस्वरूप हम तनावरहित जीवनयापन करते हैं। बिन कंपीटिशन के कॉपी-पेस्ट व नकल से बचते हुए हम अपने ही द्वारा स्थापित किए गए मूल्यों पर चलते हैं। इसके परिणामस्वरूप हम अपनी आंतरिक सुंदरता बढ़ाते रहते हैं। इस स्तर पर पहुँचकर हमारे लिए आध्यात्मिक उपलब्धियों को प्राप्त करना आसान हो जाता है। **आध्यात्मिक उपलब्धियाँ आज की सर्वाधिक**

**आवश्यकता एवं माँग हैं।**

उपरोक्त प्रयास तब तक सार्थक नहीं होंगे, जब तक हम योग-मेडिटेशन का सहारा नहीं लेंगे। राजयोग मेडिटेशन इस क्षेत्र में एक कारगर विधि के रूप में सामने आया है। **राजयोग मेडिटेशन को सभी धर्मों, संप्रदायों, समुदायों के लोग बिना हिचक के सहज रूप में अपना सकते हैं। इसको अपनाने से किसी भी मत, धर्म, संप्रदाय के बीच विरोध उत्पन्न नहीं होगा।**

## राजयोग से जीवन में लाभ

राजयोग से हमारे जीवन को बहुआयामी लाभ मिलता है। राजयोग द्वारा मुख्यत: तीन प्रकार के लाभ मिलते हैं—1. स्वयं में, 2. संबंधों में, 3. परिस्थितियों और समस्याओं में।

राजयोग द्वारा स्वयं में व्यक्ति मन को शांत और संतुलित रखने का तरीका सीख लेता है। इससे कई प्रकार के तनाव, नकारात्मक विचार और कमजोरियों से मुक्त हो जाता है और स्वयं में आत्मसंतुष्टि का अनुभव करता है। इसी प्रकार राजयोग द्वारा संबंधों में भी लाभ होता है। व्यक्ति में अच्छे गुण पैदा होते हैं। **इसके कारण हम दूसरों में गलती की बजाय विशेषताएँ देखने लगते हैं, जिससे हमारे आपसी संबंध मजबूत होते हैं। इसी प्रकार परिस्थितियों और समस्याओं के समाधान में राजयोग से लाभ मिलता है। राजयोग द्वारा हमें अष्ट सिद्धियाँ या शक्तियाँ मिलने लगती हैं। इससे व्यक्ति अपने पारिवारिक और सामाजिक जीवन में संतुलन प्राप्त करता है।**

राजयोग द्वारा सहनशक्ति का विकास होता है, प्रेम और क्षमा के गुण विकसित होते हैं और हम क्रोधरूपी शत्रु पर विजय प्राप्त कर लेते हैं। सहनशक्ति द्वारा हम दूसरों को झुका सकते हैं। व्यक्ति तभी सहन कर सकता है, जब उसके मन में सामनेवाले के प्रति प्रेम और क्षमा का भाव हो। इसी प्रकार गंभीरता और हृदय की विशालता का गुण, परखने की शक्ति, निर्णय लेने की शक्ति, निर्भयता और साहस जैसे गुण विकसित होते हैं।

अनिश्चितता के इस दौर में मनुष्य अनेक प्रकार के तनाव और भय की समस्याओं से घिरा है। भाग-दौड़ की जिंदगी में उसके पास आध्यात्मिक ज्ञान सुनने का समय नहीं है। जब शरीर की रोग-प्रतिरोधक क्षमता कम हो जाती है तो रोगों का शरीर पर बार-बार आक्रमण होता है। इसके बचाव के लिए **डॉक्टर एंटीबायोटिक और विटामिन देता है, मरीज को आराम करने और व्यायाम करने की सलाह देता है। इसी प्रकार आत्मिक शक्ति को प्राप्त करने के लिए और मन की प्रतिरोधक क्षमता बढ़ाने के लिए मेडिटेशन पर बल दिया जाना चाहिए।**

आध्यात्मिक ज्ञान मन का भोजन है, जो व्यक्ति को अंदर से शक्ति देता है। मन को आराम देना बहुत जरूरी है। व्यक्ति रात को तो थककर सो जाता है, लेकिन उसका

मन रात को भी सुषुप्त अवस्था में चलता रहता है। इसलिए सुबह उठने पर मनुष्य ताजगी का अनुभव नहीं करता और किसी काम में एकाग्र नहीं होता। धीरे-धीरे मन में नकारात्मक विचार आने लगते हैं। यह नकारात्मक विचार उसे डिप्रेशन का शिकार बना देते हैं। मनोचिकित्सक भी शुरू में दवाई देना नहीं चाहता। **मेडिटेशन इत्यादि द्वारा मन को शांत करने की सलाह देता है, परंतु गंभीर हालत में मनुष्य मेडिटेशन नहीं कर सकता। इसके पश्चात् मन को शांत करनेवाली दवाइयाँ ही लेनी पड़ती है, जबकि राजयोग मन को आराम देनेवाली ऐसी रामबाण औषधि है, जिसके द्वारा व्यक्ति अपने स्तर पर ही मन को शांत कर सकता है।**

**मन को शक्तिशाली बनाने के लिए मन का व्यायाम बहुत जरूरी है। इसका अर्थ है—सकारात्मक चिंतन।** आज के युग में हमारा मन नकारात्मक दिशा में बहुत जल्दी और सहज मुड़ जाता है, इसका कारण यह है कि मन को सकारात्मक चिंतन के लिए शुद्ध और श्रेष्ठ विचार की खुराक नहीं मिल पाती है, जबकि इसके स्थान पर व्यक्ति सारा दिन नकारात्मक बातों का ही सेवन करता रहता है। इसलिए मन को नकारात्मक चिंतन का अभ्यास हो जाता है। सकारात्मक चिंतन के अभ्यास के लिए हमें मेडिटेशन करना होगा।

जब हम मॉर्निंग वॉक शुरू करते हैं तो धीरे-धीरे इसका लाभ हमें मिलने लगता है। इसी प्रकार जब मन को शांत करने का प्रयास करते हैं तो हमें इसका परिणाम भी मिलने लगता है। सभी लोग आंतरिक शांति समान मात्रा में रखते हैं, लेकिन इच्छाशक्ति के बिना इसको महसूस नहीं कर पाते हैं। मेडिटेशन का प्रभाव पहले अंदर दिखता है और बाहर बाद में। जीवन में बदलाव के लिए चार चीजें आवश्यक हैं—

1. **ज्ञान,**
2. **योग या मेडिटेशन,**
3. **धारणा,**
4. **सेवा।**

योग या मेडिटेशन से पहले ज्ञान आता है। ज्ञान का अर्थ है अंदर से परिवर्तन के लिए स्वत: जागृति भाव अर्थात् अपने में परिवर्तन के लिए दृढसंकल्प होना। यदि आप वही करेंगे, जो अभी तक करते आएँ हैं, तब आपको वही परिणाम मिलता रहेगा, जो अभी तक मिलता रहा है। इसलिए सकारात्मक परिणाम के लिए परिवर्तन अनिवार्य होता है।

मेडिटेशन का मतलब सकारात्मक चिंतन है। हमारे अंदर सकारात्मक चिंतन ज्ञान से आता है। हमने ज्ञान से जो सकारात्मक चिंतन प्राप्त किया, उसे ग्रहण या स्वीकार करने में मेडिटेशन सहायक होता है। आज बाजार में सबसे अधिक पुस्तकें सेल्फ इंप्रूवमेंट के लिए मिल रही हैं। सेल्फ इंप्रूवमेंट के लिए लोग योगा क्लास करते हैं, ट्रेनिंग लेते

हैं, सत्संग करते हैं, फिर भी इनके जीवन में कोई विशेष प्रभाव नहीं दिखता है। हमने बहुत कुछ जाना, पढ़ा और सुना, लेकिन चिंतन नहीं किया, तो सब व्यर्थ है। किसी भी ज्ञान को पढ़ने, सुनने के बाद मनन—चिंतन करना आवश्यक होता है। यह काम मेडिटेशन से होता है।

मेडिटेशन का अगला चरण है—धारणा अर्थात् किसी भी ज्ञान को पढ़ने, सुनने और मनन, चिंतन के बाद इसको जीवन में धारण करना होगा अर्थात् अभी तक प्राप्त ज्ञान को जीवन में उतारें। मेडिटेशन हमें प्राप्त ज्ञान को जीवन में धारण करने की शक्ति प्रदान करता है अर्थात् हमें सकारात्मक चिंतन की शक्ति प्राप्त होती है। हमारे संस्कार तभी बदलेंगे, जब हमारे कर्म में सकारात्मकता आएगी। बीइंग, डूइंग और बीकमिंग। केवल चाहने से काम नहीं चलेगा। आध्यात्मिकता एक जीवनशैली है। सुबह अध्यात्म से आपने जो विचार लिये, **उस पर हमें टेंशन के बिना अटेंशन रखनी है। टेंशन और अटेंशन में अंतर है। अटेंशन का मतलब बिना चिंता के कार्य और टेंशन का मतलब चिंता के साथ कार्य।**

अंतिम चरण है सेवा अर्थात् अभी तक आपने जो कुछ सकारात्मक और अच्छी बातें प्राप्त की हैं, उन्हें लोगों से शेयर करें, क्योंकि मान्यता यह है कि किसी भी ज्ञान को आप जितना दूसरों को देंगे, वह उतना ही बढ़ेगा। बाहरी अथवा भौतिक चीजें किसी दूसरे को देने से हमारे पास कम होती हैं, लेकिन आंतरिक ऊर्जा, ज्ञान, शक्ति, प्रेम, आनंद दूसरों को देने से हमारे पास इनकी वृद्धि होती है। इसके साथ ही शेयर करने से हमें संतुष्टि भी मिलती है। इसीलिए सकारात्मक विचार मिलते ही लोग एस.एम.एस. और व्हाटसएप्प से शेयर करने लगते हैं। शेयर करने से हमारे अंदर सकारात्मक ऊर्जा की मात्रा बढ़ने लगती है। आकर्षण का नियम है कि हम जो कुछ भी किसी को देते हैं, वह हमारे पास लौटकर आता है। इसलिए यदि आप सकारात्मक ऊर्जा दूसरे को देते हैं तो यह गुण पहले से कई गुना बढ़ जाता है।

'राजयोग' में योग शब्द महत्त्वपूर्ण है, जिसका शाब्दिक अर्थ है—जोड़ना। यहाँ आत्मा को परमात्मा से जोड़ा जाता है। राजयोग वास्तव में सभी योगों का राजा है और यह आत्मा और परमात्मा में संबंध स्थापित करता है। इस दौरान मन को उन सूक्ष्म तरंगों पर केंद्रित किया जाता है, जो ईश्वर के द्वारा प्रसारित होकर हमें मिलती हैं। इससे हमें शांति, प्रेम, आनंद की अनुभूति होती है।

राजयोग संपूर्ण उपचार के लिए एक शक्तिशाली अस्त्र है। यह शारीरिक, मानसिक, भावनात्मक, बौद्धिक, व्यावसायिक, सामाजिक और आध्यात्मिक उन्नति में सहायक है। इसके अभ्यास से हम व्यक्तिगत, सामाजिक और व्यावसायिक जिम्मेदारियों से पलायन नहीं करते हैं, बल्कि इनमें एक संतुलन स्थापित करते हैं। इसका उद्‌देश्य आत्मा के

सर्वांगीण विकास को प्राप्त करना है। जब आप शारीरिक रूप से थके हों, तब राजयोग न करें। राजयोग के लिए ऐसे स्थान का चयन करें, जहाँ शोरगुल न हो और अन्य प्रकार के व्यवधान न हों। यदि कमरे में लाल रंग का प्रकाश किया जाए तो इसका सकारात्मक परिणाम मिलता है।

**प्रतिदिन मॉर्निंग वॉक के साथ ही दिन में दो बार 10 से 20 मिनट तक योगाभ्यास करना चाहिए।** कठिन आसन में बैठना आवश्यक नहीं है। आप सरल आसन में भी बैठ सकते हैं। शारीरिक संरचना एवं विज्ञान की दृष्टि से पीठ को सीधा रखने की सलाह दी जाती है। समस्त मांसपेशियों को यथासंभव रिलैक्स रखें। पालथी मारकर बैठें, अपने दोनों हाथों को गोद में रखें। योगाभ्यास में बैठते ही आपका मस्तिष्क सकारात्मक सूचनाएँ प्राप्त करने लगेगा और-धीरे धीरे आप राजयोग की गहराई में उतरते चले जाएँगे। आपके अंदर विचार आएँगे, परंतु इन विचारों से विचलित न हों, धीरे-धीरे इनसे अलग होने का प्रयास करें। क्रमिक रूप में ऊपर से लेकर नीचे तक शरीर के प्रत्येक अंग को फील करते हुए नाभि तक पहुँचें, साँस लेते और छोड़ते समय अपना ध्यान नाभि पर केंद्रित करें। आपका मन एक विषय से दूसरे विषय में छलाँग लगाता रहेगा, लेकिन आप विचलित न हों।

**मेडिटेशन को सरल शब्दों में कहा जाए तो यह विचारों का प्रबंधन है। इसमें तनाव, क्रोध, ईर्ष्या जैसे नकारात्मक विचारों को दूर किया जाता है। नकारात्मक विचार, संकल्प के स्थान पर सकारात्मक विचार, संकल्प पर बल दिया जाता है। राजयोग मेडिटेशन में संवाद ( कम्यूनिकेशन ) संबंध ( कनेक्शन ), ऊर्जा प्राप्त करना ( चार्जिंग ) विधि महत्त्वपूर्ण है। मेडिटेशन के दौरान विचारों के प्रबंधन में वॉच, कैच, मैच की विधि उपयोगी है। कम्यूनिकेशन, कनेक्शन, चार्जिंग के अंतर्गत आत्मा का परमात्मा से संबंध स्थापित कर वार्त्तालाप किया जाता है। यह संवाद ( कम्यूनिकेशन ) द्विमार्गी होता है। आत्मा का परमात्मा एवं परमात्मा का आत्मा से संबंध स्थापित होता है। इस संवाद से आत्मा ऊर्जायुक्त ( चार्ज ) हो जाती है। यदि परमात्मा पावर हाउस है तो आत्मा बैटरी है। अपनी बैटरी को चार्ज करने के लिए पावर हाउस का सहारा लेना होता है। मेडिटेशन में विचारों का प्रबंधन किया जाता है और वॉच, कैच, मैच विधि से विचारों को वॉच किया जाता है। फिर इसको कैच किया जाता है। तत्पश्चात् सकारात्मक विचारों के साथ मैच कराकर इसे रूपांतरित कर दिया जाता है।**

**योगाभ्यास को लेकर अनेक प्रकार की भ्रांतियाँ हैं। पहली भ्रांति यह है कि योगाभ्यास करते समय हमें अपने मन को विचारों से शून्य करना होगा। यह एक गलत धारणा है, क्योंकि आरंभ में मन को विचारों से शून्य नहीं किया जा सकता**

है और हमारे योगाभ्यास का यह लक्ष्य भी नहीं है। यदि आप मन को विचारों से शून्य करने के उद्देश्य से बैठेंगे तो आप महसूस करेंगे कि अनेक प्रकार के व्यर्थ विचार इसी समय बाधा बनकर आएँगे। दैनिक कार्य करते समय ये विचार आपको परेशान नहीं करते हैं, किंतु जब उनके बारे में आप नहीं सोचने के उद्देश्य से बैठते हैं तो ये विचार बाधा बनकर उसी समय आते हैं। योगाभ्यास में हमें मन को उस मार्ग पर मोड़ना होता है, जिसकी अंतिम मंजिल आध्यात्मिक अनुभव प्राप्त करना है।

**जब आप कार चला रहे होते हैं और जब इसे मोड़ना होता है तो सर्वप्रथम ब्रेक लगाते हैं और गियर बदलकर गति को घटाते हैं। ठीक इसी प्रकार राजयोग अभ्यास करते समय हमें अपने विचारों की गति को धीमा करना होता है।** हमारा मन एक चंचल बालक के समान है। **यदि किसी चंचल बच्चे को तुरंत शैतानी बंद करने के लिए कहेंगे तो वह आपकी बात नहीं सुनेगा, किंतु यदि आप उस चंचल बालक को लगातार देखते रहेंगे तो जल्दी ही वह बालक महसूस करेगा कि कोई वरिष्ठ व्यक्ति मुझ पर नजर रखे हुए है। इसके परिणामस्वरूप वह शैतानी छोड़कर शांत होकर बैठ जाएगा। इस तकनीक का प्रयोग विचारों की गति को धीमा करने के लिए किया जा सकता है।**

मेडिटेशन सजगतापूर्वक विचार द्वारा विचारों की निगरानी है। इसका उद्देश्य विचारों की गति को धीमा करना है। मेड़िटेशन से पूर्व अपने विचारों को कुछ सेकंड तक ध्यानपूर्वक देखें। जिस प्रकार दूसरे व्यक्ति को देखते हैं, उसी प्रकार अपने मन को देखें। **जब आप इस प्रकार का आत्मनिरीक्षण करेंगे तो आप पाएँगे कि आपके विचारों की गति घट गई है। आत्मा के तीन भाग हैं—मन, बुद्धि, संस्कार। मन का कार्य है—सोचना। सभी प्रकार के सकारात्मक और नकारात्मक विचार का प्रारंभ मन से होता है।** मन अपने भूतकालीन अनुभव और संस्कार के अनुसार विचार उत्पन्न करता है। यद्यपि व्यक्ति अपने संकल्पों की सहायता से कभी भी सकारात्मक विचार उत्पन्न कर सकता है, किंतु भूतकालीन अनुभव और परिस्थितियाँ मन को प्रभावित करती हैं और मन को विशिष्ट दिशा की ओर खींचती हैं। किसी भी कर्म के बारे में बुद्धि अंतिम निर्णय लेती है। बुद्धि भी भूतकालीन अनुभव और संस्कारों से प्रभावित होती है।

आप जो कर्म करते हैं, उसका प्रभाव आत्मा पर पड़ता है और कर्म के दोहराए जाने पर उसका प्रभाव और मजबूत होता है। यह मन को उसी प्रकार सोचने के लिए मजबूर करता है तथा बुद्धि भी इसी से प्रभाबित होकर अपना निर्णय देती है। अर्थात् अपने कर्मों के प्रति जवाबदेह आप स्वयं हैं। आप अपने कर्मों-विचारों को परिवर्तित कर सकते हैं। एक बार भी यदि सकारात्मक विचार चलाते हैं और कर्म करते हैं तो जल्दी ही आपकी चेतना का हिस्सा बन जाता है। इसके परिणामस्वरूप आपको अधिक-से-

अधिक सकारात्मक कर्म करने की प्रेरणा मिलती है।

सकारात्मक विचार—वर्तमान के विचार

नकारात्मक एवं अनावश्यक विचार—
भूत एवं भविष्य के विचार

आप सकारात्मक विचार करने के लिए स्वतंत्र हैं। मेडिटेशन सकारात्मक विचार उत्पन्न करने का सशक्त माध्यम है। हमें अपने विचार सकारात्मक रखने होंगे। **भूतकाल में की गई गलतियों पर पश्चात्ताप न करें और भविष्य की चिंता न करें। अपना पूरा ध्यान वर्तमान पर रखें। यदि आप सकारात्मक चिंतन और रचनात्मक कार्य करेंगे तो कल की गलतियाँ मिट जाएँगी और भविष्य में लाभ होगा।** जिस परिस्थिति को आप बदल नहीं सकते हैं, उसके बारे में सोचकर दुःखी न हों।

□

# महत्त्वपूर्ण सकारात्मक विचार

1. आदमी ईश्वर को मानता है, परंतु जानता नहीं है। आदमी मृत्यु को जानता है, परंतु मानता नहीं। जिस दिन आदमी मृत्यु को मान लेगा, उस दिन ईश्वर को जान लेगा।
2. अपनी कमी को खूबी में बदलना हमारी कुशलता है। जितना कर पाते हैं, उसी अनुपात में सफलता पाते हैं।
3. हमें प्राप्त होनेवाली उपलब्धियों का तार्किक वितरण अन्य में इस प्रकार करना होगा कि जिससे हमें संतुष्टि मिले, क्योंकि सभी प्रकार का विस्तार ही जीवन है और सभी प्रकार की संकीर्णता के पश्चात् पूर्ण संकीर्णता मृत्यु के समान है।
4. बीच रास्ते से लौटने का कोई फायदा नहीं, क्योंकि लौटने पर आपको उतनी ही दूरी तय करनी पड़ेगी, जितनी दूरी तय करने पर आप लक्ष्य तक पहुँच सकते हैं।
5. दु:ख हमें माँजता है। जिन्हें माँजता है, उन्हें सीख देता है कि सबको मुक्त रखें, लेकिन हम सीखने को तैयार नहीं हैं। जब सीखते नहीं तो जहाँ मजबूत होना चाहिए, वहाँ कमजोर पड़ने लगते हैं।
6. मुसीबत से भागने का अर्थ है—एक नई मुसीबत के लिए रास्ते खोलना। हम ठीक समय पर गलती स्वीकार नहीं करते और गलती पर गलती करते चले जाते हैं।
7. ज्ञान केवल पढ़ने, लिखने और चर्चा करने तक सीमित नहीं है। इसका अनुभव भी जरूरी है। एक बार अनुभव की गई चीज अगली बार प्रयास की माँग नहीं करती। ज्ञान का सही अर्थ है—सजगता।
8. समस्या में विचलित होना समाधान से दूर चले जाना है। आप एक कदम बढ़ाते हैं तो हजार कदम ईश्वर के सहयोग के रूप में मिलेंगे। हर अगले कदम में प्रयास कम करना होगा और परिणाम अधिक मिलेगा। केवल ज्ञान से समाधान

नहीं मिलेगा, हमें शक्ति भी चाहिए। यह शक्ति हमें ईश्वर से प्राप्त होती है।

9. जीवन सबसे आसान एक्जाम है, इसमें लोग दूसरों की नकल में फेल हो जाते हैं। लोग भूल जाते हैं कि सभी को अलग-अलग पेपर दिया गया है।
10. सफल आदमी खुश रहे या न रहे, परंतु खुश रहनेवाला आदमी सफल जरूर होता है। कोई काम खुशी पाने के लिए न करें, बल्कि खुश रहकर काम करें, क्योंकि खुशी पाने के लिए काम करने का अर्थ है—खुशी को टालते जाना।
11. इन हैप्पी मूड, यू विल विन नॉट इमेडिएटली बट डेफिनेटली।
12. यदि लक्ष्य बड़ा है तो संघर्ष भी बड़ा होगा। बड़े लक्ष्य का पीछा करते हुए बल्लेबाज आगे-पीछे जाकर शॉट मारता है। शेर को भी छलाँग लगानी होती है तो एक कदम पीछे खींचता है। जीवन भी जब पीछे ढकेले तो बड़ी सफलता के लिए तैयार रहें।
13. किसी को ठीक अपने जैसा बदलने का प्रयास न करें। एक जैसे कण में आकर्षण और विपरीत कण में विकर्षण होता है। किसी को साथ लेकर चलना है तो उसका सीधा नहीं, बल्कि उलटा हाथ पकड़कर चलना होता है।
14. आत्मनिर्भरता, आत्मविश्वास ही समस्या का समाधान है। दूसरों की छाँव में खड़े रहकर हम अपनी परछाईं खो देते हैं। अपनी परछाईं पाने के लिए खुद धूप में खड़े रहना होता है।
15. वही ज्ञान ज्ञान है, जो जीवन में काम आ जाए। बाकी सब मानसिक अय्याशी है।
16. हमें नकारात्मक ही नहीं, अनावश्यक विचारों से भी बचना चाहिए। अनावश्यक विचार भूत और भविष्य के विचार हैं। हमारा नियंत्रण न भूत पर है और न भविष्य पर। वर्तमान में रहें। वर्तमान यदि सकारात्मक होगा, तो भविष्य स्वत: अच्छा होगा।
17. पेशेंस और एटीट्यूड का जीवन की सफलता में अहम रोल है। पेशेंस की सबसे ज्यादा वहाँ आवश्यकता है, जब आपके पास कुछ भी नहीं है और एटीट्यूड की आवश्यकता वहाँ है जब आपके पास सबकुछ हो।
18. एक्सेप्टेंस स्वीकार और संतुष्टि का अर्थ यह नहीं है कि हमें जो मिल गया है, इसके बाद हमें कुछ नहीं चाहिए, बल्कि इसका अर्थ है कि हमें अभी तक जो कुछ भी मिला है, उसके साथ हम खुश हैं। खुश रहकर आगे के लिए प्रयास करें।

19. जीत की आदत अच्छी है, परंतु कुछ रिश्तों में हार अच्छी होती है। अपनों से हारना और स्वयं अपने से जीतना अच्छा होता है।
20. हमें नकारात्मक विचार एवं भूत और भविष्य के विचारों से बचना होगा। इसके लिए हमेशा निगरानी रखें। जिस प्रकार किसी खेलते हुए बच्चे को अचानक देखने लगते हैं तो उसकी हरकत नियंत्रित होने लगती है। उसी प्रकार देखने या निगरानी करने से हम अपने विचारों पर धीरे-धीरे नियंत्रण प्राप्त कर लेते हैं।
21. मौन में शक्ति है। शब्द से मौन रहना नहीं, बल्कि मन से मौन रहना है।
22. हम अंधविश्वास पर अधिक विश्वास करते हैं। हम ट्रैफिक लाइट पर नहीं रुकते हैं, परंतु बिल्ली देखकर जरूर रुक जाते हैं। जीवन में अंधविश्वास की जगह आस्था पर बल दें।
23. हम अपने जीवन में बदलाव के लिए अपने जीवन में हस्तक्षेप नहीं करते हैं। दूसरे के जीवन को अपनी तरह चलाने के लिए दूसरे के जीवन में लगातार हस्तक्षेप करते रहते हैं। दूसरे के जीवन में नहीं, अपने जीवन में हस्तक्षेप करें।
24. कम बोलें, धीरे बोलें, मीठा बोलें, कुछ देर मौन रहें। समस्याएँ स्वत: समाप्त हो जाएँगी।
25. पिछले अनुभव और अब तक बनी धारणा के आधार पर हम इन्फॉरमेशन ग्रहण कर लेते हैं। इससे हमारा थॉट बनेगा। फिर फीलिंग होगी। फीलिंग से एटीट्यूड बनेगा। फिर एक्शन होगा। एक्शन से हैबिट बनेगी। हैबिट से पर्सनैलिटी बनेगी। हमारी पर्सनैलिटी ही हमारे भाग्य या डेस्टिनी का निर्धारण करेगी।
26. अटैचमेंट किससे—नाम, लिबास, मकान से। नाम का अर्थ—स्वर्गीय। लिबास का अर्थ—कफन। मकान का अर्थ—श्मशान।
27. आज अधिकांश बीमारियाँ साइकोसोमेटिक हैं। मानसिक हैं। डॉक्टर के पास इतना समय नहीं है कि वह शारीरिक बीमारी के साथ मन की स्थिति के बारे में पता करे। बीमारी का मूल कारण समाप्त करें। मेरे तनाव का कारण मैं स्वयं हूँ। अत: मन को शांत रखें।
28. रिश्तों के बीच अहं को नहीं आने देना चाहिए। रिश्ता बड़ा है या अहं, यह आपको तय करना है।
29. माफ कर दीजिए, जिन्हें आप भूल नहीं सकते। भूल जाइए, जिन्हें आप माफ नहीं कर सकते।
30. परिवार, गार्जियन और ईश्वर हमारे वे सुरक्षा कवच हैं, जिनसे हम भावनात्मक

सुरक्षा प्राप्त करके शांति का अनुभव करते हैं।

31. एक्सेप्टेंस एंड रिजेक्शन फिजिकल लुक पर नहीं, बल्कि यह हमारे ऑरा, आत्मविश्वास और दृष्टिकोण पर निर्भर करते हैं।
32. अध्यात्म का अर्थ है—अपने अंदर देखना। किसे देखना और क्या देखने से अधिक जरूरी है अपना रोल देखें, अपनी जिम्मेदारी देखें, अपना दृष्टिकोण देखें और इसे बदलने का प्रयास करें।
33. हमें समस्यास्वरूप नहीं बनना है, बल्कि समाधानस्वरूप बनना है। समस्या आने पर विचार करें कि यह हमें कुछ सिखाने आई है, न कि हमें हिलाने। जैसे ही सिखानेवाला विचार आएगा, वैसे ही हिलानेवाला विचार गायब हो जाएगा; क्योंकि एक समय एक ही विचार रह सकता है। यह सिखानेवाला विचार ही समाधानस्वरूप है।
34. चिंता चिता के समान है। चिंता में हम चिता तक पहुँच जाते हैं। चिंता हमें वर्तमान से विचलित कर भविष्य में ले जाती है। चिंता का वास्तविकता से कोई संबंध नहीं है। भविष्य वर्तमान पर निर्भर है। वर्तमान सभी समस्याओं का समाधान है।
35. आज प्रोफेशनल लाइफ में हम घर पर कम समय देते हैं और बाहर अधिक। बाहर हमारे नए संबंध भी बनेंगे। यहाँ बननेवाला नया संबंध हमारे मूल संबंध में शक का आधार नहीं बनना चाहिए। हम शक इसलिए करते हैं, क्योंकि हमें अपने ऊपर विश्वास नहीं है। यदि कोई शक किया भी तो हम बीच में ईगो को न लाएँ कि आपने हमारे ऊपर क्यों शक किया, बल्कि हमें बिना झुँझलाहट के विश्वास को बनाना होगा। असुरक्षा की भावना और अविश्वास को दूर करना होगा। शक दूर करने के लिए साबित करने की जिम्मेदारी स्वयं लेनी होगी। यदि रिलेशन महत्त्वपूर्ण है तो इसमें ईगो नहीं आनी चाहिए।
36. चिंता काल्पनिक है, जिसका संबंध भविष्य से है। प्रेशर का संबंध वर्तमान से है। मुझे लगता है कि मैं अपना काम पूरा नहीं कर पाऊँगा। डर और दूसरे की अपेक्षा के कारण हमारे ऊपर प्रेशर आता है। चिंता व तनाव भले ही न हो, लेकिन आज के दौर में प्रेशर तो होगा ही। ऊँचाई पर पहुँचा हुआ व्यक्ति प्रेशर में होता है। लोग अपनी सफलता के लिए प्रेशर को कारण मानते हैं और प्रेशर लेकर काम करना पसंद करते हैं, लेकिन प्रेशर डर पैदा करता है। डर

असफलता का बहुत बड़ा कारण है। यह हमारी पर्सनल और सोशल लाइफ को प्रभावित करता है और अनजान बीमारी का कारण बनता है। यदि प्रेशर हटा दिया जाए तो सफलता की संभावना बढ़ जाती है।

37. यदि किसी में बदलाव लाना है तो आप उदाहरण पेश करें। यदि आप सिगरेट पीते हैं तो आपके कहने से कोई सिगरेट नहीं छोड़ सकता। इसलिए दूसरे में बदलाव के पहले अपने आपमें बदलाव लाएँ।
38. विलियम शेक्सपियर ने कहा है—हमारी शंकाएँ ही हमारी दुश्मन हैं। शंकाओं की वजह से हम उस युद्ध में हार जाते हैं, जिसमें जीत निश्चित होती है।
39. कुछ लोगों की मान्यता है कि हमारे विचार स्वप्न एवं कल्पनाएँ हैं। इसका वास्तविक संसार से कोई संबंध नहीं है, लेकिन कोई वैज्ञानिक एक परिकल्पना को लेकर ही आगे चलता है, बाद में इसे मूर्त रूप दिया जाता है। पहले वस्तुएँ अमूर्त रूप में ही आती हैं, इसके बाद मूर्त रूप में आती हैं। इससे हमारी कल्पना, विचारों की शक्ति का पता चलता है। अल्बर्ट आइंस्टाइन कहते हैं—तर्क आपको ए से बी तक ही ले जाएगा और कल्पना आपको अनंत तक ले जाने की क्षमता रखती है।
40. सफलता खुशी की कुंजी नहीं है। खुशी सफलता की कुंजी है। हम खुशी पाने के लिए कार्य न करें, बल्कि खुश रहकर कार्य करें।
41. मुसकान की ताकत का हमें पता होना चाहिए। एक हारा हुआ व्यक्ति जब मुसकरा देता है तो जीतनेवाले की खुशी गायब हो जाती है। मूर्ख की मुसकान को देखकर बड़े-से-बड़ा विद्वान् भी सकते में आ जाता है।
42. परिस्थितियों का प्रवाह जल के समान होता है। इसे पकड़ने के प्रयास में यह जल की भाँति फिसल जाता है। जिस प्रकार जल के बहाव के लिए हम इसका मार्ग बनाते हैं, उसी प्रकार परिस्थितियों को भी सही दिशा दें। परिस्थितियों को पकड़कर न रखें, बल्कि परिस्थितियों पर कार्य करें।
43. संभव-असंभव सापेक्ष शब्द हैं। एक व्यक्ति के लिए असंभव कार्य दूसरे व्यक्ति के लिए संभव हो सकता है। असंभव शब्द मन में तभी आएगा, जब मन में इसकी संभावना रहेगी। इंपॉसिबल का अर्थ है—आई एम पॉसिबल।
44. डिटैचमेंट का अर्थ है कि हमारी खुशी और शांति परिस्थिति पर आश्रित नहीं होती है, बल्कि यह पूर्णतः हमारे ऊपर निर्भर रहती है। अटैचमेंट में यदि आप दुःख या दर्द में हैं तो दूसरे भी दुःख या दर्द में चले जाएँगे और आपको किसी

प्रकार की मदद नहीं दे पाएँगे। डिटैचमेंट में हम स्थिर होकर आपकी मदद कर सकते हैं।

45. सही-गलत के निष्कर्ष पर पहुँचने के पूर्व स्वीकार भाव आवश्यक है। जो जैसा है और जिस परिस्थिति में है, उसे उसी रूप में स्वीकार करना होगा। फिर उसके परिवर्तन के लिए प्रयास करना होगा।
46. वेद पढ़ना आसान है, लेकिन किसी की वेदना पढ़ना कठिन है। जरूरत के अनुसार जिंदगी जिएँ, विलासिता के अनुसार नहीं। जरूरत तो फकीरों की भी पूरी हो जाती है, लेकिन विलासिता में महान् साम्राज्य भी नष्ट हो जाते हैं।
47. न किसी अभाव में जिओ और न किसी के प्रभाव में जिओ। यह जिंदगी अपनी है, अपने स्वभाव में जिओ।
48. केवल एक छोटी सी माफी ही जीवन को सँवारने के लिए काफी है।
49. यदि आप किसी का अपमान करते हैं, इसका अर्थ है कि आगामी सम्मान खो देते हैं। जो व्यक्ति स्वयं का सम्मान नहीं कर सकता, वही दूसरों का अपमान करता है। सम्मान पाने के लिए स्वयं को सम्मान देना होगा और अपनी खुशी से प्यार करना होगा।
50. क्या हार में, क्या जीत में,
किंचित् नहीं भयभीत मैं,
कर्तव्य पथ पर जो भी मिला,
यह भी सही, वह भी सही,
वरदान नहीं माँगूगा
हो कुछ भी पर हार नहीं मानूँगा।
51. भोग का कर्म, कर्म का भोग। यह है जड़-चेतन का आनंद।
52. जो आनंद किसी को कुछ देने में है, वह किसी से कुछ लेने में नहीं है। देता वही है, जिसके पास कुछ होता है। लेता वही है, जिसके पास कुछ नहीं होता है। ईश्वर से प्रार्थना करें कि हमेशा हमें देने की स्थिति में रखें।
53. सरलता में स्थिरता है और स्थिरता में सफलता है।
54. जयशंकर प्रसाद ने लिखा है—अधिकार सुख कितना मादक है, अपने को नियामक और कर्ता समझने की बलवती इच्छा उससे बेगार कराती है।
55. एक इच्छा की पूर्ति दूसरी इच्छा को जन्म देती है। वास्तविक सुख इच्छा की पूर्ति में नहीं वरन् इच्छा से निवृत्ति में है।

56. सजगता अनेक समस्याओं का समाधान है। अवसर दबे पाँव आता है। आवश्यकता है इसकी पदचाप सुनने की।
57. जीवन में सभी व्यक्तियों को मौका मिलता है। मौके पर चौका लगानेवाला ही जीत हासिल करता है।
58. अपनी समस्या का समाधान करने के लिए स्वयं हल निकालने से बेहतर और कोई विकल्प हमारे पास नहीं है। अपना समाधान स्वयं बनें।
59. मुश्किल वक्त में हमारे पास उम्मीद और धैर्य दो ऐसे शब्द हैं, जिनकी आवाजें सुनकर हम तूफान का भी सामना कर सकते हैं।
60. व्यस्त रहें। अस्त-व्यस्त रहकर व्यस्त न रहें। बिजी रहें, परंतु ईजी रहकर बिजी रहें।
61. जिंदगी सभी को बदलने का मौका देती है। यह मौका हमें रोज हर पल मिलता है। बस हम उस पल के चुनाव में देरी करते रहते हैं।
62. संसार में दो प्रकार के वृक्ष हैं। पहला, जो अपना फल अपने आप देते हैं, जैसे—आम, अमरूद, केला और दूसरे वे हैं, जो अपना फल छिपाकर रखते हैं, जैसे—आलू, अदरक, प्याज इत्यादि। जो अपना फल अपने आप देते हैं, उन वृक्षों को सभी खाद-पानी देकर सुरक्षित रखते हैं, किंतु जो अपना फल छिपाकर रखते हैं, वे जड़ सहित खोद लिये जाते हैं। ठीक इसी प्रकार जो अपनी विद्या, धन, शक्ति समाज के उत्थान में लगा देते हैं, उनका ध्यान सभी रखते हैं और मान-सम्मान भी करते हैं। दूसरी ओर जो अपनी विद्या, धन, शक्ति छिपाकर रखते हैं, समय पर किसी की सहायता नहीं करते हैं, वे जड़ सहित खोद लिये जाते हैं अर्थात् समय पर भुला दिए जाते हैं अर्थात् प्रथम प्रकार के व्यक्तित्व में स्वयं को समाहित करें।
63. हम अपनी समस्या को लेकर अकेले नहीं चल रहे हैं, बल्कि हमारी समस्या के साथ समाधान भी चल रहा है। हो सकता है कि हमें समाधान पहचानने में थोड़ी देर लगे, परंतु समाधान से हमारी मुलाकात होगी जरूर।
64. किसी परिस्थिति या व्यक्ति पर नियंत्रण पाने से पहले अपने ऊपर नियंत्रण पाने का प्रयास करें, क्योंकि अपने ऊपर नियंत्रण खोकर आप कुछ नहीं कर सकते हैं। ऐसी स्थिति में आप न तो परिस्थिति पर और न ही किसी अन्य व्यक्ति पर नियंत्रण पा सकते हैं।
65. 10 प्रतिशत विवाद विचारों के मतभेद से होता है तथा 90 प्रतिशत विवाद

बोली-भाषा की टोन से होता है।

66. प्रसन्न व्यक्ति वह है, जो स्वयं का निरंतर मूल्यांकन करते हुए सुधार करता रहता है, जबकि दु:खी व्यक्ति वह है, जो दूसरों का मूल्यांकन करता रहता है।
67. प्रेरणा ही सबकुछ है। आप दो व्यक्तियों का काम भले ही करते हों, लेकिन आप दो व्यक्ति नहीं हो सकते हैं। अत: आपको अपने से अगले व्यक्ति को प्रेरणा देनी होगी और उससे आगे लोगों को प्रेरित करवाना होगा।
68. त्याग सुख की अनिवार्य शर्त है। आज हमने जीवन का अधिकतम लक्ष्य उपभोग को बना रखा है, जो कि दूसरों के शोषण और अपनी आंतरिक अशांति पर आधारित है। यह हमारी आवश्यकता पर आधारित न होकर हमारे लालच पर आधारित है। अत: हम अपने उपभोग को आवश्यकतानुसार कम करके ही शांति प्राप्त कर सकते हैं।
69. हमारा एक विचार हमें समस्या में डालता है तो दूसरा विचार समस्या से निकालता भी है। समस्या पर चिंतन न करें, समाधान पर चिंतन करें। समाधान-स्वरूप बनें। हम कहते हैं कि समाधान खोज रहे हैं, लेकिन चर्चा समस्या पर करते हैं।
70. जीवन में हमेशा बैकअप या विकल्प लेकर चलना चाहिए। संतुष्टि से बढ़कर हमारे पास कोई बैकअप या विकल्प नहीं है।
71. वादे अधूरे रहते हैं, कोशिशें कामयाब होती हैं। कोशिश अंतिम दम पर करनी चाहिए। कोशिश करने से या तो आपको अनुभव मिलेगा या तो मंजिल।
72. अपने ऊपर विश्वास रखें। पेड़ पर बैठी चिड़िया डाल हिलाने से भी नहीं डरती, क्योंकि वह उड़ना जानती है।
73. हमारी जिंदगी एक सादे कागज के समान है, जिस पर हर इनसान को स्वयं ही चित्रकारी करनी है। ईश्वर ने हमें कर्म की पेंसिल देकर चित्रकारी करने की सुविधा दी है, लेकिन महत्त्वपूर्ण बात यह है कि हमें पेंसिल के साथ कोई रबर नहीं दी गई है, जिससे हम बनाए गए चित्र को मिटा सकें।
74. जब इनसान का दिमाग कमजोर होता है, तब परिस्थितियाँ समस्या बन जाती हैं। जब दिमाग स्थिर होता है, तब परिस्थितियाँ चुनौती बन जाती हैं, परंतु जब दिमाग मजबूत होता है, परिस्थितियाँ अवसर बन जाती हैं।
75. जितनी देर हम समस्या पर चिंतन करते हैं, इसका मतलब है कि हम भूतकाल पर चर्चा कर रहे हैं और हम जानते हैं कि भूतकाल को बदला नहीं जा सकता,

इसलिए समस्या का चिंतन करना व्यर्थ है, समाधान का चिंतन करना सार्थक होगा।

76. समाधानस्वरूप बनें। हम कहते हैं कि समाधान खोज रहे हैं, लेकिन चर्चा समस्या पर करते हैं। समस्या पर चिंतन करने का अर्थ है कि हम समाधान से दूर जा रहे हैं, क्योंकि जब आप समस्या पर चिंतन करते हैं तो अनावश्यक रूप से अपनी ऊर्जा नष्ट करते हैं। इसलिए हमारे पास समाधान के लिए आवश्यक ऊर्जा शेष नहीं बचती।
77. सजगता से हम विचारों पर निगरानी करके नकारात्मक व अनावश्यक विचारों पर नियंत्रण पा सकते हैं, क्योंकि हम अपने विचारों के मालिक हैं। अपना पूरा जीवन एनजॉय के साथ जिएँ, जीवन में समस्याएँ आएँगी ही। हमें विचारों पर अटेंशन रखना है और बिना टेंशन के जीवन जीना है।
78. हम जिस बिंदु पर अपना ध्यान केंद्रित करते हैं, ऊर्जा का प्रवाह उसी दिशा में होता है और जहाँ ऊर्जा का प्रवाह होगा, वहीं पर चीजें पैदा होने लगती हैं। यदि हम किसी बिंदु पर अपना ध्यान केंद्रित करना बंद कर दें तो उस बिंदु को ऊर्जा मिलनी बंद हो जाएगी और वहाँ मौजूद चीज अपना अस्तित्व खो देगी।
79. हम जीवन में दो विरोधाभासी मानक का प्रयोग करके जीते हैं। जब पड़ोसी के साथ कोई बुरी घटना होती है तो हम कहते हैं कि उसका कर्म ही ऐसा था। जब हमारे साथ कुछ बुरा घटित होता है, तब हम कहते हैं कि यह ईश्वर की इच्छा थी। मेरा नसीब ही ऐसा था।
80. दु:ख, डर, गुस्सा, दर्द—किसी के द्वारा किए गए व्यवहार की प्रतिक्रिया में हम अपने भीतर इन चीजों को पैदा कर लेते हैं। यह मेरा चुनाव है कि हम इसे पैदा करें अथवा न करें।
81. हमारी असफलता का सबसे बड़ा दुश्मन है—असफलता का डर। जब भी यह डर हमारा दरवाजा खटखटाए तो हम अपने साहस को दरवाजा खोलने को भेजें। तब सफलता हमारा इंतजार करेगी।
82. बोले गए शब्द, बरबाद किया गया समय, पिछला जीवन और प्राप्त अवसर को अस्वीकार करने का मतलब है कि भविष्य में ये चीजें कभी लौटकर हमें प्राप्त नहीं होंगी।
83. माफी माँगने का अर्थ यह नहीं है कि आप गलत हैं और दूसरा सही, बल्कि आपने अपने संबंधों को अपने अहं या ईगो से ऊपर रखा।

84. धैर्य से अनेक समस्याओं का समाधान किया जा सकता है। यदि पानी को बर्फ बनने तक देखने का धैर्य रख सकते हैं तो छलनी में भी पानी को रखा जा सकता है।
85. अपने भूतकाल का मूल्य शून्य मानकर वर्तमान में सर्वश्रेष्ठ प्रदर्शन करें। हर कोई आज ही का समाचार-पत्र पढ़ना चाहता है, कल के समाचार-पत्र का कोई मूल्य नहीं होता है।
86. जब खुश हों तो कोई वादा न करें, जब दुःखी हों तो कोई निर्णय न लें, जब क्रोधित हों तो कोई उत्तर न दें। शक करने से शक बढ़ता है, विश्वास करने से विश्वास बढ़ता है। शक करने से विश्वास घटता है, विश्वास करने से शक घटता है।
87. प्रत्येक दिन मनुष्य के मन में दो बैलों का युद्ध चलता रहता है। एक सकारात्मक है और दूसरा नकारात्मक। वही बैल युद्ध में विजयी होता है, जिसको आपने अधिक भोजन दिया है।
88. कहा जाता है कि सोच-समझकर काम करें, लेकिन हम पहले काम कर लेते हैं, फिर समझते हैं, फिर अंत में परिणाम पर सोचने लगते हैं।
89. एक आलोचक आपका सच्चा हितैषी होता है। वह निःशुल्क रूप से मनोचिकित्सक का कार्य करता है। वह आपका ध्यान आपकी कमियों की तरफ खींचता है।
90. सभी प्रकार के मूर्खतापूर्ण प्रश्नों का उत्तर है—मौन रहना। कठिनतम परिस्थितियों की सर्वोत्तम प्रतिक्रिया मुसकान है।
91. जब आप बिना टेंपरामेंट लूज किए और बिना आत्मविश्वास खोए किसी की बात को सुनने और समझने की क्षमता रखते हैं तो इसका अर्थ है कि आप एजुकेटेड हो गए हैं।
92. कभी भी अपने जीवन के बारे में दूसरों की परिभाषा स्वीकार न करें, क्योंकि आपके बारे में आपसे ज्यादा कोई नहीं जानता। आप अपने जीवन के राइटर, प्रोड्यूसर, डायरेक्टर और क्रिएटर हैं।
93. एक छोटा सामंजस्य लंबे तर्क-वितर्क से अच्छा होता है। अर्थपूर्ण मौन निरर्थक शब्द से अच्छा होता है। अपने किसी करीबी से दुःखी न हों। उनके द्वारा किया गया काम गलत हो सकता है, लेकिन उनका इंटेशन गलत नहीं हो सकता है।
94. बोलने की तुलना में चुप रहना अच्छा है। आप तभी बोलें, जब देख लें कि बोलना चुप रहने से अच्छा है। मनुष्य की सबसे बड़ी विडंबना यह है कि उसे

झूठी तारीफ सुनकर बरबाद होना मंजूर है, लेकिन सच्ची आलोचना सुनकर सँभलना नहीं।

95. मनुष्य एक रंगहीन, गंधहीन ऐसा द्रव्य है, जिसका अपना कोई आकार नहीं है, जिस विचारों के पात्र में रखा जाता है, मनुष्य वही आकार प्राप्त कर लेता है।
96. मुझे यह स्वीकार करना होगा कि मैं उनके नजरिए को समझ नहीं पा रहा हूँ, क्योंकि दोनों के नजरिए की अपनी सीमा है। इस सीमा के कारण दोनों एक-दूसरे के नजरिए को देख नहीं पा रहे हैं, क्योंकि दोनों ही एक-दूसरे को अपने चश्मे से देखना चाहते हैं, जबकि दोनों का नजरिया अपनी-अपनी जगह सौ प्रतिशत सही है, सही ही नहीं, बल्कि समान मात्रा में सही है।
97. महान् व्यक्तियों का सान्निध्य ही व्यक्ति को महान् बना देता है। संगत का गुप्त असर होता है। ग्रेशम के नियम के अनुसार—खोटा सिक्का अच्छे सिक्के को चलन से बाहर कर देता है। आपकी संगत के बारे में जानकर आपको बिना जाने ही आपके व्यक्तित्व का मूल्यांकन किया जा सकता है।
98. पॉसिबिलिटी या इंपॉसिबिलिटी गोल के साइज पर निर्भर नहीं करती, बल्कि यह हमारे विश्वास और आस्था पर निर्भर करती है। विश्वास और आस्था के साथ कुछ भी असंभव नहीं है।
99. यदि आपमें कमियाँ निकाली जाती हैं तो आप परेशान न हों, क्योंकि कमियाँ उनमें निकाली जाती हैं, जिसमें औरों से अधिक गुण होते हैं। विरोध उसी का होता है, जिसमें दम होता है।
100. लोग आपसे तभी खुश रहते हैं, जब आप उनकी चाहत पूरी करते हैं। आप लोगों से तभी खुश रहते हैं, जब आप लोगों से कोई चाहत नहीं रखते हैं।
101. अपने आपमें विश्वास सफलता की पहली सीढ़ी है।
102. जीवन के दो दिन हैं, एक दिन आपके हक में तो दूसरा दिन आपके खिलाफ। जब दिन आपके हक में हो तो गुरूर न करना और जब खिलाफ हो तो सब्र जरूर करना।
103. सभी सुनी हुई बातों को सही न मानें। हमेशा कहानी के तीन भाग होते हैं, पहला आपका भाग, दूसरा उनका भाग और तीसरा सत्य का भाग।
104. मंदिर, मसजिद, चर्च की आरती, नमाज और प्रार्थना की तेज आवाज ईश्वर को सुनाई नहीं देती। ईश्वर केवल शांति की आवाज सुनता है, जो दिल से निकलती है।

105. अगर आप उस इनसान को खोज रहे हैं, जो आपकी जिंदगी बदल दे, तो रोज अपने आपको आईने में देखें।
106. चिंता और चिता में एक बिंदु मात्र का अंतर है, जितनी आप चिंता करते हैं, उतने ही आप चिता के नजदीक जाएँगे।
107. अपने ईगो को समाप्त करें। स्वमान में रहें, अभिमान में न रहें, क्योंकि अभिमान आएगा तो अपमान भी आएगा। अपमान होने के बाद हमें पता चलता है कि हम अभिमान में हैं।
108. मेरे पास आज जो है, यदि उससे मैं संतुष्ट नहीं हूँ और इच्छा रखता हूँ कि मुझे कुछ और चाहिए, जब वह चीज हमें मिल जाए तो भी मैं संतुष्ट नहीं रह सकता। यदि कुछ मिलने के बाद भी हम संतुष्टि का विचार पैदा नहीं कर पा रहे हैं तो अगली इच्छा पूरी होने के बाद भी हम संतुष्टि का विचार पैदा नहीं कर पाएँगे। मतलब संतुष्टि और इच्छा पूरी होने का आपस में कोई संबंध नहीं है।
109. आपके पास कितना धन है, इसे जानने के लिए पैसा न गिनें, बल्कि दो बूँद आँसू गिराकर देखें कि उसे उठाने के लिए कितने हाथ आगे आते हैं।
110. अपना निर्णय लेने में हजार बार सोचें, लेकिन यदि एक बार निर्णय ले लें तो लाख मुश्किलें आ जाएँ, परंतु निर्णय पर अडिग रहें।
111. स्वमान में रहनेवाले व्यक्ति में अभिमान और अपमान नहीं रहता है। व्यक्ति में अभिमान और अपमान की मात्रा जितनी ही कम होगी, स्वमान की मात्रा की संभावना अधिक होगी।
112. कोई काम संभव है या असंभव, यह प्रयास करने के बाद ही पता चलेगा। प्रयास के पूर्व ही किसी काम को असंभव कहना उचित नहीं है, क्योंकि दुनिया में कोई काम असंभव नहीं है, इसलिए प्रयास करने पर सफलता मिलने की संभावना रहती है।
113. सभी प्रकार के मूर्खतापूर्ण प्रश्नों का सबसे अच्छा उत्तर मौन रहना है। इसी तरह कठिन परिस्थितियों में हम मौन रहें। हमारी मुसकान कठिन परिस्थितियों से हमें बाहर निकालने में मदद करती है।
114. दूसरों में बदलाव लाने का प्रयास समय की बरबादी है। यदि आप ऐसा करते हैं तो आप अपनी ऊर्जा नष्ट करते हैं। आप अपना ध्यान पूरी तरह से अपने बदलाव पर केंद्रित रखें। आपके अंदर बदलाव को देखकर दूसरा भी बदलाव के लिए प्रेरित होगा।

115. गलत व्यक्ति से बहस करने की अपेक्षा सही व्यक्ति से एडजेस्टमेंट करना अच्छा होता है।
116. बड़ा आदमी होना अच्छी बात है, परंतु अच्छा आदमी होना बड़ी बात है।
117. बहुत ज्यादा सोचने से हमारे निर्णय लेने की शक्ति कम होती है।
118. सपने और लक्ष्य बेहतरीन शब्द हैं। अपने सपने को लक्ष्य के समान बनाएँ अर्थात् अपने लक्ष्य को सपने के समान न बनाएँ।
119. जीवन में गलत व्यक्ति के चुनाव पर अफसोस व्यक्त न करें, क्योंकि गलत व्यक्ति से बेहतर अनुभव का पाठ कोई दूसरा आपको नहीं पढ़ा सकता है।
120. सभी प्रश्नों का उत्तर पता होना कॉन्फिडेंस नहीं कहलाता, बल्कि सभी प्रश्नों का सामना करने के लिए तैयार रहना ही कॉन्फिडेंस कहलाता है।
121. संघर्ष समाप्त नहीं होता है। संघर्ष-विराम-संघर्ष से जीवन चलता है। विराम में ऊर्जा लेकर पुनः संघर्ष किया जाता है। शेर भी छलाँग लगाने के पहले दो कदम पैर पीछे खींचता है।
122. अगर किसी परिस्थिति में आपके पास सही शब्द नहीं हैं तो सिर्फ मुसकरा दीजिए। शब्द उलझा सकते हैं, परंतु मुसकराहट काम कर जाती है।
123. रिश्तों में सबसे बड़ी गलती हम यह करते हैं कि पहले आधी बात सुनेंगे, आधी समझेंगे और जीरो सोचेंगे, फिर दोगुना रिएक्ट करेंगे।
124. समस्या का समाधान करें अथवा समस्या को छोड़ दें, लेकिन समस्या को साथ लेकर न चलें।
125. मजबूरी से नहीं, अपनी इच्छा से झुकना चाहिए। झुकना कमजोरी की निशानी नहीं, बल्कि ताकत की निशानी है।
126. अपनी समस्या किसी से शेयर न करें, क्योंकि 20 प्रतिशत लोग इस पर ध्यान नहीं देंगे और 80 प्रतिशत लोग इस बात पर खुश होंगे कि आपकी यह समस्या है। अपनी समस्या सिर्फ ईश्वर से शेयर करें।

उपरोक्त समस्त महत्त्वपूर्ण विचारों का एकमात्र उद्देश्य सकारात्मक होकर खुश रहना है।

□

# उपसंहार

खुश रहना मनुष्य के लिए स्वाभाविक या नेच्युरल है, परंतु अनुभव के साथ मनुष्य में अशुद्धता या इंप्योरिटी आती है। मनुष्य में अशुद्धता या इंप्योरिटी बढ़ने से खुशी की स्टेज बदलकर दुःख भाव की स्टेज में बदल जाती है, परंतु यह स्टेज सभी के जीवन में नहीं पाई जाती है। दुनिया में बहुत से ऐसे लोग हैं, जो अपनी खुशी की स्टेज को हमेशा बनाकर रखते हैं। यद्यपि इनके भी जीवन में सुख-दुःख आता-जाता रहता है, लेकिन **ऐसे व्यक्ति व्यर्थ की चिंता अर्थात् भूत-भविष्य की चिंता छोड़कर वर्तमान पर अपना ध्यान केंद्रित रखते हैं और हमेशा मुसकराते रहते हैं।**

**सकारात्मकता की ओर प्रयास करें :** मनुष्य की स्वाभाविक प्रवृत्ति होती है कि वह नकारात्मकता (निगेटिविटी) को जल्दी ग्रहण करता है। मनोवैज्ञानिक इस प्रवृत्ति को नेगेटिव-बायस्ड कहते हैं। इस प्रवृत्ति के कारण मनुष्य दूसरों में कमी जल्दी खोज लेता है और अपने ईगो को संतुष्ट करता रहता है। मनुष्य की नजर अच्छाइयों पर सीधे नहीं जाती है।

परंतु खुश रहनेवाला व्यक्ति हर परिस्थिति या लोगों में अच्छाई ही खोजता है। ऐसा व्यक्ति मान लेता है कि जो होता है, वह अच्छा ही होता है। किसी भी व्यक्ति में अच्छाई को देखना आसान होता है, **क्योंकि प्रत्येक व्यक्ति न तो पूर्णतः अच्छा होता है और न ही पूर्णतः बुरा। प्रत्येक व्यक्ति में कुछ-न-कुछ अच्छाई अवश्य होती है। अच्छाई केवल लोगों में ही नहीं, प्रत्येक परिस्थिति में भी देखनी चाहिए। जैसे यदि किसी व्यक्ति का इंटरव्यू में चयन नहीं होता है तो उसे यह मान लेना चाहिए कि ईश्वर ने उसके लिए इससे अच्छी जॉब या नौकरी रखी है। यदि आप किसी अनुभवी व्यक्ति से पूछेंगे तो आपको कोई भी यही उत्तर देगा।**

**सकारात्मक होकर हमारे लिए किसी को माफ कर देना या अपनी गलती पर माफी माँग लेना आसान होता है। जब हम सकारात्मक होते हैं तब ईगो भी पैदा नहीं होता है।**

**ईगो त्यागकर माफ कर देना एवं माफी माँग लेना चाहिए :** माफी माँगना या माफ कर देना खुश रहने का बहुत बड़ा आधार है। प्रत्येक व्यक्ति का अपना ईगो होता है, जो जाने-अनजाने प्रभावित होता रहता है, परंतु खुश रहनेवाले व्यक्ति का दृष्टिकोण व्यापक होता है। वह छोटी-छोटी बातों को दिल से नहीं लगाता है। ऐसा व्यक्ति दूसरों को माफ ही नहीं कर देता है, बल्कि आवश्यकता पड़ने पर दूसरों से माफी भी माँग लेता है। खुश रहनेवाला व्यक्ति ईगो में नहीं रहता है। इसलिए जब भी उससे गलती होती है, वह स्वीकार भाव से माफी माँग लेता है। **ऐसा व्यक्ति दूसरों को गलत ठहराने या अपने को सही ठहराने का प्रयास नहीं करता है। माफी माँग लेने या माफ कर देने से हमारा दिमाग हलका हो जाता है। ऐसा करने से हम बेकार की उलझन और परेशान करनेवाले विचारों से बच जाते हैं।**

**जब हम ईगो त्यागकर माफी माँग लेना व माफ कर देने के नियम का पालन करते हैं, तब हमें एक सकारात्मक-सुरक्षात्मक दीवार मिलती है। यह सकारात्मक-सुरक्षात्मक दीवार हमारी मित्र एवं परिवार है।**

**सकारात्मक-सुरक्षात्मक दीवार—हमारे मित्र एवं परिवार :** खुश रहनेवाले व्यक्ति अपने चारों तरफ मजबूत सुरक्षात्मक दीवार (स्ट्रॉन्ग सपोर्ट सिस्टम) विकसित कर लेते हैं। यह दो स्तंभों पर टिकी होती है—परिवार और मित्र। आपके पास चाहे जितनी दौलत या शोहरत हो, आप अधिक समय तक खुश नहीं रह सकते, जब तक कि आपके पास परिवार और मित्र न हों। इसलिए परिवार और मित्र को अपने धन या कॅरियर के साथ पर्याप्त महत्त्व दें। कुछ लोग कह सकते हैं कि हमारे पास परिवार और मित्र हैं। **यदि ईमानदारी से आपसे पूछा जाए कि आपके कितने मित्र या रिश्तेदार हैं, जिनसे आप 3 बजे रात में भी फोन पर बात कर सकते हैं या कभी भी आर्थिक मदद ले सकते हैं। अपने परिवार, मित्र या रिश्तेदार का अनुचित लाभ नहीं उठाना चाहिए।** मजबूत रिश्ता बनाने के लिए आपको थोड़ा सा त्याग करना होगा और दूसरों का भी खयाल रखकर उन्हें भी अपनी पसंद से जोड़ना होगा। इसके लिए हमें छोटी-छोटी बातों पर ध्यान देना होगा, जैसे—हमें जन्मदिन, मैरिज एनीवर्सरी पर बधाई देनी चाहिए और हमेशा गर्मजोशी से और मुसकराकर मिलना-जुलना चाहिए।

**जीवन में हमारे मित्र एवं परिवार सकारात्मक-सुरक्षात्मक दीवार के रूप में कार्य करते हैं। फलस्वरूप हम अपने को सुरक्षित महसूस करते हैं और अपने कार्य में रुचि रखकर बड़े लक्ष्य को प्राप्त करते हैं।**

**कार्य के प्रति रुचि रखकर बड़े लक्ष्य की ओर बढ़ना :** खुश रहनेवाले अपने मन का कार्य करते हैं या जो भी कार्य करते हैं, उसमें अपना मन लगा लेते हैं। यदि आप अपनी रुचि व स्वभाव के अनुरूप कार्य करेंगे तो निश्चित ही अपनी खुशी का स्तर बढ़ाएँगे,

**लेकिन अधिकांश लोग इतने भाग्यशाली नहीं होते हैं कि उन्हें अपनी पसंद का जॉब भी मिल जाए। खुश रहनेवाला व्यक्ति हर कार्य में अपना मन लगा ही लेता है। इसी के साथ ही वह अपनी पसंद का कार्य भी खोजता रहता है। कुछ लोग जहाँ जॉब करते हैं, उसी कंपनी की बुराई भी करते रहते हैं। अपने कार्य को दुनिया का सबसे बेकार कार्य कहते हैं।** ऐसा करके आप अपने जीवन को कठिन बनाते हैं और खुशी से दूर हो जाते हैं। खुश रहनेवाले अपने काम की कमी या बुराई नहीं निकालते हैं। ऐसे लोग अपने काम की अच्छाइयों पर ध्यान केंद्रित करते हैं। यदि आप दुनिया के सफल एवं खुशहाल लोगों की सूची देखेंगे तो पाएँगे कि ऐसे लोग वही काम करते हैं, जिसमें उनकी रुचि हो। एक विद्वान् ने लिखा है कि आपका काम आपकी जिंदगी का एक बड़ा हिस्सा है। सच्चे रूप में संतुष्ट रहने का एक ही तरीका है, आप वह काम करें, जिसे आप सचमुच बड़ा समझते हैं। बड़ा काम वही है, जिसे करने में आप आंतरिक खुशी महसूस करते हैं। **जब हम अपने कार्य में रुचि रखकर बड़े लक्ष्य की ओर बढ़ते हैं, तब जीवन में नकारात्मकता का भी आना स्वाभाविक है, परंतु नकारात्मकता को दूर करने के लिए बेनिफिट ऑफ डाउट या संदेह का लाभ देना चाहिए।**

**नकारात्मकता को समाप्त करने के लिए बेनिफिट ऑफ डाउट या संदेह का लाभ देना :** खुश रहनेवाला व्यक्ति प्रत्येक उस बात पर यकीन नहीं रखता, जो उसके दिमाग में आ जाती है। ऐसा व्यक्ति केवल सकारात्मक विचारों पर यकीन रखता है। खुश रहनेवाला व्यक्ति वर्तमान में जीता है। नकारात्मक और अनावश्यक विचारों से बचता है। खुश रहनेवाला व्यक्ति मानता है कि हमारी दृष्टि सीमित है, इसलिए जिसे हम बुरा समझते हैं, बाद में वह अच्छा निकलेगा। ऐसे लोग अपने अंदर नकारात्मक विचार पनपने ही नहीं देते हैं और नकारात्मकता को दूर करने के लिए संदेह का लाभ या बेनिफिट ऑफ डाउट देते रहते हैं। ऐसा करते ही व्यक्ति रिलैक्स हो जाता है। हमारी सोच से ही हमारे दिमाग में केमिकल उत्पन्न होता है, जो हमें सुख या दुःख का भाव देता है।

**नकारात्मकता आने पर जब हम बेनिफिट ऑफ डाउट या संदेह का लाभ की तकनीक का प्रयोग करते हैं, तब हमारे कार्य में संतुलन आता है और हमारा जीवन स्वाभाविक रूप से बढ़ता रहता है।**

**कार्य में संतुलन लाना एवं जीवन को स्वाभाविक गति से चलने देना :** खुश रहनेवाला व्यक्ति अपने जीवन या काम को किसी बड़े उद्देश्य से जोड़कर तनाव में नहीं जीता है, बल्कि जीवन को स्वाभाविक गति से चलने देता है। स्वाभाविक चाल से चलते हुए ऐसा व्यक्ति जिस बिंदु पर भी पहुँचता है, संतुष्ट होकर खुश रहता है। कठिन परिस्थितियों में धैर्य रखता है और मुसकराहट के माध्यम से सारी समस्याओं को हल कर लेता है।

**कार्य में संतुलन आने पर जीवन स्वाभाविक रूप से चलने लगता है, लेकिन यह तभी तक होता है, जब तक हम प्रत्येक घटना की जिम्मेदारी स्वयं लेते हैं और किसी बात के लिए दूसरे को दोषी नहीं ठहराते हैं।**

**प्रत्येक घटना की जिम्मेदारी को स्वीकार किया जाए। स्वीकार करने का अर्थ है कि किसी घटना या व्यक्ति को उसी रूप में स्वीकार किया जाए, जिस रूप में यह है। छिद्रान्वेषण की प्रवृत्ति से बचा जाए। प्रत्येक घटना की जिम्मेदारी स्वयं लें, इसके लिए किसी दूसरे को दोषी न ठहराएँ।** खुश रहनेवाला व्यक्ति अपने जीवन में होनेवाली घटनाओं की स्वयं जिम्मेदारी लेता है। यदि उनके साथ बुरा होता है तो ऐसे व्यक्ति इसका दोष दूसरों को नहीं देते हैं। लेट होने पर ट्रैफिक जाम को नहीं कोसते हैं, बल्कि थोड़ा पहले ही घर से निकलते हैं। ऐसे व्यक्ति अपनी सफलता का श्रेय दूसरों को जरूर दे देते हैं, परंतु असफलता का कारण स्वयं को मानते हैं। यदि जीवन में थोड़ा हताश भी होते हैं तो तुरंत ही चीजों को सही करने में जुट जाते हैं। ऐसे व्यक्ति अपनी ऊर्जा दूसरों में कमी निकालने के स्थान पर अपनी गलती को ठीक करने में लगाते रहते हैं।

लोगों तथा परिस्थितियों का आकलन डिटैच होकर करें। डिटैच होकर निर्णय करने पर हम सभी प्रकार के पूर्वग्रहों से मुक्त हो जाते हैं। डिटैच की स्थिति में जो भी निर्णय होता है, वह निर्णय सबसे अच्छा निर्णय होता है।

उपरोक्त सिद्धांतों का पालन करने से जीवन खुशहाल हो जाएगा, परंतु महत्त्वपूर्ण बात यह है कि इन सिद्धांतों का पालन हम तब तक नहीं कर सकते, जब तक हम मौन या साइलेंस के महत्त्व को नहीं समझते अर्थात् मौन या साइलेंस के लिए थोड़ा समय नहीं निकालते हैं। संक्षेप में मौन या साइलेंस ही वह ताकत है, जो हमें हर प्रकार की समस्या से दूर रखती है। आज के तनाव भरे जीवन में लोग अनिद्रा की समस्या से ग्रस्त हैं। **अनिद्रा को दूर करने के लिए नींद की दवा का प्रचलन बढ़ता जा रहा है, परंतु नींद की दवा की भी एक सीमा है। एक सीमा के बाद नींद की दवा भी अपना कार्य करना बंद कर देती है, क्योंकि नींद की दवा ब्रेन पर कार्य करती है, मन पर नहीं।**

साइलेंस या मौन हमारे प्रेरणास्रोत के रूप में सबसे बड़ा गेटवे है, जो हमें सभी प्रकार की नकारात्मकता से मुक्त रखकर सकारात्मकता की ओर ले जाता है।

## संदर्भ सूची

- तनावमुक्त जीवन के 18 सुनहरे सिद्धांत, डॉ. गिरीश पटेल।
- अध्यात्म की ओर, ब्रह्माकुमारी उषा बहन, ओम शांति प्रेस ज्ञानामृत भवन, माउंट आबू।

- शक्ति, रोंडा बर्न, मंजुल पब्लिशिंग हाउस, भोपाल।
- राजयोग के सात कदम, सिस्टर शिवानी, ओम शांति प्रेस ज्ञानामृत भवन, माउंट आबू।
- हैपीनेस इंडेक्स, अवेकनिंग विद द ब्रह्माकुमारी, ओम शांति मीडिया, शांतिवन आबू रोड।
- सांइस एंड स्पिरिच्युअलिटी, राजयोगी बी.के. जगदीश चंद्र, ओम शांति प्रेस ज्ञानामृत भवन, माउंट आबू।
- अविनाशी विश्व नाटक भाग-2, राजयोगी बी.के. जगदीश चंद्र, ओम शांति प्रेस ज्ञानामृत भवन, माउंट आबू।
- मेडिटेशन के नवीन आयाम, मनोज श्रीवास्तव, प्रभात प्रकाशन दिल्ली।
- ए क्रिटिकल वेस्टर्न फिलॉसफी, वाई. मसीह, मोतीलाल बनारसीदास, दिल्ली।
- आउट लाइन ऑफ इंडियन फिलॉसफी, एम. हिरियन्ना, मोतीलाल बनारसीदास, दिल्ली।
- डॉ. चंद्रधर शर्मा, मोतीलाल बनारसीदास, दिल्ली। ए क्रिटिकल सर्वे ऑफ इंडियन फिलॉसफी।
- वेकनिंग विद ब्रह्माकुमारी, टी.वी. कार्यक्रम में कनुप्रिया द्वारा डॉ. गिरीश पटेल व सिस्टर शिवानी से लिये गए विभिन्न साक्षात्कार।
- डॉ. गिरीश पटेल द्वारा दी गई विभिन्न व्याख्यानमालाएँ।
- रोंडा बर्न : रहस्य, मंजुल पब्लिशिंग हाउस, नई दिल्ली।
- आचार्य रामचंद्र शुक्ल के निबंध : चिंतामणि भाग-1
- खुश रहने की सात आदतें-फेसबुक, योर लाइफ्स कोच, गनेश नगर सेंटर।
- धर्म-दर्शन—डॉ. ऋषिकांत पांडेय, विभागाध्यक्ष दर्शनशास्त्र, इलाहाबाद विश्वविद्यालय, पियर्सन इंडिया एज्युकेशन सर्विस प्रा.लि., दिल्ली।
- दार्शनिक विमर्श—डॉ. ऋषिकांत पांडेय, विभागाध्यक्ष दर्शनशास्त्र, इलाहाबाद विश्वविद्यालय, भुवनेश्वरी विद्या प्रतिष्ठान, इलाहाबाद।


□□□